La modista

La modista

Rosalie Ham

Traducción de
Ana Mata Buil

Lumen

narrativa

Título original: *The Dressmaker*

Primera edición: enero de 2016

© 2000, Rosalie Ham
© 2016, de la presente edición en castellano para todo el mundo:
Penguin Random House Grupo Editorial, S. A. U.
Travessera de Gràcia, 47-49. 08021 Barcelona
© 2016, Ana Mata Buil, por la traducción

Printed in Spain – Impreso en España

ISBN: 978-84-264-0238-7
Depósito legal: B-25.753-2015

Compuesto en Fotocomposición 2000
Impreso en Rodesa
Villatuerta (Navarra)

H 4 0 2 3 8 7

Penguin
Random House
Grupo Editorial

La sensación de ir bien vestida proporciona un sentimiento de paz interior que la religión es incapaz de ofrecer.

SEÑORITA C. F. FORBES, citada por Ralph Waldo Emerson en *Social Aims*

Lo primero que advertirían los viajeros que cruzaran las llanuras amarillas como el trigo que conducían a Dungatar o Estercolero sería una mota oscura que destacaba al borde de la planicie. Si continuaran avanzando por el asfalto, verían surgir la mancha, convertida en una colina. En lo alto de La Colina había una desvencijada casa de madera sin pintar, provocadoramente inclinada hacia la curva cubierta de arbustos. Daba la impresión de estar a punto de desmoronarse, aunque se lo impedía una glicinia de gruesas extremidades que la amarraba con fuerza a una sólida chimenea de piedra. Cuando los pasajeros que se acercaban a Dungatar en tren notaban que el vagón se sacudía con lentitud al tomar la curva que giraba al sur, miraban por la ventanilla alzando la vista y veían la destartalada casa marrón. Por la noche, la luz de la casa destacaba sobre las llanuras circundantes: un faro tembloroso en un inmenso mar negro, que guiñaba el ojo desde el hogar de Molly la Loca. Cuando se ponía el sol, La Colina proyectaba sobre el pueblo una sombra tan alargada que se extendía hasta los silos.

Una noche de invierno, Myrtle Dunnage buscó la luz de la casa de su madre mirando por el parabrisas de un autobús Greyhound.

Había escrito a su madre unos días antes y, al no recibir respuesta, hizo acopio de valor para llamarla por teléfono. La voz seca de la centralita telefónica le contestó:

—Hace años que Molly Dunnage no tiene teléfono. No sabría qué hacer con un teléfono.

—Le escribí y no me ha contestado —se justificó Tilly—. A lo mejor no le ha llegado la carta.

—La vieja Molly la Loca tampoco sabría qué hacer con una carta —espetó la telefonista.

Tilly decidió regresar a Dungatar.

I

Guinga

Tejido de algodón de distintas calidades según el tipo de hilo, resistencia del color y peso de la tela. Puede confeccionarse de muchas formas. Es un tejido recio si se le ofrecen los cuidados necesarios. Útil para diversos usos, desde sacos para el grano hasta cortinas, pasando por vestidos sencillos y trajes de diario.

ROSALIE P. GILES, *Fabrics for Needlework*

1

El sargento Farrat se tocó con los dedos la gorra de policía, se quitó un hilo de la solapa y saludó a su pulcro reflejo. Caminó a paso ligero hasta el reluciente coche patrulla para empezar la ronda nocturna, convencido de que lo tenía todo controlado. Los lugareños estaban tranquilos y los hombres en la cama, porque había posibilidades de obtener la victoria al día siguiente en el campo de fútbol.

Paró el coche en la calle mayor para observar los edificios, con los tejados de color plata difuminados. La niebla pasaba de puntillas junto a ellos, se arremolinaba alrededor de los postes y las paredes, se extendía como un toldo vaporoso entre los árboles. Una conversación amortiguada le llegó desde el Hotel de la Estación. Observó los vehículos que asomaban el morro delante del pub: los típicos Morris Minor y Austin, un utilitario, el Wolseley del concejal Pettyman (Sobón) y el imponente pero agotado Triumph Gloria de los Beaumont.

Un autobús Greyhound pasó renqueando y se detuvo con un siseo enfrente de la oficina de correos. Sus faros iluminaron la cara pálida del sargento Farrat.

—¿Un pasajero? —preguntó en voz alta.

La puerta del autobús se abrió y el resplandor del haz de luz del interior se esforzó por salir a la calle. Una joven delgada se adentró como una pluma en la niebla. Tenía una melena exuberante que le caía sobre los hombros, y llevaba boina y un abrigo con un corte muy peculiar. «Qué elegante», pensó el sargento.

El conductor sacó una maleta del maletero y la acercó hasta el porche de la oficina de correos. La dejó en el rincón oscuro. Volvió a buscar otra maleta, y otra más, y después sacó un objeto diferente: algo con una tapa abovedada y la palabra «Singer» escrita con letras doradas en el lateral.

La pasajera se quedó plantada en la acera con ese objeto cogido del asa. Alargó la vista hasta el arroyo y luego miró a ambos lados de la calle.

—¡Por el ala de mi sombrero! —exclamó el sargento Farrat, y salió disparado del coche.

La chica oyó el portazo y se volvió para mirar en dirección oeste, hacia La Colina. A su espalda, el autobús se marchó con un rugido y los faros traseros fueron menguando, pero la joven oyó unos pasos que se acercaban.

—Vaya, vaya, Myrtle Dunnage.

Myrtle aligeró el paso. El sargento Farrat hizo lo propio. Escudriñó las elegantes botas de la chica (¿italianas?, se preguntó) y los pantalones, que desde luego no eran de sarga.

—Myrtle, deje que la ayude.

Ella siguió andando, así que el sargento optó por atacarla y arrebatarle la caja abovedada de la mano, lo que la obligó a darse la vuelta. Se quedaron plantados cara a cara, mientras el aire blanquecino se arremolinaba a su alrededor. Tilly se había convertido en una mujer, y en cambio el sargento Farrat se había limitado a envejecer. Se llevó una mano pálida a la boca, azorado, luego se encogió de hombros y se dirigió al coche patrulla con el equipaje. Una vez que hubo dejado la última de las maletas de Myrtle en el asiento posterior, abrió la puerta del copiloto y esperó a que la chica entrase. Cuando por fin se metió en el coche, el sargento dio media vuelta y puso rumbo al este.

—La llevaré a casa por el camino más largo —comentó.

El nudo que Tilly tenía en la boca del estómago se endureció.

Planearon entre la niebla y mientras rodeaban el estadio de fútbol, el sargento Farrat comentó:

—Esta temporada vamos los terceros.

Tilly siguió callada.

—Ha venido de Melbourne, ¿verdad?

—Sí —respondió lacónica.

—¿Va a quedarse mucho tiempo?

—No lo sé.

Volvieron a cruzar la calle mayor. Al pasar por delante del patio del colegio, Tilly oyó los gritos de los partidos de softball del viernes y los chillidos y salpicaduras de las competiciones de natación en el arroyo. Cuando el sargento Farrat tomó la curva de la biblioteca para dirigirse a La Colina, percibió el olor del suelo de linóleo recién encerado de la biblioteca y vio un fogonazo de sangre fresca en la hierba seca junto a la fachada. El recuerdo de cuando ese mismo hombre la había llevado a la parada de autobús hacía muchísimos años volvió a asaltarla, y se le formó otro nudo en el estómago.

Por fin, el coche patrulla subió por el camino de gravilla hasta lo alto de La Colina y frenó. La joven se quedó sentada mirando su antigua casa mientras el sargento la observaba. La pequeña Myrtle

Dunnage, con su piel de alabastro y los ojos y el pelo de su madre. Parecía fuerte pero maltratada por la vida.

—¿Sabe alguien que ha venido, Myrtle? —le preguntó el sargento.

—Me llamo Tilly —contestó—. Todos se enterarán en un abrir y cerrar de ojos.

Se volvió para mirar a la cara al expectante sargento Farrat a la luz de la luna difuminada por la niebla.

—¿Cómo está mi madre? —preguntó.

El sargento abrió la puerta del coche.

—Su madre… no sale mucho últimamente —contestó, y bajó del coche.

La niebla que descansaba sobre el porche ondeó como los volantes de una falda cuando el sargento la atravesó con las maletas de Tilly. Cogió entonces la pesada cúpula de madera.

—Tiene una máquina de coser preciosa, Tilly —dijo el sargento con retintín al pronunciar el nombre.

—Soy costurera y modista, sargento Farrat.

Abrió la puerta de atrás.

Él dio una palmada.

—¡Fabuloso!

—Gracias por traerme.

Le cerró la puerta en las narices.

Mientras se alejaba en coche, el sargento Farrat intentó recordar cuándo había sido la última vez que había ido a ver a Molly la Loca. Hacía por lo menos un año que no la veía, pero sabía que Mae McSwiney le echaba un ojo. Sonrió.

—¡Modista!

La casa de Molly era lúgubre y olía a orín de comadreja. Tilly fue palpando la pared polvorienta hasta encontrar el interruptor de la luz y lo encendió. Luego cruzó la cocina para ir a la sala de estar, pasó por delante del viejo y cuarteado sofá y se acercó al hogaril. Metió la mano entre las cenizas. Estaban frías como una piedra. Se dirigió a la puerta de la habitación de su madre, giró el pomo y empujó. Una lamparita de noche brillaba en un rincón, cerca de la cama.

—¿Mamá?

Un cuerpo se removió entre las mantas apiladas. Una cabeza cadavérica con una funda para tetera a modo de gorro de dormir se dio la vuelta sin levantarse de una almohada mugrienta de capoc. La boca se abrió sin emitir sonido alguno igual que una mina de carbón, y unos ojos hundidos la miraron fijamente.

Molly Dunnage, una vieja bruja loca, le dijo a su hija:

—¿Has venido por el perro, eh? Pues no te lo puedes llevar. Queremos que se quede.

Señaló un ejército de personas invisibles que rodeaban su cama.

—¿A que sí?

Asintió con la cabeza mirando a su alrededor.

—Mira lo que han hecho contigo —contestó Tilly.

Un mitón sucio y tieso asomaba por debajo de las mantas. Molly se miró la escuálida muñeca.

—Las cuatro y media.

Tilly sacó de la maleta la botella de brandy que había comprado para su madre y se sentó en el porche de atrás para contemplar las aburridas formas de Dungatar mientras el pueblo dormía. Se puso a pensar en qué había dejado atrás y para qué había regresado.

Al amanecer, suspiró, brindó por el pueblo gris y entró en casa. Ahuyentó a las comodonas familias de ratones que se escondían entre las toallas en el armario de la ropa blanca y sacó a las arañas de sus hogares de tela, construidos bajo las pantallas de las lámparas. Barrió polvo, barro, ramitas y sacó un gorrión muerto de la bañera, luego abrió los grifos y frotó para quitar la marca del agua estancada. Al principio el agua salió fría y embarrada, y cuando empezó a fluir clara y caliente, llenó la bañera y añadió unas flores de lavanda del jardín. Sacó a su madre a rastras de la cama y la llevó tambaleándose al cuarto de baño. Molly la Loca juró y perjuró, arañó y pegó a Tilly con unas extremidades dignas de una araña de patas largas, pero no tardó en cansarse y se acurrucó en la bañera sin oponer más resistencia.

—Da igual —soltó de repente—. Todo el mundo sabe que la gelatina roja se queda dura más tiempo.

De ahí la risa como un cacareo que dejó al descubierto sus encías verdosas mientras miraba a Tilly con ojos lunáticos.

—Dame la dentadura —dijo Tilly con autoridad.

Molly cerró la boca con todas sus fuerzas. Tilly cruzó los brazos de Molly por delante del pecho y apretó para inmovilizarla, luego le pellizcó la nariz hasta que Molly abrió la boca para respirar. Le sacó la dentadura postiza haciendo palanca con una cuchara y la echó en un vaso con amoníaco. Molly chilló y se sacudió hasta que acabó agotada y limpia, y, mientras se secaba, Tilly aprovechó para levantar las camas. Cuando el sol estaba en el cénit, arrastró los colchones a la hierba para que se tostaran al sol.

Más tarde, devolvió la esquelética estructura ósea de Molly a la cama y le dio un té negro a cucharadas, sin dejar de hablar con ella ni un instante. Las respuestas de Molly eran propias de una maníaca furiosa, pero eran respuestas al fin y al cabo. Después se quedó dormida, así que Tilly aprovechó para sacar los restos carbonizados de la estufa, recogió leña y astillas del jardín y encendió el fuego. El humo subía como un globo por la chimenea y una comadreja que había en el tejado salió despavorida por entre las vigas. Abrió de par en par todas las puertas y ventanas y empezó a sacar cosas para tirarlas: una máquina de coser viejísima y un maniquí apolillado, un tambor de lavadora, periódicos viejos y cajas mugrientas, cortinas sucias y alfombras acartonadas, un sillón con varias sillas a juego descoladas, mesas rotas, latas y botellas de cristal vacías. En un abrir y cerrar de ojos, la casita de madera quedó enterrada en la basura.

Cuando Molly se despertó, Tilly la acompañó al excusado exterior, donde la sentó en el inodoro con las bragas por los tobillos y el camisón metido por debajo del jersey. Le ató las manos a la puerta del retrete con el cinturón de la bata para que no se escapara. Molly gritó a pleno pulmón hasta desgañitarse. Después Tilly calentó una sopa de tomate de lata y sentó a su madre al sol —evacuada, limpia y bien abrigada con una chaqueta, guantes, gorro, calcetines, zapatillas y mantas— y le dio de comer. Molly la Loca se dedicó a despotricar en todo momento. Tilly le limpió a su madre las manchas de tomate de la boca.

—¿Te ha gustado?

Su madre contestó con mucha educación:

—Sí, muchas gracias. Siempre nos encanta.

Y sonrió con complacencia a los demás seres que presenciaban el banquete, antes de vomitar encima de la mujer desconocida que intentaba envenenarla.

Tilly volvió a salir al porche, donde la brisa le aplastaba los pantalones contra las piernas delgadas. Más abajo, el humo salía formando círculos de debajo de un haya roja en el patio de los McSwiney, a los pies de La Colina, junto al vertedero. Los forasteros solían pensar que los vagones de tren abandonados y las caravanas maltrechas formaban parte del basurero, pero en realidad era el lugar donde vivía la familia McSwiney. Edward McSwiney era chatarrero de noche. Sabía sortear cualquier excusado exterior, recoger cualquier lata llena olvidada por las calles de Dungatar, incluso en las noches más negras y ventosas, sin derramar ni una gota. De día era repartidor: recorría el pueblo con su carreta y su hijo mediano, Barney, mientras unos cuantos críos correteaban detrás del carro.

La pequeña Myrtle tenía por costumbre mirar cómo jugaban los hijos de los McSwiney: el hijo mayor, algunos años más joven que ella, luego tres chicas y Barney, a quien «le faltaba un hervor». Tenía la cabeza torcida, casi en horizontal, y un pie deforme.

El pueblo en sí quedaba totalmente al descubierto, desnudo, ante el sol de la mañana. La estación de ferrocarril y la plaza, el silo gris que había paralelo a las vías del tren, cuyo arco sostenía los edificios pegados a la curva del arroyo de Dungatar, como si fueran pecas en una nariz. El arroyo siempre bajaba escaso, ahogado por los sauces y los juncos, las aguas eran mansas y silbaban a causa de los mosquitos. Los pioneros fundadores de Dungatar habían reservado una explanada por si el arroyo se inundaba en la parte interna de la curva, donde ahora se levantaba una especie de parque con un local social en el centro, la casita baja y húmeda del matrimonio Almanac en el extremo este, enfrente de su farmacia, y la escuela en la parte oeste, donde Prudence Dimm había dado clases a los niños de Dungatar desde tiempos inmemoriales. La calle mayor seguía la curva del parque y lo separaba del eje comercial. La comisaría estaba en la carretera, hacia el este, a mitad de camino entre el cementerio y el final del pueblo. No era una carretera muy transitada, de modo que en la cuneta había unas cuantas tiendas y establecimientos: la farmacia, luego el Hotel de la Estación y después el almacén Productos Comerciales A y M Pratt, una tienda a caballo entre la ferretería y los ultramarinos que vendía todo lo que alguien pudiera necesitar. La oficina de correos, el banco y la centralita telefónica se albergaban juntos en el siguiente edificio, y el último, el que quedaba en el extremo occidental, era una combinación de ayuntamiento y biblioteca. Las casas de Dungatar, desperdigadas por detrás del eje comercial, quedaban divididas por un estrecho camino de grava que conducía al campo de fútbol.

El ojo verde del estadio semicubierto devolvió la mirada a Tilly desde abajo, mientras los coches que lo rodeaban definían las pestañas. Dentro de casa, su madre se removió y la llamó, y la comadreja volvió a corretear por el tejado haciendo ruido.

Tilly se acercó al césped y vio el tendedero tirado en el suelo. Lo levantó y lo lavó con la manguera. Luego dejó que se secara al sol.

2

Los sábados por la mañana la calle mayor de Dungatar cantaba al son de las furgonetas de los granjeros y de los sólidos automóviles británicos que transportaban a las elegantes familias de ganaderos. Los niños de más edad se encargaban de cuidar a sus hermanos menores y llevarlos al parque, para que las madres pudieran salir a comprar y cotillear. Los hombres se agrupaban en corrillos y hablaban del tiempo mientras miraban el cielo, y las mujeres de piel fina y huesos recios con vestidos veraniegos de flores y sombreros de fieltro se sentaban detrás de unas improvisadas mesas plegables a vender boletos de la rifa.

El sargento Farrat pasó por delante de un joven que estaba encorvado detrás de la rueda de un polvoriento coche Triumph Gloria y cruzó la calle para ir a la tienda de Pratt. Se encontró a Mona Beaumont en la puerta.

—Buenos días, Mona —la saludó—. Veo que has dejado a tu hermano tranquilamente en casa, ¿no?

—Madre diiiice que podemos despedir a esos odiosos teeeemporeros. Que el señor Mac-Swiiiiney…

Mona siempre alargaba mucho las palabras y pronunciaba las frases con un tono monótono que el sargento Farrat procuraba compensar utilizando sus vocales más melodiosas cuando hablaba con ella.

—No te precipites, Mona. Es muy probable que alguna de esas solteras en edad de merecer le eche el guante a William antes de que nos demos cuenta. —Sonrió con picardía—. A lo mejor te lo encuentras entretenido en otro sitio.

Mona se balanceó hacia un lado, azorada, y se tiró de los hilillos que le salían del puño del jersey.

—Madre diiiice que las chicas del pueblo no son nada fiiiinas.

El sargento Farrat miró el sombrero de tweed de Mona, que llevaba emplastado en la cabeza como si fuera un gato muerto. Tenía una pose lánguida y sin gracia.

—Al contrario, Mona, la historia nos ha vuelto a todos independientes. Estamos en una época progresista: es una ventaja ser experto, y mucho más para el sexo débil...

Mona soltó una risita al oír la palabra «sexo».

—... Por ejemplo, fíjate en las mujeres de la familia Pratt. Saben de tuercas y tornillos, y conocen polvos que son letales para los gusanos que atacan a las ovejas merinas llenas de moscas, y también saben qué pienso va mejor para el ganado y cómo acabar con los piojos, tienen nociones de mercería, conocen productos para conservar la fruta y distintos accesorios para la higiene femenina. Es muy útil.

—Pero madre diiiice que no es nada fiiiino...

—Sí, ya me he dado cuenta de que tu madre se considera una mujer muy fina.

El sargento sonrió, se dio un golpecito en la gorra y entró en la tienda. Mona se sacó un pañuelo arrugado que llevaba metido en el puño, se lo llevó a la boca abierta y miró a su alrededor, perpleja.

Alvin Pratt, su esposa Muriel, su hija Gertrude y Reginald Blood, el carnicero, trabajaban con alegría y tesón cada uno detrás de un mostrador. Gertrude se ocupaba de las verduras y los productos a granel. Ataba los paquetes con un cordel, que luego cortaba con los dedos desnudos: una habilidad de lo más reveladora, pensaba el sargento. La señora Muriel Pratt era la experta en mercería y ferretería. La gente murmuraba que la ferretería se le daba mejor. La casquería y la carnicería estaban en el rincón del fondo de la tienda, donde Reginald limpiaba y partía carcasas de animales y embutía la carne picada en el intestino de las ovejas, para luego colocar pulcramente las salchichas alrededor de las chuletas de lomo redondeadas. El señor Alvin Pratt era cortés, pero muy tacaño. Recogía las ganancias de la caja registradora tres veces al día y ponía las cuentas pendientes de la clientela por orden alfabético en su despacho acristalado. Los clientes solían darle la espalda al dueño mientras Gertrude pesaba los copos de avena o iba a buscar semillas Aspros, porque se dedicaba a sacar archivadores de unos enormes cajones de madera y pasaba lentamente las páginas de rayas azules mientras esperaban.

El sargento Farrat se acercó a Gertrude, inmensa y muy seria con su vestido de flores de color azul marino, más tiesa que un palo detrás del mostrador de las legumbres. Su madre, aburrida y en babia, estaba apoyada en el mostrador de al lado.

—¿Qué tal, Gertrude? ¿Y Muriel?

—Muy bien, gracias, sargento.

—Supongo que esta tarde irás a ver a nuestros futbolistas, ¿verdad? Juegan la final.

—Tenemos que terminar de hacer muchas cosas antes de poder salir a distraernos, sargento Farrat —contestó Gertrude.

El sargento le sostuvo la mirada a Gertrude un instante.

—Ay, Gertrude, a quien le gusta trabajar nunca se le acaba el trabajo.

Se dirigió a Muriel y sonrió.

—¿Sería tan amable de darme tela de guinga de cuadros azules y cinta para bies a juego? Quiero hacer unas cortinas para el baño.

Ya estaban acostumbrados a las manías de soltero del sargento; solía comprar tela para hacer cortinas o manteles. Muriel decía que debía de tener el ajuar más elegante del pueblo.

En el mostrador de la mercería, el sargento Farrat se fijó en el muestrario de botones mientras Muriel medía y cortaba cinco yardas de guinga. El sargento se las quitó de las manos para doblarlas él alisándolas contra el uniforme a la vez que aspiraba el olor a nuevo y a almidón. Mientras tanto, Muriel extendió el papel de envolver sobre el cristal del mostrador.

Gertrude bajó la mirada hacia el número de la revista *Women's Illustrated* que tenía debajo del mostrador. «DISEÑA TU PROPIA FALDA DE VAQUERA», invitaba la portada, en la que aparecía una chica guapa en medio de un giro que permitía desplegar una alegre falda de guinga de cuadros azules y blancos, cortado al bies con unos lacitos decorativos que tapaban las costuras. Esbozó una sonrisa secreta y maliciosa y observó al sargento Farrat (un hombre robusto con un paquete marrón bajo el brazo) mientras salía por la puerta y cruzaba la calle hacia el Gloria Triumph. El coche de los Beaumont estaba aparcado junto al parque. Había alguien sentado en el asiento del conductor. La mujer se acercó a la puerta, pero Alvin Pratt gritó desde el fondo de la tienda:

—¡Gertrude, hay clientes donde la paja!

Así pues, la chica pasó entre las estanterías bajo los lentos ventiladores del techo hasta llegar al fondo, donde la señorita Mona y la señora Elsbeth Beaumont de Windswept Crest aguardaban delante del resplandor de los sacos de grava para el jardín. La señora Beaumont se daba «aires de grandeza». Era la hija de un granjero que se había casado con el hijo de un pastor acaudalado, aunque no lo era tanto como había creído Elsbeth al comprometerse. Era una mujer menuda, nerviosa, delgada como una navaja, con la nariz larga y una expresión autoritaria. Como siempre, llevaba un vestido de diario de lino de color azul marino y su típica piel de zorro. En el dedo anular con manchas del sol lucía un diamante diminuto engarzado en el anillo de pedida, junto con una alianza de oro muy fina. Tenía al lado a su hija, que no decía ni una palabra y se limitaba a arrugar el pañuelo.

Muriel, lacónica y desaliñada, con el delantal mugriento, se dirigió a Elsbeth.

—Nuestra Gert es una chica fuerte y muy capaz. ¿Cuándo ha dicho que ha vuelto William? —le preguntó.

—Ah —comentó Gertrude con una sonrisa—. Ha vuelto William, ¿eh?

Mona rompió el silencio.

—Sí, y está...

—Estoy esperando —espetó la señora Beaumont.

—La señora Beaumont necesita mezcla de paja y heno, cariño —dijo Muriel.

Gertrude se la imaginó con un saco de paja colgado del morro.

—¿Quiere que le mezcle avena con la paja, señora Beaumont?

Elsbeth inspiró hondo y el zorro muerto que llevaba sobre los hombros se elevó.

—El caballo de William prefiere la paja sola.

—Apuesto a que no es la única mujer que se alegra de que haya vuelto su hijo —comentó Muriel, y le dio un codazo.

Elsbeth desvió la mirada hacia la chica que se inclinaba sobre el cajón de la paja y la cogía a paladas para meterla en un saco de arpillera.

—A William le espera mucho trabajo en la finca —gritó—. Tardará en ponerse al día y luego tendrá que esforzarse de veras para asegurar nuestro futuro. Pero las tierras no lo serán todo para William. Ha viajado, se ha codeado con la gente de la sociedad, que últimamente es muy mundana. Tendrá que buscar con ahínco en otros muchos sitios, lejos de este pueblo, hasta encontrar la… compañía más adecuada.

Muriel le dio la razón con un movimiento de la cabeza. Gertrude ya estaba de nuevo junto a las mujeres, con la paja contra las rodillas. Se inclinó hacia Elsbeth y le sacudió algo que llevaba en el hombro. Unos pelillos de zorro flotaron en el aire.

—Pensaba que se le había puesto algo encima de su pobre zorro, señora Beaumont.

—Seguro que era paja —dijo Elsbeth, y miró con desdén la tienda.

—No —contestó Gertrude con actitud inocente—. Ya sé lo que es. Me parece que le iría bien una caja de naftalina. ¿Quiere que vaya a buscársela?

Entonces volvió a alargar la mano y pellizcó unos pelillos de zorro comidos por las polillas para soltarlos y que flotaran delante de las mujeres. Los ojos atentos de las mujeres que rodeaban a

Elsbeth Beaumont se centraron en las calvas que quedaban en la piel apolillada y clareada. La señora Beaumont abrió la boca para replicar, pero Muriel se limitó a decir:

—Cargamos en la cuenta la paja, como siempre.

William Beaumont júnior había vuelto a Dungatar la noche anterior, apenas unas horas antes que Tilly Dunnage. Había estudiado en la Escuela de Agricultura de Armidale, una ciudad pequeña del interior del país. Cuando William se bajó del tren, su madre se le tiró al cuello, le aplastó las mejillas entre las palmas y dijo:

—¡Hijo mío, has vuelto a casa para forjarte tu futuro…! ¡Y has vuelto con tu madre!

Ahora la esperaba a ella y a su hermana en el coche familiar, con el *Amalgamated Winyerp Dungatar Gazette Argus*, el periódico comarcal, arrugado en el regazo. Miraba fijamente la calle mayor y, detrás, la cabaña de La Colina. Se entretenía en observar el humo rizado que salía por la chimenea. La cabaña la había construido hacía mucho tiempo un hombre que en teoría quería avistar a los soldados de avanzadilla. Se murió de repente poco después de terminarla, así que el ayuntamiento adquirió tanto la casita como el terreno que la rodeaba y luego cavó el vertedero en la ladera. Cuando vendieron La Colina y la cabaña, lo hicieron por poco dinero. Por un momento, William fantaseó que sería bonito vivir allí arriba, en lo alto de La Colina, separado del resto pero viéndolo todo. Suspiró y desvió la mirada hacia el este, hacia el terreno llano, el cementerio y el campo de cultivo que quedaba por detrás de la comisaría, a la salida del pueblo, más allá de las fachadas de las tiendas de ladrillo gastado y de las casas de madera combada y con la pintura desconchada.

—Mi futuro —murmuró William con determinación—. Haré que valga la pena vivir aquí.

La duda lo asaltó y se miró el regazo, le temblaba la barbilla.

La puerta del coche se abrió y William dio un respingo. Mona se deslizó como un gato en el asiento posterior.

—Madre dice que vayas.

Acercó el coche hasta la trastienda de Pratt y, mientras cargaba el saco de paja en el maletero, una chica grandona que había delante del enorme portón abierto le sonrió: una chica expectante con una sonrisa de oreja a oreja que estaba plantada junto a su anodina madre delante de un telón de redes y cañas de pescar, máquinas cortacésped, cuerdas, neumáticos de coche y tractor, mangueras y bridas para caballos, cubos esmaltados y rastrillos en una nube de polvo de grano.

Mientras se alejaban con el coche, Mona se sonó y dijo:

—Cada vez que vengo al pueblo me entra alergia.

—A mí tampoco me sienta bien —dijo Elsbeth paseando la mirada entre el paisanaje.

Las mujeres de los puestos callejeros, los compradores y los propietarios habían formado corrillos en el camino y miraban hacia La Colina.

—¿Quién vive ahora en casa de Molly la Loca? —preguntó William.

—Molly la Loca —contestó Elsbeth—, salvo que haya muerto.

—Ahí vive alguien… Han encendido el fuego —insistió William.

Elsbeth se dio la vuelta y miró por la luna trasera del coche.

—¡Para! —chilló.

El sargento Farrat se detuvo en la puerta del ayuntamiento

para echar un vistazo a La Colina, luego dirigió la mirada hacia la calle. Nancy Pickett se apoyó en la escoba gastada delante de la farmacia, mientras Fred y Purl Bundle caminaban ociosos desde el pub para reunirse con las hermanas Ruth y Prudence Dimm enfrente del edificio de correos. En el despacho, el concejal Evan Pettyman cogió la taza de café y giró la silla de piel que le correspondía como responsable municipal para mirar por la ventana. Dio un respingo y derramó el café. Soltó un juramento.

Por las callejuelas, Beula Harridene corría entre las amas de casa que habían salido a sus parcelitas de jardín con la bata y los rulos.

—Ha vuelto —susurraba—. Myrtle Dunnage ha vuelto.

En el vertedero, Mae McSwiney vigilaba a su hijo Teddy, que desde el patio de atrás observaba a la chica delgada con pantalones que había en el porche, con el pelo suelto ondeando al viento. Mae cruzó los brazos y arrugó la frente.

* * *

Esa tarde, el sargento Farrat estaba de pie delante de la mesa, muy concentrado, y se esforzaba por tocarse la punta de la nariz con la lengua. Pasó un fino pulgar por los dientes afilados de las tijeras dentadas de modista y luego se abrió paso con ellas por la tela de guinga. De niño, el pequeño Horatio Farrat había vivido con su madre en Melbourne encima de una sombrerería. En cuanto tuvo edad suficiente, entró en el cuerpo de policía. Justo después de la ceremonia de graduación, Horatio se acercó a sus superiores con bocetos y patrones. Había diseñado unos nuevos uniformes de policía.

El agente Farrat fue destinado inmediatamente a Dungatar, donde encontró un clima extremo y mucha paz y tranquilidad. A los aldeanos les encantó descubrir que el agente de policía recién llegado era también juez de paz y que, a diferencia del sargento anterior, no quería apuntarse al club de fútbol ni insistía en que regalaran la cerveza. El sargento sabía diseñar ropa y confeccionaba sus propias prendas y sombreros, siempre acorde con la temporada. Algunas veces los conjuntos no eran los más favorecedores para su físico, pero todos eran únicos e irrepetibles. Podía deleitarse con el efecto de sus modelitos cuando estaba de vacaciones, pero en Dungatar solo se los ponía dentro de casa. Al sargento le gustaba coger vacaciones en primavera, y pasaba dos semanas en Melbourne, que dedicaba a salir de compras, disfrutar de los desfiles de moda de Myers y David Jones, e ir al teatro, aunque siempre se alegraba de volver a casa. Su jardín se resentía sin él, y le encantaba su pueblo, su hogar, su despacho. Se sentaba delante de la Singer, le daba al pedal con el pie enfundado en el calcetín y guiaba las costuras de la falda por debajo de la aguja que repiqueteaba como un martillo.

Las bocinas de los coches y los vítores crecientes flotaban en el estadio de fútbol, en cuya tribuna se hallaban los jóvenes, bebiendo cerveza. Varios hombres con sombrero y abrigo gris se habían reunido junto a los vestuarios, tapando el paso, y hoy sus mujeres habían abandonado las labores para observar todos los movimientos de los equipos. En el desierto puesto de refrigerios, las tartaletas se estaban carbonizando en el horno caliente y los niños se acuclillaban detrás del hervidor de salchichas y se entretenían en quitarles el glaseado a las empanadillas. La multitud rugió y volvieron a atronar las bocinas. Dungatar iba ganando.

Abajo, en el Hotel de la Estación, Fred Bundle también oyó los sonidos que flotaban en la tarde gris y recogió unos cuantos taburetes más de la terraza del bar. Una vez, Fred se había puesto como una cuba y su piel había adquirido la textura de un trapo empapado de cerveza. Llevaba horas sirviendo en la barra del bar y había abierto la trampilla con la intención de coger otro barril. Buscó la linterna, retrocedió un paso y desapareció. Se había caído por la bodega: una caída a plomo de diez pies sobre un suelo de ladrillo. Cargó el barril, acabó el turno y cerró como siempre. Al ver que no bajaba a desayunar sus habituales huevos con beicon a la mañana siguiente, Purl subió a verlo. Retiró las sábanas y vio que las piernas de su querido ex futbolista estaban moradas e hinchadas como si fueran troncos de árbol del caucho. El médico dijo que se había roto ambos fémures por dos partes. Ahora Fred Bundle era abstemio.

En la cocina, Purl murmuraba mientras limpiaba la lechuga, cortaba tomates y extendía mantequilla en el pan para preparar unos sándwiches de jamón de York. Como era camarera y esposa del dueño del pub, Purl consideraba que era primordial ser atractiva. Se arreglaba el pelo rubio de bote todas las noches y se pintaba las uñas y los labios con carmín. También se ponía lazos a juego en el pelo. Le encantaba llevar pantalones de pirata con tacones de aguja y flores de plástico de adorno. Los borrachos se quitaban el sombrero ante ella y los granjeros le llevaban conejos recién despellejados o calabazas del huerto. Las mujeres normales y corrientes de Dungatar torcían la boca y la miraban con desdén: «Te arreglas el pelo tú, ¿verdad, Purl? A mí no me importa pagar para que me peinen como es debido».

«Lo que les pasa es que están celosas», solía decir Fred, y le pellizcaba el culo a su esposa. Así pues, Purl se plantaba delante del espejo del tocador por las mañanas, sonreía ante su reflejo rubio y encarnado y decía: «La envidia es una maldición, y la fealdad es peor».

Se oyó el timbrazo de la sirena que daba fin al partido y el himno del club, cada vez más alto, salió del estadio. Fred y Purl se abrazaron detrás de la barra y el sargento Farrat dejó de cortar.

—¡Viva! —exclamó.

La sirena no llegó a oídos del señor Almanac, que estaba en su farmacia. Se hallaba absorto, repasando los paquetes de fotografías que acababan de llegarle del laboratorio de revelado de Winyerp. Observaba las imágenes en blanco y negro a la luz de la nevera abierta, que contenía muchos secretos: aceite de halibut de la marca Crooks, emplastos, píldoras de colores dentro de frascos tapados con algodón, cremas, panaceas y purgantes, vomitivos, inhibidores del glomérulo renal, pociones para ampollas y arrugas, frascos de cristal tintado y jarras con hongos para los ciclos menstruales o esencia de animal para las irritaciones masculinas, peróxido para las espinillas, los forúnculos, el acné, los orzuelos…, cataplasmas y tubos para combatir la sinusitis, cloroformo y sales, ungüentos y sales, minerales y tintes, piedras, ceras y abrasivos, antídotos para el veneno y oxidantes infalibles, leche de magnesio y ácidos para tratar el cáncer, bisturís y agujas e hilo reabsorbible, hierbas y otros productos botánicos, antieméticos y antipiréticos, resinas y tapones para los oídos, lubricantes y utensilios para extraer objetos introducidos sin querer por los orificios. El señor Almanac atendía a los habitantes del pueblo con los productos que contenía su nevera, y solo el señor Almanac sabía qué necesitaba alguien y por qué. (El médico más cercano estaba a treinta millas.) En ese momento escudriñaba las instantáneas en blanco y negro que había encargado Faith O'Brien... Faith de pie, sonriente con su marido Hamish en la estación de ferrocarril; Faith O'Brien reclinada en una manta junto al Ford Prefect negro de Reginald Blood, con la blusa desabrochada, la falda subida y la braga a la vista.

El señor Almanac soltó un gruñido.

—Pecadores —dijo mientras devolvía las fotos al sobre azul y blanco.

Alargó un brazo agarrotado y torcido hasta el fondo de la nevera y sacó un frasco con una pasta blanca. Faith había ido a la farmacia y le había dicho en un susurro al señor Almanac que tenía «un picor... ahí abajo», y ahora sabía que su lujurioso marido no era el causante de su incomodidad. El señor Almanac desenroscó la tapa y olfateó, luego alargó la mano para llegar a la lata abierta de producto limpiador abrasivo White Lily que tenía en el fregadero, junto al codo. Cogió un poco con los dedos y lo mezcló con la poción. Removió bien, volvió a enroscar la tapa y dejó el frasco en la parte delantera de la estantería superior de la nevera.

Cerró la puerta, extendió los brazos a ambos lados de la nevera y se agarró fuerte. Con un leve gruñido, el agarrotado hombre inclinó el torso tullido hacia la izquierda en un movimiento agónico, luego se inclinó hacia la derecha, y fue dándose impulso y balanceando el rígido cuerpo hasta que consiguió levantar un pie. El otro pie lo siguió y el señor Almanac se dio la vuelta y empezó a cruzar el dispensario sin despegar las plantas del suelo. No se detuvo hasta chocarse contra el mostrador de la tienda. Todos los mostradores y estantes de la farmacia del señor Almanac estaban vacíos. Lo que había a la vista estaba o bien guardado en vitrinas de cristal reforzado o bien en muebles con los cantos subidos, como las mesas de billar, para que nada se cayera ni pudiera romperse cuando el señor Almanac se chocaba contra el mobiliario. La enfermedad de Parkinson, cada vez más acentuada, lo había dejado encorvado, como un inseguro signo de interrogación. Con la cara siempre mirando al suelo, se tambaleaba por la tienda con pasos cortos y así cruzaba la calle hasta su casa baja y húmeda. La colisión era su aliada y salvadora cuando su ayudante Nancy no estaba en la tienda, y sus clientes estaban acostumbrados a saludar solo la coronilla medio calva del anciano, que se alzaba detrás de la ornamentada y cantarina caja registradora bañada de cobre. Conforme avanzaba su enfermedad, también avanzaba su irritación por culpa del estado de las aceras de Dungatar y por eso había llegado a escribir al señor Evan Pettyman, el concejal.

El señor Almanac esperó, detenido y apostado contra el mostrador, hasta que llegó Nancy.

—Yuju... Ya estoy aquí, jefe.

Con amabilidad, lo cogió del codo y lo condujo hasta la puerta principal, le caló ligeramente el sombrero sobre la cabeza inclinada y le puso la bufanda, que ajustó con un nudo en la nuca, para que ocupara el lugar que en otro tiempo ocupaba la cabeza. Se agachó delante de él y le dijo mirándolo a la cara:

—Hoy ha sido un partido reñido. ¡Solo les hemos ganado por ocho goles a dos! Me parece que algún jugador se ha hecho una lesión leve, pero ya les he dicho que seguro que usted tenía linimento y vendas de sobra.

Le dio unas palmaditas en las doloridas vértebras cervicales, le recolocó el abrigo blanco y lo acompañó hasta la acera. La señora Almanac estaba sentada en la silla de ruedas en la puerta que había enfrente. Nancy echó un vistazo rápido a ambos lados de la calzada y dio un empujón a su jefe, que se dirigió entre resoplidos hacia la parte central de la carretera, más elevada, y luego emprendió el descenso hacia la señora Almanac, quien sujetaba un cojín a la altura de los brazos. El sombrero del señor Almanac se detuvo con suavidad al topar con el cojín, en el que se incrustó, y el farmacéutico llegó sano y salvo a casa.

En el repecho de Windswept Crest, Elsbeth Beaumont estaba de pie junto a la cocinilla Aga, en la cocina de su casa, rociando cariñosamente una pierna de cerdo al horno con su jugo; a su hijo le encantaba el asado crujiente. William Beaumont júnior se encontraba en el estadio, riendo con los demás hombres en el vestuario, envuelto por el vaho, con colegas desnudos y olor a sudor y a calcetines sucios, a jabón Palmolive y a linimento. Se sentía a gusto, valiente y confiado en medio de ese ambiente sucio y familiar de rodillas rasguñadas y manchadas de hierba, entre canciones y obscenidades. Scotty Pullit sonreía junto a William y bebía de una petaca mientras saltaba sobre los talones. Scotty era frágil y tenía la piel encarnada, con una nariz bulbosa de punta azulada y una tos agarrada y productiva por culpa del paquete de Capstan que se fumaba a diario. Había fracasado como marido y como jinete, pero se había topado con el éxito y la popularidad tras lograr destilar un soberbio aguardiente de sandía. Tenía la destilería en algún lugar secreto cerca de la orilla del arroyo. Se bebía la mayor parte de su producción, pero reservaba el resto y lo vendía o se lo daba a Purl a cambio de comida, tabaco y el alquiler.

—¡Y qué me decís del primer gol de la tercera parte! La retenía para dársela a un colega, ¿eh? Era cuestión de esperar a la sirena, desde el bar llegaban los gritos de los fans...

Soltó una carcajada y empezó a toser hasta que se puso azul.

Fred Bundle destapó la botella con la delicadeza de un camarero y la acercó al vaso. Un líquido negro fluyó a toda velocidad. Dejó el vaso en la barra, delante de Hamish O'Brien, y rebuscó entre las monedas mojadas que había encima del trapo. Hamish contemplaba su Guinness y esperaba que se sedimentara el poso de espuma.

Se les acercó la primera remesa de juerguistas aficionados al fútbol. Iban cantando por la calle y luego entraron en tropel en el bar, que se llenó de aire fresco y olor a victoria; ahora el salón estaba lleno y alborotado.

—¡Estos son mis chicos! —exclamó Purl mientras abría los brazos hacia ellos, con una sonrisa resplandeciente en la cara.

El perfil de un joven llamó su atención (casi todos llamaban su atención), pero esta era una cara del pasado, y Fred le había ayudado a enterrar su pasado. Se quedó plantada, con los brazos extendidos, mientras veía al joven dar sorbos a la cerveza, con los futbolistas cantando y saltando alrededor de ella. El joven se volvió para mirarla, con una mancha de espuma en la punta de la nariz. Purl notó que se le contraía el suelo pélvico y se ayudó de la barra del bar para ganar estabilidad, con las cejas pegadas y la boca torcida.

—¿Bill? —preguntó.

Fred ya estaba a su lado.

—William se parece más a su padre que a su madre, ¿no crees, Purl?

La cogió por el codo.

—Soy William —dijo el joven mientras se limpiaba la espuma de la nariz—, no soy un fantasma.

Sonrió con la sonrisa de su padre. Teddy McSwiney llegó a la barra y se colocó junto a él.

—¿Qué, Purl? ¿Nos pones una cerveza? ¡Parece que hayas visto un fantasma!

Purl respiró hondo, aunque se sentía desconcertada.

—Teddy, nuestro delantero de oro… ¿Nos has hecho ganar el partido?

Teddy se puso a cantar una canción para beber. William se sumó y la muchedumbre les hizo los coros. Purl no le quitaba ojo al joven William, que reía encantado y gritaba que había que brindar cuando no le tocaba a él; intentaba adaptarse al ambiente. Fred no le quitaba ojo a su preciosa Purly.

Desde el fondo de la barra, el sargento Farrat miró a los ojos a Fred y señaló el reloj. Ya pasaban de sobra de las seis de la tarde. Fred levantó el pulgar y se lo enseñó al sargento. Purl interceptó al sargento en la puerta, cuando este se detuvo a recolocarse la gorra.

—Me he enterado de que esa tal Myrtle Dunnage ha vuelto.

El sargento asintió con la cabeza y se dio la vuelta, dispuesto a marcharse.

—Confío en que no piense quedarse.

—No lo sé —contestó el agente.

Entonces se marchó y los futbolistas empezaron a colocar cortinas oscuras en las puertas de cristal y en las ventanas; eran protectores contra los ataques aéreos que les quedaban de la guerra. Purl volvió a la barra y sirvió otra jarra ancha de cerveza espumo-

sa, que colocó con cuidado delante de William y le sonrió cariñosamente.

Una vez en el coche, el sargento Farrat volvió la mirada hacia
el pub, que se alzaba como una radio inalámbrica entre la niebla;
la luz se colaba por las rendijas de las cortinas de camuflaje junto
con el bullicio de los deportistas, los aficionados del equipo vencedor y los borrachos, que cantaban en el bar. Era poco probable
que el inspector del distrito pasase por allí. El sargento Farrat hizo
la ronda. Los limpiaparabrisas extendían por el cristal las gotas de
condensación de la niebla. Primero se dirigió al arroyo, para comprobar que no hubiera ladrones en la destilería de Scotty, y luego
resiguió las vías del ferrocarril hacia el cementerio. Ahí estaba el
Ford Prefect de Reginald Blood, con las ventanillas empañadas y
un movimiento rítmico, medio oculto por las tumbas. Dentro del
coche, Reginald levantó la mirada por entre los pechos exuberan-
tes de Faith O'Brien y dijo:

—Qué fina y tierna eres, Faith.

Y besó la suave aréola beige que rodeaba su pezón erecto
mientras su marido Hamish estaba sentado en la barra del bar del
Hotel de la Estación, sorbiendo la espuma beige de su pinta de
Guinness.

3

Había un paréntesis entre los hijos de los McSwiney después de Barney, una pausa, pero habían acabado acostumbrándose a él y decidieron que en realidad tampoco le ocurría nada grave, así que recuperaron el ritmo enseguida. En total, ahora había once retoños McSwiney. Teddy era el primogénito de Mae, el orgullo de su madre: atrevido, listo y astuto. Se encargaba de la partida de cartas en el pub los jueves y de las apuestas del *two-up* los viernes, organizaba bailes los sábados por la noche, siempre era el primero en apostar en las carreras, ganaba todas las porras el día de la Copa y era el primero en montar una rifa si hacía falta recaudar dinero para una buena causa. Decían que Teddy McSwiney era capaz de venderle agua del mar a un marinero. Era el valoradísimo delantero del equipo de Dungatar, un galán que enamoraba a todas las chicas guapas, pero era un McSwiney. Beula Harridene decía que no era más que un embaucador y un ladrón.

Estaba sentado en un asiento de autobús desvencijado delante de su caravana. Se cortaba las uñas de los pies y de vez en cuando levantaba la cabeza hacia la columna de humo que salía de la chimenea de Molly la Loca. Sus hermanas estaban en el patio frotando con ganas unas sábanas empapadas de jabón en una bañera vieja que también servía de cuarto de baño, abrevadero para el caballo y, en verano, cuando el arroyo iba bajo y estaba lleno de sanguijuelas, de piscina para los mocosos. Mae McSwiney tendió unas sábanas empapadas en el cable de telégrafo que colgaba entre las caravanas y las extendió bien, después de apartar a la cacatúa galah que tenían de mascota. Era una mujer práctica que vestía camisolas floreadas y se adornaba el pelo con una flor de plástico detrás de la oreja, rolliza y limpia, con la piel lustrosa y cubierta de pecas. Se quitó las pinzas de la boca y le dijo a su hijo mayor:

—¿Te acuerdas de Myrtle Dunnage? La que se fue del pueblo de cría cuando…

—Sí que me acuerdo —contestó Teddy.

—La vi ayer, llevando carretadas de basura al vertedero —comentó Mae.

—¿Hablaste con ella?

—No quiere hablar con nadie.

Mae siguió con la colada.

—Más que comprensible.

Teddy mantuvo la mirada fija en La Colina.

—Es una chica guapa —dijo Mae—, pero, como te decía, es muy reservada.

—Ya te he oído, Mae. ¿Está loca?

—No.

—Pero su madre sí, ¿no?

—Me alegro de no tener que llevarle más comida. Me sale el trabajo por las orejas. Anda, Teddy, ve a cazar un conejo para cenar, chiquitín.

Teddy se puso de pie y pasó los pulgares por las trabillas del pantalón. Dobló ligeramente la cintura, como si se dispusiera a caminar. Mae sabía que esa era la postura que adoptaba para maquinar.

Elizabeth y Mary escurrieron una sábana, que se estiró en espiral entre las dos como una barra de caramelo caliente. Margaret se la quitó de las manos y tiró la sábana a plomo en un cesto de mimbre.

—¡Otra vez conejo guisado no, mamá!

—Como usted diga, Princesa Margaret. Veremos si tu hermano Teddy es capaz de cazarnos un faisán y recoger un par de trufas por ahí en el vertedero… ¿O prefieres un buen filete de venado?

—Pues ya que lo preguntas, sí —contestó Margaret.

Teddy salió de la caravana con una escopeta del calibre 22 colgada al hombro. Se dirigió al patio que había detrás del retazo de huerto y cogió dos hurones dorados y esmirriados, los metió en una jaula y se puso en camino, con tres diminutos perros jack russell pisándole los talones.

* * *

Molly Dunnage se despertó con el sonido de un fuego que crepitaba y los pasos de la comadreja cruzando el tejado sin miramientos. Se aventuró a ir a la cocina y se apoyó en la pared para no perder el equilibrio. La chica delgada volvía a estar junto a los fogones, removiendo el veneno en una cazuela. Se sentó en una silla vieja al lado de la estufa de leña y la chica le tendió un cuenco con copos de avena. Apartó la cabeza.

—No está envenenado —dijo la chica—. Todos los demás se lo han comido.

Molly paseó la mirada por la habitación. No había nadie más.

—¿Qué les has dado a todos mis amigos?

—Se lo han comido antes de marcharse —dijo Tilly, y sonrió a Molly—. Ahora solo estamos nosotras dos, mamá.

—¿Cuánto tiempo vas a quedarte?

—Hasta que decida irme.

—Aquí no hay nada —dijo Molly.

—En ningún sitio hay nada.

Dejó el cuenco delante de su madre.

Molly cogió una cucharada de avena.

—¿Por qué has venido? —le preguntó.

—En busca de paz y tranquilidad —contestó la chica.

—Pues mala suerte —dijo Molly, y le tiró la cuchara llena a su hija.

La avena se pegó como la brea caliente al brazo de Tilly y le quemó tanto la piel que le salió una ampolla.

Tilly se ató un pañuelo sobre la nariz y la boca y se colocó un saco de cebollas vacío encima del ancho sombrero de paja. Luego se lo ató al cuello con un pedazo de cordel. Se metió las perneras del pantalón por debajo de los calcetines y empujó la carretilla vacía hasta el vertedero. Se adentró en el foso de basura y rebuscó entre papeles ajados y fétidos restos de comida, mientras las moscas zumbaban a su alrededor. Forcejeaba para sacar una silla de ruedas medio sumergida en los desechos cuando oyó una voz de hombre.

—En casa tenemos una, y funciona. Si quieres, te la doy.

Tilly levantó la cabeza hacia el joven. Tres perrillos marrones y blancos aguardaban a su lado, escuchando. Llevaba en la mano una jaula con dos hurones que se retorcían, y una escopeta y tres conejos muertos le colgaban de los hombros. Era un tipo enjuto y nervudo, nada corpulento, y llevaba el sombrero echado hacia atrás.

—Soy Ted McSwiney y tú eres Myrtle Dunnage.

Sonrió. Tenía los dientes rectos y blancos.

—¿Cómo lo sabes?

—Sé muchas cosas.

—Tu madre, Mae, ¿verdad?, cuidaba de Molly de vez en cuando, ¿no? —le preguntó Tilly.

—Sí, de vez en cuando.

—Dale las gracias.

Tilly siguió escarbando y apartó latas de fruta confitada, cabezas de muñeca y ruedas de bicicleta dobladas.

—Díselo tú cuando vayas a buscar la silla de ruedas —contestó él.

La chica siguió escarbando.

—Así que ya puedes salir de ahí. Bueno, si quieres, claro —insistió.

Tilly se irguió y suspiró. Se apartó las moscas que rondaban el saco de cebollas. Teddy la observó mientras ascendía a trompicones entre la basura por el lateral más alejado del vertedero, el que quedaba próximo a la zanja en la que su padre vaciaba las latas por la noche. Rodeó el vertedero y esperó junto al borde a que ella acabara de subir. Tilly se incorporó, alzó la mirada hacia el rostro de Teddy y estuvo a punto de perder el equilibrio. El joven la agarró para darle estabilidad. Bajaron la mirada a la burbujeante piscina marrón.

Tilly se soltó.

—Me has asustado —le dijo.

—Soy yo el que debería haberse asustado al verte, ¿o no?

Le guiñó un ojo, se dio la vuelta y se marchó silbando por el montículo.

Al llegar a casa, Tilly se quitó toda la ropa y la tiró al centelleante fuego de la estufa de leña. Luego se sumergió un buen rato en un baño caliente. Pensó en Teddy McSwiney y se preguntó si el resto del pueblo sería igual de amable. Se estaba secando el pelo junto al fuego cuando Molly salió tambaleándose del dormitorio.

—Has vuelto. ¿Quieres una taza de té? —le preguntó su madre.

—Me encantaría —dijo Tilly.

—Pues hazme una a mí también —contestó Molly, y se sentó. Agarró el atizador y removió las astillas encendidas.

—¿Has visto a algún conocido en el vertedero? —le preguntó con una risita.

Tilly vertió el agua hirviendo en la tetera y sacó dos tazas grandes del armario.

—Aquí no se pueden guardar secretos —dijo la anciana—. Todo el mundo lo sabe todo de todos, pero nadie dice ni pío por miedo a que otro hable mal de él. Pero tú no cuentas… Con los descastados no se tienen remilgos.

—Supongo que tienes razón —contestó Tilly, y sirvió té negro para las dos.

Por la mañana, una silla de ruedas antigua de mimbre gastado, con el cuero pelado y enclenques ruedas de metal esperaba junto a la puerta trasera de la casa de Tilly. Estaba recién lavada y apestaba a desinfectante Dettol.

4

El sábado siguiente se celebraba el partido entre Itheca y Winyerp. El vencedor jugaría contra Dungatar en la gran final una semana más tarde. Tilly Dunnage no abandonó su meticulosa batalla contra la suciedad hasta que la casa quedó bien frotada, limpia y reluciente, hasta que los armarios quedaron vacíos y se comieron toda la comida enlatada. Ahora Molly estaba sentada en la silla de ruedas en el porche, donde le daba el sol moteado de sombras. La glicinia que tenía detrás empezaba a echar capullos. Tilly colocó una mantita de cuadros escoceses de Onkaparinga sobre las rodillas de su madre.

—Ya me conozco a la gente como tú —espetó Molly, mientras sacudía la cabeza y levantaba los dedos traslúcidos.

Con los días, conforme la comida nutría su cuerpo y, de paso, su mente, Molly había recuperado parte del sentido. Se daba cuenta de que tendría que ser ingeniosa y emplear una tozuda resistencia y una violencia sutil contra esa mujer más fuerte que ella que estaba decidida a quedarse. Tilly acarició el rebelde pelo canoso de Molly y se colgó del hombro la cesta de fibra trenzada, se caló un sombrero de paja de ala ancha, se puso gafas de sol y empujó la silla de ruedas para sacarla del porche y pasearla por entre la hierba y los dientes de león amarillos.

Al llegar a los postes de la entrada se detuvieron y miraron hacia abajo. En la calle mayor, la gente que iba a comprar los sábados entraba y salía de las tiendas o se paraba a hablar en corrillos. Tilly respiró hondo y siguió empujando la silla. Molly se agarró de los reposabrazos de mimbre y no dejó de bramar ni un segundo mientras bajaban la cuesta de La Colina.

—¿Lo ves? ¡Quieres matarme! —chilló.

—No —contestó Tilly, y se secó las palmas sudorosas en los pantalones—. A los demás no les hubiera importado que te murieras. Te he salvado. Es a mí a quien intentarán matar ahora.

Cuando doblaron la esquina de la calle mayor volvieron a detenerse. Lois Pickett, gorda y llena de granos, y Beula Harridene, flaca y tacaña, montaban un puesto callejero los sábados por la mañana.

—¿Qué es eso? —preguntó Lois.

—¡Pues una silla de ruedas! —dijo Beula.

—Y la empuja…

En la puerta de al lado, Nancy dejó de barrer su pedazo de acera para fisgar quiénes eran las siluetas que pasaban con la silla de ruedas entre las sombras y las luces.

—Es ella. Es esa Myrtle Dunnage… Vaya fresca —dijo Beula.

—¡Vaya!

—¡Vaya, vaya, vaya!

—¡Y Molly la Loca!

—¿Lo sabe Marigold?

—¡NO! —gritó Beula—. ¡Marigold no sabe nada de nada!

—Casi me había olvidado.

—¡¿Cómo puedes olvidarte?!

—Qué fresca es esa chica.

—La que se va a armar…

—Y el pelo…

—No es natural…

—Que vienen…

—¡Y la ropa!

—Ooooaaa…

—¡Chist!

Mientras las descastadas se acercaban con la silla de ruedas, Lois alargó la mano para coger las agujas de hacer punto y Beula recolocó los frascos de mermelada casera en la estantería del puesto. Tilly se detuvo con las rodillas juntas para impedir que le temblaran y sonrió a las señoras con sus medias, sus ligas y sus chaquetas de punto.

—Hola.

—Ay, qué susto nos has dado, hija —dijo Lois.

—Madre mía, pero sí es Molly… Y esta debe de ser la joven Myrtle, que ha vuelto de… ¿Adónde habías ido, Myrtle? —preguntó Beula intentando traspasar las gafas de sol de Tilly.

—Fuera.

—¿Qué tal se encuentraaaaa, Molly? —preguntó Lois.

—No me puedo quejar —contestó Molly.

Molly escudriñó los pastelitos y Tilly miró qué había dentro de la cesta: jamón envasado, fiambre, piña, melocotones, un paquete de galletas Tic Toc, un pudin de Navidad, cacao en polvo Milo, pasta de untar Vegemite y pomada Rawleighs Salve, todo bien dispuesto en una cesta de mimbre y protegido con celofán rojo. La mujer dio un repaso a Tilly de arriba abajo.

—Es el premio de la rifa —dijo Lois—. La monta el señor Pratt para el Club de Fútbol. Los boletos cuestan seis peniques.

—Solo quiero un pastelito, gracias. Un bizcocho de chocolate con coco —dijo Tilly.

—¡Ni loca! Ese no, que pillaremos septicemia —dijo Molly.

Lois cruzó los brazos.

—¡Oiga!

Beula frunció los labios y levantó las cejas.

—¿Y qué te parece este? —le preguntó Tilly a su madre, y se mordió el labio superior para evitar sonreír.

Molly levantó la mirada hacia el sol reluciente, tan aburrido como las barras de acero calientes pasadas por los agujeros del tejadillo de chapa de zinc que cubría el porche.

—La nata estará rancia. El rollito de mermelada es menos peligroso.

—¿Cuánto cuesta? —preguntó Tilly.

—Dos…

—¡Tres chelines! —contestó Lois, que había preparado el bizcocho de chocolate, y miró a Molly con unos ojos que habrían podido incendiar el campo.

Tilly le entregó tres chelines y Lois le plantó el pastelito en las narices a Molly y luego se retiró. Tilly llevó a su madre hasta la tienda de Pratt.

—Menudo robo a mano armada —dijo Molly—. Esa Lois Pickett se rasca las costras y las espinillas y luego se come lo que se le queda en las uñas, y el coco que le pone al bizcocho es caspa, y luego dice que trabaja de limpiadora, le hace la casa a Irma Almanac. Y no tendrías que comprarle nada a Beula Harridene por principios, menuda calaña…

Muriel, Gertrude y Reg se quedaron de piedra en cuanto Tilly entró por la puerta empujando la silla de ruedas de Molly. Se la quedaron mirando mientras rebuscaba en la triste oferta de frutas y verduras, luego cogió unos cereales de la estantería y se los dio a su madre para que los sujetara. Cuando las dos mujeres se desplazaron a la sección de mercería, Alvin Pratt salió corriendo de la oficina. Tilly pidió tres yardas de crêpe georgette verde.

—Por supuesto —contestó Alvin.

Así pues, Muriel cortó y envolvió la tela y Alvin se acercó el paquete de papel de estraza al pecho y sonrió de oreja a oreja mirando a Tilly. Tenía los dientes marrones.

—Es un verde muy raro... Por eso tiene descuento. Pero bueno, si se esfuerza, conseguirá hacer algo con él. ¿Un mantel, a lo mejor?

Tilly abrió el monedero.

—Primero tendrá que liquidar la cuenta pendiente de su madre.

La sonrisa se esfumó y el tendero abrió la palma.

Molly se miraba las uñas. Tilly pagó.

Una vez fuera, Molly señaló la tienda con el pulgar y renegó:

—¡Ruin mercader de pacotilla!

Se dirigieron a la farmacia. Purl, descalza, daba manguerazos al camino de entrada, y se volvió para mirarlas pasar. Fred estaba en la bodega y cuando la manguera regó sin querer por encima de las trampillas abiertas, chilló y asomó la cabeza al nivel del suelo. También él se quedó mirando a las mujeres que pasaban. Nancy dejó de barrer para cotillear.

El señor Almanac estaba detrás de la máquina registradora.

—Buenos días —dijo Tilly en dirección a su cabeza redonda y rosada.

—Buenos días —murmuró él mirando hacia el suelo.

—Necesito un suero o una purga. Me están envenenando —suplicó Molly.

La cúpula calva del señor Almanac se contrajo y formó arrugas de piel.

—Soy Molly Dunnage, sigo viva. ¿Qué pasa con esa pobre mujer que tiene?

—Irma está tan bien como se podría esperar —dijo el señor Almanac—. ¿En qué puedo ayudarla?

Nancy Pickett entró por la puerta con la escoba en la mano. Era una mujer de cara cuadrada, hombros anchos y andares masculinos. De niñas, se sentaba al lado de Tilly en la escuela, le gastaba bromas, le metía la punta de la trenza en el tintero, y la seguía a casa después de clase para ayudar a los otros niños a darle una tunda. Nancy era una luchadora nata, y estaba encantada de dar un mamporro a cualquiera que se metiera con su hermano mayor, Bobby. Miró a la cara a Tilly.

—¿Qué buscan?

—Es la comida… —susurró Molly, pero en voz alta. Nancy se inclinó hacia ella—. Me lo pone en la comida.

Nancy asintió, como si supiera a qué se refería.

—Muy bien.

Cogió unas pastillas gástricas contra la acidez De Witts de una mesa y las colocó debajo de la cara del señor Almanac. Este levantó la mano de venas marcadas, tecleó en la caja registradora con las yemas y apretó fuerte un botón. Sonó un golpetazo, una campanilla y un golpe seco y metálico.

—Son seis peniques —dijo el señor Almanac sin resuello.

Tilly pagó al señor Almanac y, mientras pasaba por delante de Nancy, dijo en un murmullo:

—Si decido matarla, lo más probable es que le parta la nuca.

Purl, Fred, Alvin, Muriel, Gertrude, Beula y Lois, y todos los campesinos y quienes hacían la compra del sábado observaron a la hija ilegítima que empujaba la silla de su madre loca, una bruja casquivana. Madre e hija cruzaron la calle y se metieron en el parque.

—Algo me quema en la espalda —dijo Molly.

—A estas alturas ya deberías estar acostumbrada —dijo Tilly.

Continuaron hasta el arroyo y se detuvieron a contemplar unos patitos que se esforzaban por seguir a su madre contra la tímida corriente y el remolino de ramitas. Pasaron por delante de Irma Almanac, enmarcada en sus rosas, que se calentaba los huesos al sol delante de la puerta de su casa, una silueta rígida y descolorida con una llamativa mantita sobre las rodillas y nudillos como raíces de jengibre. La enfermedad que encorvaba a la señora Almanac era una artritis reumatoide. Tenía el rostro arrugado por el dolor; algunos días incluso la respiración le provocaba crujidos en los huesos y le encendía los músculos, como si le abrasaran. Era capaz de predecir cuándo iba a llover, a veces con una semana de antelación, de modo que servía de barómetro a los granjeros: a menudo le pedían a Irma que corroborase qué indicaban los callos de los pies cuando les dolían. Su marido no creía en los medicamentos. Son adictivos, decía. «Lo único que hace falta es el perdón de Dios, una mente limpia y una dieta completa, con mucha carne roja y verduras bien cocidas.»

Irma soñaba con deslizarse en el tiempo como el aceite en el agua. Anhelaba una vida sin dolor y sin el incordio de su marido jorobado, encastrado en un rincón o machacándola con la cantinela del pecado, la causa de todas las enfermedades.

—Siempre tiene unas rosas preciosas —comentó Molly—. ¿Cómo lo hace?

Irma levantó las cejas hacia los pétalos que tenía encima de la cabeza, pero no abrió los ojos.

—¿Molly Dunnage? —preguntó.

—Sí.

Molly alargó el brazo y le palpó el puño amoratado y desfigurado. Irma hizo una mueca, contuvo la respiración, tensa.

—Todavía le duele, ¿verdad?

—Un poco —dijo la señora Almanac, y abrió los ojos—. ¿Cómo está, Molly?

—Fatal, pero no me dejan quejarme. ¿Qué le pasa en los ojos?

—Hoy tengo artritis en los ojos. —Sonrió—. También va en silla de ruedas, Molly.

—Porque mi secuestradora quiere —contestó Molly.

Tilly se inclinó hacia delante para mirarla y se presentó:

—Señora Almanac, me llamo…

—Ya sé cómo te llamas, Myrtle. Está muy bien que hayas vuelto a casa con tu madre. Y eres muy valiente.

—Le ha llevado comida todos estos años…

—Ni lo nombres.

Irma dirigió una mirada de advertencia hacia la farmacia.

—Desde luego, yo tampoco lo nombraría, porque cocina de pena —intervino Molly. Sonrió con malicia a Irma—. Últimamente su marido tiene la mano más lenta. ¿Cómo se ha hecho eso?

Tilly colocó la mano con sumo tacto, más ligera que el polen de una flor, sobre el hombro huesudo y frío de la señora Almanac a modo de disculpa. Irma sonrió.

—Percival dice que Dios es responsable de todo.

Años atrás solía caerse montones de veces, y siempre acababa con un ojo morado o un labio partido. Con los años, conforme su marido se había transformado en un viejo agarrotado con problemas para andar, sus lesiones habían disminuido.

Irma levantó la mirada hacia las personas que hacían la compra en la otra punta de la calle. Estaban todos plantados en fila, y miraban a las tres mujeres que hablaban. Tilly se despidió y continuaron el camino por la orilla del arroyo hacia su casa.

Tras aparcar a Molly junto al hogaril de forma segura, Tilly se sentó en el porche y se lió un cigarrillo. Abajo, los aldeanos se arremolinaban igual que las gallinas que picotean los restos de verduras, y de vez en cuando levantaban la cabeza hacia la casa de La Colina, antes de volver a bajarla, ajetreados.

5

La señorita Prudence Dimm enseñaba a los habitantes de Dungatar a leer, a escribir y a multiplicar en la escuela que había enfrente de la oficina de correos, donde trabajaba su hermana Ruth. Prudence también era la bibliotecaria los sábados por la mañana y los miércoles por la tarde. Todo lo que ella tenía de grandona, blanca y corta de vista, Ruth lo tenía de menuda, vista de lince y quemada por el sol, con la piel de la textura del barro resquebrajado en el fondo de un charco seco. Ruth compartía el turno de noche en la centralita telefónica con Beula Harridene, pero era la única responsable de cargar y descargar las cartas y paquetes de Dungatar en el tren diario, además de ordenarlas y repartirlas. También se encargaba de depositar los ahorros de sus paisanos, cobrar cheques y pagar los seguros del hogar y de vida.

En el sillón grande de cuero que había en la oficina de correos, Nancy Pickett había enterrado la cabeza en la suave curva de la entrepierna de Ruth. Junto a ellas, la centralita permanecía en silencio, una pared eléctrica de luces, cables y enchufes, y auriculares. Las ramas de buganvilla arañaban con fuerza la ventana. Nancy se despertó, levantó la cabeza y parpadeó, con la carne de gallina, blanca y desnuda, y los pezones erectos como interruptores. Ruth se desperezó y bostezó. Una rama crujió en la calle mientras Beula se acercaba a la oficina de correos.

—¡Beula! —susurró Nancy.

Se escabulló detrás del panel de la centralita para vestirse. Ruth se apresuró a sentarse en su puesto de trabajo, encendió la luz del techo de un manotazo y exclamó:

—¡Buenos días, Beula!

Aún en la calle, Beula se introdujo en un colchón de espinos enmarañados y ramas rotas. Nancy salvó la corta distancia que la separaba del camino y se escabulló por entre las estacas sueltas de una valla, luego se coló por la ventana abierta de su casa y aterrizó sin hacer ruido en el linóleo de color rosa roja. Su madre, Lois, estaba tumbada en la cama rascándose las espinillas de la nariz, con la ropa interior de la víspera debajo de la almohada.

Nancy caminó sigilosa hasta el cuarto de baño y se echó agua en la cara, agarró el monedero y se dirigió a la cocina, donde Bobby estaba mezclando Denkovit en polvo con agua para dar de comer a los corderos. Nancy le había regalado un perro para Navidad; creía que así dejaría de chuparse el dedo. Pero hacía poco, mientras el perro defendía la casa y todo lo que había dentro, una agresiva serpiente marrón le había mordido y había muerto. En su tiempo libre, Bobby jugaba al fútbol y rescataba animales; entre ellos, varias tortugas, una goanna, un lagarto de lengua azul y varios gusanos de seda de los que los colegiales ya se habían cansado.

—Buenos días, tata.

—Llego tarde. El señor A me estará esperando.

Bobby vertió el Denkovit líquido y caliente en unos botellines de cerveza vacíos que había en el fregadero.

—No has desayunado. Tienes que comer algo. No conviene empezar el día sin desayunar.

Colocó unas tetinas de goma en la boca de las botellas.

—Tomaré leche.

Agarró una botella de la puerta de la Kelvinator y la sacudió. Luego se llevó la botella a los labios y bebió. Volvió a dejar la botella en la puerta de la nevera y se abrió paso entre las mascotas hambrientas que abarrotaban el porche de atrás: tres corderillos, dos gatos, un ternero regordete y una cría de canguro, unas cuantas palomas, cotorras, gallinas y un uómbat cojo.

Mientras abría la cerradura de la puerta de la farmacia vio acercarse a Beula Harridene. Tenía arañazos en las piernas y un pétalo morado le colgaba de la chaqueta de punto. Nancy se interpuso en su camino, le sonrió y dijo:

—Buenos días de nuevo, señora Harriden.

Beula fulminó a Nancy con la mirada y dijo:

—Un día de estos...

De repente soltó un suspiro, se llevó la mano a la boca y salió corriendo como un rayo. Nancy se sintió agradecida y asombrada a partes iguales. Acabó de abrir la puerta de la farmacia, se plantó delante del espejo para pasarse el cepillo por el pelo y vio por qué había echado a correr Beula: tenía los labios manchados de leche blanca. Sonrió.

* * *

El lunes a las nueve menos diez de la mañana, el sargento Farrat ya se había bañado y se había puesto su pulcro uniforme azul marino. Llevaba la gorra inclinada hacia un lado, para darle un toque desenfadado, y la falda azul marino ajustada a la altura de las caderas y de las nalgas generosas. La costura posterior de las medias de nailon a la altura de las pantorrillas estaba tan tensa como una valla recién instalada. La falda nueva de guinga de cuadros colgaba del pomo de la puerta del armario, almidonada y planchada, a su espalda. Aspiró los últimos hilos delatores para que los engullera su aspiradora vertical Hoover.

Beula Harridene estaba de pie en el porche, con la cara aplastada contra la ventana, y achinaba los ojos para intentar ver en la penumbra. Aporreó la puerta. El sargento desenchufó la aspiradora y enroscó el cable deslizándolo con cuidado varias veces por encima y por debajo de los pasadores del asa. Se quitó la falda y la colgó en el armario. Hizo lo mismo con la falda de guinga. Después cerró con llave la puerta. Se detuvo un momento para pasarse las manos por las medias de nailon y admirar sus ligueros de encaje recién comprados. Luego se puso los pantalones, calcetines y zapatos, todo de color azul marino. Repasó su aspecto en el espejo y se dirigió al despacho.

Fuera, Beula saltaba de un pie a otro. El sargento Farrat alzó la vista hacia el reloj de pared y quitó el pestillo de la puerta principal. Beula irrumpió farfullando.

—Esos perros se pasaron ladrando toda la noche del sábado, agitados por los dichosos futbolistas folloneros, y como no los mandó callar, sargento, he llamado por teléfono al concejal Pettyman esta mañana y me ha dicho que él se va a encargar; he vuelto a escribir a sus superiores, señor: esta vez se lo he contado todo. ¿Qué sentido tiene que haya un agente de la ley y el orden si hace cumplir la ley según su capricho, en lugar de aplicar las leyes oficiales? Lleva retrasado el reloj, abre a la hora que quiere y sé que cierra antes de tiempo los viernes…

Beula Harridene tenía el blanco de los ojos de un color beige inyectado en sangre y echaba chispas. La barbilla caída y unos dientes salidos de conejo hacían que llevara el labio inferior siempre marcado por los incisivos y la saliva se le acumulaba y se secaba en las comisuras de su poco agraciada boca. El sargento tenía la teoría de que como no podía morder bien, se moría de hambre, por eso estaba histérica, malnutrida y loca. Mientras Beula seguía con su perorata, el sargento Farrat colocó un formulario encima del mostrador, sacó punta a un lapicero y escribió: «Las nueve y un minuto. Lunes, 9 de octubre…».

Beula pataleó.

—¡Y para colmo ha vuelto esa hija de Molly la Loca! ¡La asesina! Y ese creído de William Beaumont también merodea por el pueblo, sargento, desatiende a su pobre madre y el terreno, se dedica a zanganear con los futbolistas folloneros. Bueno, pues deje que le diga que si se le mete en la cabeza alguna idea rara, todos sufriremos las consecuencias, y yo sé qué se traen entre manos los hombres cuando se marchan a las ciudades, hay hombres que se visten de mujer y sé que…

—¿Cómo lo sabe, Beula?

Beula sonrió.

—Mi padre me lo advirtió.

El sargento Farrat miró fijamente a los ojos a Beula y levantó sus cejas pálidas.

—¿Y cómo lo sabía él, Beula?

Beula parpadeó un par de veces.

—¿Cuál es el tema que la atormenta hoy, Beula?

—Me han asaltado esta mañana. Me ha asaltado una pandilla de críos maleantes…

—¿Y qué aspecto tenían esos críos, Beula?

—Pues eran como todos los críos: retacos y sucios.

—¿Llevaban uniforme?

—Sí.

Mientras Beula hablaba, el sargento escribió:

El sargento Horatio Farrat, de la comisaría de Dungatar, informa de la denuncia realizada por la señora Beula Harridene. La señora Harridene ha sido víctima del asalto de unos colegiales maleantes, dos chicos y una chica, que a primera hora de esta mañana huían de la residencia de la señora Harridene después de haber atacado su propiedad. La señora Harridene acusa a dichos colegiales de tirar puñados de vainas con semillas a su tejado de chapa de zinc, tras haber robado las vainas del árbol de jacarandá ubicado en su parcela de tierra.

—¡Han sido esos McSwiney! Los he visto...

Se puso a gritar, sudorosa, y un olor acre y dulzón invadió la sala mientras unas gotitas de saliva salían disparadas y aterrizaban en el libro de denuncias del sargento Farrat. El agente recogió el formulario y el libro y retrocedió un paso. Beula se agarró del mostrador y empezó a balancearse. El labio inferior volvió a quedar marcado por los dientes.

—De acuerdo, Beula. Vayamos a ver a Mae y a Edward, y echemos un vistazo a algunos de sus hijos.

Llevó a Beula en coche a su casa. Primero llegaron a la conclusión de que lo más probable era que el viento hubiera levantado las vainas caídas que se acumulaban en la canalera que rodeaba el tejado. A continuación, el sargento Farrat fue en busca de los presuntos delincuentes. Nancy estaba apoyada en la escoba y charlaba mientras Purl regaba el camino de tierra. Irma estaba junto a la puerta de su casa. Lois y Betty miraban el escaparate de los Pratt con los brazos pasados por el asa de sendas cestas de mimbre. La señorita Dimm se encontraba de pie en el patio de la escuela, metida hasta la cintura en una piscina de niños. Enfrente, Ruth Dimm y Norma Pullit hacían una pausa para reponer fuerzas antes de seguir sacando sacas de correo de la pequeña furgoneta roja de la oficina postal.

Todos vieron pasar en coche a Beula, que graznaba sin cesar con la cabeza vuelta hacia el viejo sargento Farrat, y todos sonrieron y le devolvieron el saludo cuando el sargento pasó tocando el claxon por la calle mayor.

Era una cálida mañana de lunes en casa de los McSwiney: soplaba viento del este, lo que significaba que a su feliz y maltrecho hogar llegaban todos los olores del vertedero. Edward McSwiney estaba sentado al sol en el asiento de coche desvencijado, arreglando unas redes de tambor. Cosía malla nueva por entre la retícula de alambre doblado y roto y le daba vueltas y vueltas alrededor de unas estructuras metálicas oxidadas. Tres niños pequeños correteaban para acorralar a las gallinas, que aleteaban y cacareaban asustadas, y cuando por fin las atraparon, las llevaron al tronco de talar en el que Barney, incómodo, esperaba con el hacha. La hoja del hacha tenía pegadas plumas de gallina manchadas de sangre y Barney llevaba la camisa salpicada de rojo carmín. Se puso a llorar, así que la Princesa Margaret le acercó el atizador y lo mandó a avivar el fuego en el que se calentaba una perola hirviendo llena de pollos, mientras ella se encargaba del hacha. Mae agarraba los pollos calientes que flotaban en la perola y los hundía, luego Elizabeth los disponía sobre un tocón de árbol y arrancaba las entrañas de sus pellejudas carcasas rosadas.

Los jack russell empezaron a ladrar con apremio, corrían en círculo y miraban a los ojos a Mae. Los analizó un momento.

—Folloneros —les increpó.

Edward era un hombre tranquilo y sereno, pero al oír la palabra «folloneros» brincó como si le hubieran dado un mordisco y corrió con su red de tambor. Las cuidadoras de los pollos, dos criajas con babero y tirantes y un mocoso con un pijama de rayas, corrieron a la puerta principal. El niño, que no tenía ni tres años, cogió una bolsa de canicas y las niñas un palo cada una. La cría más alta dibujó un círculo en el suelo con el palo, y el mocoso vació la bolsa de canicas allí. Ambos se arrodillaron muy concentrados. La otra cría arregló las líneas de una vieja rayuela que había dibujada en el suelo de arcilla roja, delante de los postes de la entrada, y empezó a saltar por los cuadrados a la pata coja. Cuando el Holden negro se detuvo en la puerta, los niños estaban enfrascados en sus juegos. El sargento Farrat tocó el claxon. Los niños hicieron oídos sordos. Volvió a tocar el claxon. La cría más alta abrió lentamente la puerta. Edward se paseó sin rumbo y se acomodó con cara inocente en el asiento de coche, junto a la caravana.

Beula salió del coche y el sargento Farrat ofreció a los tres niños gritones una bolsa de caramelos. Agarraron un puñado cada uno y corrieron a buscar a su madre, que avanzaba hacia ellos con el hacha ensangrentada en la mano. Margaret y Elizabeth le cubrían los flancos, con plumas teñidas de rojo flotando a su alrededor, Elizabeth manchada de sangre hasta los codos y Margaret con una rama encendida a modo de tea en la mano. Beula se detuvo ante ellas.

—Os lo estáis pasando en grande, ¿eh? —dijo el amable policía.

Volvió a sonreír a los tres niños. Le devolvieron la sonrisa, con las mejillas hinchadas por los caramelos; la saliva dulce les resbalaba por las comisuras y les bañaba la barbilla.

—¿Por casualidad estas tres criaturitas son los tres niños que vio, Beula?

—Sí —contestó Beula—. Son los tres gamberros.

Levantó la mano para pegarles. Tanto el sargento Farrat como Edward, Mae y sus hijas mayores dieron un paso adelante.

—Entonces, ¿eran dos niñas y un niño, Beula?

—Sí. Ahora que los veo, me doy cuenta de que sí.

—¿Y los uniformes?

—Salta a la vista que se los han quitado.

—Yo aún no voy a la *ejcuela* —dijo el niño más pequeño—, y Mary tampoco. Pero a Victoria le toca al año que viene.

—¿Tienes ganas de empezar el colegio, Victoria? —le preguntó el sargento Farrat.

Los tres niños contestaron al unísono:

—¡Qué va! Mejor ir a *pejcar* al vertedero.

El sargento Farrat miró la menuda y mugrienta alineación que tenía delante. Los niños miraron la bolsa de caramelos que sujetaba contra el pecho.

—Esta mañana habéis ido todos a pescar al vertedero, ¿verdad?

En esta ocasión respondieron por turnos.

—No, hoy solo van *lo' pringao'*. Vamos *lo' vierne'*…, el día de la basura.

—Hoy hemos *cogío gallina'*.

—Y mañana a *pejcar* en el río, a *pejcar* peces.

—Hablad bien, niños. Pronunciad las eses y no os comáis ninguna letra —dijo Mae muy seria.

—¡Mienten! —Beula se había puesto amoratada y desprendía un sudor acre—. Han tirado vainas a mi tejado.

Los niños se miraron unos a otros.

—No, hoy no.

—¿Quiere que *vayamo*?

Beula empezó a dar saltos, a chillar y escupir en el suelo.

—¡Eran ellos, eran ellos!

Los criajos la miraron.

—Debe tener mierda en el hígado, señora. Seguro que ha pisado un charco de pis —dijo el más pequeño.

Mae dio un guantazo en la oreja derecha al pequeño George. El resto del grupo bajó la mirada hacia los pies.

—Lo siento mucho —se disculpó Mae—, aprenden a decir esas cosas en el colegio.

El sargento Farrat soltó una perorata sobre las ventajas de cortar los malos hábitos de raíz y desde el principio, de dar ejemplo. Mae cruzó los brazos.

—Ya nos sabemos esa lección, sargento, pero ¿qué va a hacer ahora?

El sargento Farrat se volvió hacia Beula.

—Señorita Harridene, ¿será tan amable de dejar de chillar si me llevo a estos críos detrás de la caravana y les doy una lección o prefiere que los azote brutalmente hasta dejarlos tirados en el suelo aquí mismo, delante de todo el mundo?

Los McSwiney se retorcían de la risa e intentaban contener las carcajadas. El sargento Farrat le ofreció a Victoria la bolsa de caramelos y Beula se marchó al coche echando humo. De una patada rompió un faro y luego se metió en el vehículo cerrando de portazo. El golpe fue tan fuerte que las ventanas de los vagones de tren y de la caravana en la que vivían retemblaron. Se inclinó sobre el asiento del conductor y plantó la palma con fuerza sobre el claxon. No la levantó.

El sargento Farrat cruzó el portón de entrada con el coche y luego frenó. Se volvió hacia Beula y se acercó mucho, cruzó el cuerpo por delante de la mujer y alargó la mano para llegar a la portezuela del copiloto. Respiró con calma y ternura delante de su cara. Ella se aplastó contra la puerta. El sargento Farrat dijo en voz baja:

—No voy en la misma dirección que usted, Beula. Y es un delito malgastar la gasolina del cuerpo de policía. La dejo aquí.

Giró la manecilla de la puerta.

Por encima de ellos, en La Colina, Tilly Dunnage dejó de cavar un momento para mirar a Beula Harridene, que estuvo a punto de caerse al suelo al salir del coche negro. Sonrió y siguió removiendo la tierra suelta para preparar el huerto.

6

En el pueblo, William aparcó el Triumph Gloria enfrente de la tienda de Pratt y recorrió con paso decidido el camino de entrada bajo el sol matutino. Sonrió a Muriel, que estaba ordenando imanes con forma de herradura y alcayatas para cuadros, saludó tocándose el sombrero a Lois, que se rascaba mientras buscaba latas de guisantes, y saludó con la mano a Reg y Faith, que se hallaban en la sección de carnicería. Faith estaba esperando a que Reg le cortara dos bistecs del costillar mientras tarareaba: «I've got you... under my skin».

—Le gusta esa canción, ¿eh? —dijo el apuesto carnicero, y le sonrió con sus radiantes dientes blancos.

Faith se ruborizó y se llevó una mano al voluminoso pecho, de modo que destellaron los anillos de oro que lucía.

—Tiene una voz preciosa —dijo el carnicero mientras deslizaba el afilado cuchillo largo en la funda metálica que llevaba colgada de la cadera.

Se le adivinaban unos pectorales marcados bajo la camisa blanca almidonada, y el delantal de rayas azules le quedaba liso a la altura del vientre plano.

—¿Qué más quiere que haga por usted, Faith?

A la joven le costaba hablar. Señaló el mostrador de la charcutería.

—Una salchicha de esas, una Devon Roll, por favor —le pidió.

En el despacho, Gertrude estaba agachada detrás de la separación de cristal, quitando el polvo.

—Disculpe —dijo William.

Gertrude se incorporó y sonrió de oreja a oreja a William.

—Hola, William.

—Hola…

—Gertrude, me llamo Gertrude Pratt.

Alargó la manita redonda para estrechársela, pero William ya husmeaba por la tienda.

—¿Podría decirme dónde está el señor Pratt?

—Desde luego —dijo Gertrude en voz baja, y señaló la puerta de atrás—. Está…

Pero William ya se había marchado. Encontró al señor Pratt descargando cajas del carro de los McSwiney.

—Ah, ya lo he encontrado.

El señor Pratt colocó los pulgares en las trabillas del pantalón e hizo una reverencia.

—El regreso del hijo pródigo —dijo. Y se echó a reír.

—Señor Pratt, ¿podemos hablar?

—Por supuestísimo.

El señor Pratt abrió la puerta del despacho.

—Gertrude, la cuenta de Windswept Crest —le mandó a su hija.

Hizo otra reverencia e invitó a entrar a William antes que él.

Gertrude le acercó un archivador grueso a su padre, quien comentó:

—Ahora déjanos solos, Gert.

Al salir, la joven rozó a William, pero él tenía puesta la atención en el voluminoso libro de contabilidad que el señor Pratt sostenía contra el pecho.

—Quería comprar unos rollos de alambre para verjas y una docena de haces de estacas estrelladas...

Su voz languideció. Alvin no paraba de sacudir la cabeza con vehemencia.

Gertrude se quedó junto al mostrador de la charcutería. Observó al joven, que daba vueltas y más vueltas al ala del sombrero y lo deslizaba entre los dedos mientras se balanceaba de una pierna a otra. Su cara morena y delgada se iba alargando y ensombreciendo. Cuando su padre le dedicó una sonrisita y murmuró: «Trescientas cuarenta y siete libras y diez chelines con ocho», William se desplomó en la silla del despacho y la americana de tweed se le ahuecó por los hombros, como si le fuera grande.

Gertrude fue al lavabo de mujeres y se pintó los labios.

Se quedaron plantados junto a la puerta de la tienda, William mirando el camino con el ceño fruncido y el señor Pratt sonriendo ante el soleado día de invierno. Gertrude se acercó a ellos.

—Me alegro de ver que ha vuelto a casa, William —comentó con voz melosa.

William la miró.

—Gracias... Y gracias, señor Pratt. Veré qué puedo hacer... Adiós.

William anduvo despacio hasta el coche y se sentó detrás del volante; miró fijamente el salpicadero. El señor Pratt dirigió la atención a su hija, que contemplaba a William con ojos danzarines.

—Venga, Gertrude, vuelve a lo tuyo. A trabajar —dijo, y se

marchó farfullando—. Vaya ocurrencia… Vale menos que un saco de patatas, imposible encasquetársela a alguien. Y mucho menos a William Beaumont…

Muriel se acercó a donde estaba su hija.

—El baile de los futbolistas es dentro de dos sábados —comentó.

* * *

El cartel de la puerta de la biblioteca decía: «Abierto miércoles y sábados por la tarde. Pregunte en el ayuntamiento». Tilly echó un vistazo al local desde la calle mayor y vio bastante gente que entraba y salía, de modo que decidió que volvería el miércoles. Al darse la vuelta vio la escuela, que estaba enfrente. El patio estaba lleno de niñas que saltaban, niños que jugaban al fútbol y críos más pequeños jugando a saltar con pelotas de goma gigantes. La señorita Dimm salió, se acercó a la columna del porche y tiró de la cuerda repetidas veces. La campana empezó a repicar con una alegre melodía y los niños regresaron a las aulas. Tilly deambuló por la calle hasta llegar al patio del colegio, echó un vistazo a los bancos que había bajo los árboles de pimienta, en los que solía sentarse a comer de pequeña, y sonrió al ver el retazo de tierra gastada que había delante del porche, donde los niños seguían aglomerándose todas las mañanas. Se encontró sin querer en la ribera del arroyo, así que se sentó en la orilla y se quitó las sandalias. Contempló sus pies a través de la superficie ambarina. Vio que la corriente se llevaba unas hojas rotas de árbol del caucho, los insectos revoloteaban rozando la superficie y unas gotitas de lluvia salpicaban el agua.

Solían ir a clase en una irregular fila india, marchaban levantando las rodillas y moviendo los brazos con aire militar al ritmo de un bombo. Stewart Pettyman era quien tocaba el bombo, un chico corpulento y grande de diez años que aporreaba el cuero con un palo gastado. Junto a él, una de las alumnas pequeñas seguía el compás con el triángulo mientras la señorita Dimm bramaba:

—¡AAAAAA-teeeeen-ción! ¡DERECHA! ¡MARCHA RÁPIDA!

Al llegar al aula, mantenían la posición de firmes detrás de las sillas de color chocolate hasta que la señorita Dimm gritaba:

—¡ALTO! ¡Sentaos y no arrastréis las sillas!

Entonces chis, chis, clac y silencio. Se sentaban con los brazos cruzados, expectantes.

—Myrtle Dunnage, castigada a encargarte del tintero otra vez por pelearte ayer al salir de clase. El resto, sacad las plumas y los libros de ejercicios.

—Pero ya lo hice ay…

—Myrtle Dunnage, te encargarás del tintero siempre que yo lo diga.

La señorita Dimm golpeó los dedos de Myrtle con la oxidada regla de acero.

—¡Y no te he dicho que descruces los brazos! —le chilló.

La marca blanca de la regla todavía no se le había ido de los dedos cuando empezó a mezclar la tinta. Se colocó junto al lavabo que había en la clase para mezclar los polvos negros con agua, y luego fue pasando de un pupitre a otro muy despacio, con la jarra de tinta. Costaba mucho verter la tinta negra azulada en los tinteros. No se podía derramar ni una sola gota en la mesa y no se veía si el tintero estaba lleno o no. La tinta formó una burbuja en la boca del tintero de Stewart Pettyman y lamió el borde de mármol blanco, así que el niño dio un respingo en el pupitre. La tinta rebosó y resbaló por la mesa hasta sus rodillas desnudas.

—Señorita Dimm, me ha manchado, me ha manchado de tinta.

La señorita Dimm se acercó, dio un capón a Myrtle en el cogote y la arrastró de la trenza para sacarla de clase. Los otros niños se apelotonaron contra los cristales y se rieron a carcajadas. Myrtle se pasó el resto de la mañana sentada en el porche, donde todos los del pueblo pudieran verla.

Después de clase corrió con todas sus fuerzas, pero la pillaron de todos modos. La agarraron y empezaron a darle collejas y golpes en las orejas, luego la sujetaron por los brazos y Stewart corrió hacia ella, con la cabeza agachada como si fuera un toro y la embistió a la altura del estómago. Myrtle se dobló hacia delante, se le cortó la respiración y cayó al suelo. Se agarró el estómago para paliar el dolor. Los chicos le bajaron la braga y la tocaron, luego se olieron los dedos. Las niñas cantaban: «La mamá de Dunny es una zorra, la mamá de Dunnyloca es una zorra. Myrtle es una bastaaaardaaaa, Myrtle es una bastaaaardaaaa».

* * *

Marigold Pettyman estaba sentada junto a la radio encendida, con una bolsa de hielo en equilibrio sobre los rulos. Esperaba a su marido, Evan. Las noticias de las seis murmuraban en voz baja: «Y ahora el tiempo. Probabilidades de chubascos».

—Dios mío —dijo Marigold, y alargó la mano para coger el frasquito marrón que había encima de la mesa de la lamparita.

Se puso tres píldoras en la palma y las tragó a la vez, se reclinó y se frotó las sienes. Marigold era una mujer frenética y delgada como un galgo, con expresión de sobresalto continuo y una erupción nerviosa en el cuello. Cuando oyó la llave en la cerradura de la puerta mosquitera se sentó erguida al instante.

—¿Eres tú, Evan? —gritó muy ansiosa.

—Sí, cariño.

—Quítate los zapatos y sacude el abrigo antes de entrar para sacarle el polvo, ¿de acuerdo?

Los zapatos de Evan dieron un golpe seco contra los tablones del porche y se oyó el entrechocar de los botones de madera del abrigo. Abrió la puerta de la cocina y entró. La sala estaba bien barrida y tan desinfectada como un quirófano, el suelo reluciente resbalaba.

Evan Pettyman era un hombre robusto con el pelo rubio, la piel clara y unos ojos pequeños y vivarachos. Le gustaba manosear a las mujeres, se acercaba demasiado a las otras personas cuando hablaba, se relamía los labios, y en el baile se pegaba mucho a sus parejas y movía la cadera frotándola contra las piernas de las mujeres para indicarles hacia dónde debían desplazarse por la pista. Las señoras de Dungatar eran educadas con el concejal Pettyman, porque era el representante del distrito y el marido de Marigold. Pero le daban la espalda cuando lo veían acercarse, se entretenían mirando escaparates o de repente se acordaban de que tenían que hacer no sé qué en la otra acera. Los hombres evitaban al concejal pero eran cordiales. Había perdido a su hijo y había tragado carros y carretas, teniendo en cuenta cómo estaba Marigold, «muy afligida». Era un buen concejal que hacía cosas por su pueblo. También sabía cómo se ganaban el sustento todos los vecinos.

Marigold era una jovencita inocente y tímida cuando Evan llegó a Dungatar. Su padre era entonces el jefe del condado y, cuando murió, le dejó un montón de dinero en herencia, así que Evan la llevaba en palmitas. Pero Marigold empezó a perder los nervios, poco a poco se puso peor, y nunca volvió a ser la misma después de que su hijo Stewart muriera de manera tan trágica.

Evan pasó directo al cuarto de baño, donde se quitó la ropa y la metió en el cesto de la ropa sucia. Cerró la tapa. Se duchó, se puso el pijama almidonado que había doblado en el banquito, junto con la bata recién lavada y unas zapatillas de lana que parecían nuevas.

—Buenas noches, cachorrito —le dijo Evan, y le pellizcó la mejilla.

—Tienes la cena en la nevera —contestó Marigold.

Evan cenó en la mesa de la cocina. Fiambre de ternera en lonchas, tomate (sin semillas), remolacha (con el jugo escurrido de cada lámina redonda y uniforme), una montañita perfecta de zanahoria rallada, y medio huevo hervido. Había dos rebanadas de pan blanco, con mantequilla hasta la corteza. Por si le caía alguna miga de pan, Marigold había extendido hojas de periódico alrededor de la silla de Evan. Peló una naranja del huerto y se la comió encima del fregadero, con cuidado de tirar todas las pepitas al cubo de la basura. Marigold lo limpió todo cuando su marido acabó. Fregó el cuchillo, el tenedor y el plato en agua hirviendo con jabón, luego vertió una buena cantidad de Vim en el fregadero y frotó, aclaró y secó bien la zona. Después desinfectó todas las asas y pomos en las que Evan pudiera haber dejado huellas. Evan se lavó la cara y el bigote en el baño y regresó a la cocina.

—Mañana lloverá —dijo Marigold con voz estridente—. Tendré que limpiar las ventanas en cuanto pare de llover, y todos los pomos de las puertas y los pasadores de las ventanas también necesitan un buen repaso.

Evan sonrió bajando la cabeza hacia ella.

—Pero, cachorrito, no es el momento... —le dijo.

—¡Es primavera! —chilló Marigold y se puso la bolsa de hielo en las sienes—. Ya he limpiado las paredes y los zócalos y he sacado el polvo a los techos y a las cornisas, y podría seguir con las puertas y ventanas si te dignaras a sacar los dichosos pomos y los pasadores.

—Pero ¿por qué te tomas tantas molestias, cachorrito? Puedes limpiar alrededor de los pomos, tengo mucho que hacer.

Marigold se mordió el puño y se apresuró a volver junto a la radio y cerró los ojos. Se colocó de nuevo la bolsa de hielo sobre los rulos.

Evan llenó la bolsa de agua caliente para su esposa.

—Hora de irse a dormir —comentó.

Vertió un tónico en una cuchara para dárselo. Marigold cerró la boca y apartó la cara.

—Vamos, Marigold, tu tónico.

Cerró los ojos y sacudió la cabeza de lado a lado.

—Muy bien, cachorrito —dijo Evan—. Madrugaré para sacar todos los pomos y los pasadores de las ventanas antes de desayunar.

—Hace veinte años que Stewart se cayó del árbol...

—Sí, cariño.

—Veinte años desde que perdí a mi niño...

—Ya está, ya está, cariño.

—No soporto verlo.

Evan volvió a poner bien la foto de su sonriente hijo muerto.

—Veinte años...

—Sí, cariño.

Evan echó un poco más de tónico y se lo dio a Marigold. En cuanto se quedó dormida, Evan se desvistió, luego se inclinó sobre ella, se relamió los labios y se frotó las manos. Apartó las sábanas y le quitó el camisón a Marigold. Era como un peso muerto, pero la colocó en la posición que quería, con las piernas abiertas, los brazos por encima de la cabeza, luego se arrodilló entre sus muslos.

A la mañana siguiente, Marigold Pettyman permaneció a salvo de la peligrosa lluvia, junto al fregadero de la cocina, con las manos rojas como un chorizo en agua hirviendo con detergente, y frotó con todas sus fuerzas los pomos de las puertas y los pasadores de las ventanas.

7

El viernes por la tarde, los futbolistas y un par de granjeros se arracimaron en el fondo de la barra. Analizaban el esquema del campo de fútbol que habían pinchado sobre un retrato perforado del político Bob Menzies, encima del tablero de los dardos. Los nombres de los jugadores ocupaban las distintas posiciones dentro del croquis. Los expertos daban vueltas y sacudían la cabeza.

—Caramba.

—Jolín.

—El entrenador ha perdido la chaveta.

—¡Qué va! Tiene un plan. Táctica, como dice Teddy.

—Lo que quiere Teddy es agenciarse tu dinero.

—¿Cuánto has apostado?

—Una libra.

—El entrenador tiene razón: Bobby es grande, eso es lo que importa.

—Va mejor si lo colocan en el centro.

—Lesión.

—¿Aún no se ha recuperado de la muerte del perro?

Los hombres negaron con la cabeza y volvieron a concentrarse en el croquis del partido.

—Gunna no tiene posición fija.

—¡Menuda idea! Es genial. Cambio en la media parte, entra Bobby y no verán ni una bola en su lado del campo en quince minutos.

Se oyó un murmullo general de aprobación. Los hombres se apartaron del esquema con las manos metidas hasta el fondo de los bolsillos.

Era una velada seria. Los tensos futbolistas y sus fans se alinearon en la barra del bar. Delante de cada uno de ellos aguardaba una cerveza espumeante. Se quedaron mirando el zócalo que había detrás de la barra y bebieron. Cuando la marea ambarina quedó reducida a un último trago en el fondo del vaso, los hombres se miraron unos a otros como si estuvieran compinchados, dieron el último sorbo, aplaudieron y se frotaron las manos. Se calaron el sombrero y se dirigieron a la puerta. Los necesitaban en el campo de fútbol. Purl miró a Fred y se llevó las uñas con esmalte rojo a los labios también rojos.

—¿Tú no vas, Fred?

—Ay, Purly, gatita mía, tenemos una celebración que preparar.

Se acercó a Fred y apoyó la cabeza en la de él.

—Me encantan estos chicos, Fred...

Fred alargó los dos brazos delgados y rodeó a Purl por la cintura. Se zambulló tanto en su escote que solo se le veía la punta de las orejas.

—Hola, hola, holaaaa —dijo sin levantar la cabeza.

Los espectadores se apelotonaron contra la valla blanca protectora para mirar a los jugadores, que corrían y gritaban, ecos desesperados en un atardecer frío. La franqueza y la determinación espoleaban a los valientes atletas, aunque en su corazón se escondía el miedo. A los aficionados solo les preocupaban las apuestas que habían hecho en las porras, porque no tenían la menor duda de que Dungatar ganaría.

Todos los hombres ociosos, niños y perros del pueblo se congregaron para ver el entrenamiento de la gran final, para escuchar las posteriores indicaciones del entrenador en los cobertizos que servían de vestuarios y para frotar con aceite de Wintergreen los muslos y las pantorrillas de los jugadores. Tanto el inteligente capitán, Teddy McSwiney, como sus agradecidos compañeros de equipo asentían con un continuo «ajá, ajá» para reconocer los magníficos esfuerzos del entrenador. Luego cantaron el himno del club con tono sombrío, se dieron palmaditas en la espalda, se dieron un apretón de manos y se marcharon a casa, donde los esperaba su plato de costillas a la brasa con puré de patatas y guisantes, antes de irse a dormir.

Los aficionados volvieron al pub. Los últimos campeones de Dungatar que habían alzado la copa de fútbol eran ya veteranos de guerra que se escondían en sus guaridas pegados a la radio en salas de estar mal iluminadas, pero mañana se levantarían del sillón y arrastrarían sus neurosis de guerra, sus enfisemas y sus prostatitis hasta la valla blanca que había detrás de las porterías, aunque eso acabara con su vida. Purl estaba tan preocupada que se sintió tentada de morderse las uñas. Los hinchas que poblaban la barra fruncían el entrecejo mientras miraban la cerveza que tenían delante. Hamish O'Brien y Septimus Crescant solían discutir. Esa noche estaban sentados en silencio.

—Por Dios —dijo Purl—, ¡pero hay que ver cómo estamos todos!

Sonrió de oreja a oreja mirando a los clientes. Nadie le devolvió la sonrisa.

—¿Y qué pasa con la chica que acaba de llegar al pueblo? —preguntó con picardía.

La fila de caras pálidas que recorría la barra la miró con los ojos inexpresivos.

—Una más que tener que apartar —dijo un anciano arriero de ganado con bigote.

—Nuestro dandi y delantero particular ya le ha echado el ojo —dijo un esquilador.

—¿Quién?

Notaron la brisa nocturna en la espalda y olieron a Teddy McSwiney en cuanto abrió la puerta. No hacía más que pavonearse desde que la mujer se había bajado del autobús.

—La nueva atracción —dijo el esquilador.

—Myrtle Dunnage —dijo Purl.

—Ah, te refieres a Tilly —dijo Teddy, y le guiñó un ojo a Purl.

—¿Ha heredado la ligereza de su madre? —preguntó el arriero.

Teddy sacó los puños apretados de los bolsillos e hinchó el pecho.

—Calma, calma —dijo Fred.

—¡Chicos! —dijo Purl.

—Pues he oído que es una atracción muy guapa —dijo el esquilador.

Purl le sirvió otra cerveza y cogió el dinero.

—Supongo que sí, no sé —dijo la camarera, y se sorbió la nariz.

—Ya lo creo —dijo Teddy, y sonrió de oreja a oreja.

—Se parece a nuestra Purl, ¿eh? —dijo el arriero, y la miró con expresión lasciva.

Fred lo miró a los ojos.

—«Mi» Purl —rectificó el dueño del bar.

Y escurrió el trapo de la barra en el fregadero hasta que no pudo más.

—Ahora es tuya —dijo el esquilador, y se terminó la cerveza.

Los bebedores le dieron la espalda y se quedó solo con el vaso de cerveza vacío. Teddy se desplazó hasta colocarse detrás del esquilador, con los puños bajos pero listos para golpear.

—¡Yo sí que me acuerdo! —dijo Reginald, y chasqueó los dedos—. Es la hija bastarda de Molly la Loca. En el colegio siempre le...

—¡Cállate, Reg!

Teddy retrocedió y levantó los puños, amenazador. Los hombres se dieron la vuelta.

El esquilador dio un brinco.

—Oye, oye, veo que por aquí también hay una buena ración de pasado turbio, ¿eh? Será mejor que cruce unas palabras con Beula de camino a casa...

Teddy se tiró encima del esquilador tan rápido como una bala, el gancho le golpeó en la nuez y el hombre acabó con los hombros aplastados contra las baldosas con las rodillas de Teddy encima, el puño en alto.

—¡BASTA! —chilló Purl—. Teddy, eres nuestro delantero.

Teddy se calmó.

—Más os vale cerrar el pico de ahora en adelante. Ya me habéis oído —les advirtió Fred.

Señaló al esquilador y luego al viejo arriero.

El esquilador habló.

—Más le vale a Teddy marcharse pronto a dormir. De un estornudo lo estampo contra la puerta de cristal de ahí.

Reg y los otros hombres dieron un paso al frente para rodear al esquilador.

—Teddy, por favor —dijo Purl, al borde de las lágrimas.

Teddy se incorporó y se sacudió el polvo. El esquilador también se puso de pie y lo miró por encima del hombro.

—Me parece que esta noche no me voy a tomar más tragos aquí... Mejor me voy a casa a dormir.

Miraron cómo se acercaba como si tal cosa a la puerta, se ponía el sombrero y se perdía en la oscuridad. Todos los ojos se volvieron hacia Teddy.

—Yo voy a acabarme la cerveza —dijo mientras mostraba las palmas en señal de rendición.

Volvió a casa envuelto en la niebla que se deslizaba por la noche. El sargento Farrat, que patrullaba en el coche oficial, aminoró la marcha, pero Teddy le indicó con la mano que siguiera. Luego se tumbó en la cama y miró por la ventanilla de la caravana. Contempló el cuadrado de luz amarilla que salía de la ventana de Tilly, en La Colina.

* * *

Los fans del Dungatar sufrieron cuatro largos cuartos en un combate reñido y sucio contra los de Winyerp, animando a sus guerreros con juramentos sangrientos y amenazas bien fundadas. Hacia el final del último cuarto, los jugadores estaban exhaustos, empapados en sudor y casi sin resuello, la sangre se filtraba por la mugre que cubría sus extremidades. Solo Bobby Pickett seguía limpio: todavía llevaba la raya marcada en los pantalones cortos y la sudadera seca... Lo raro era que, sin saber cómo, había perdido uno de los dientes incisivos.

Cuando solo quedaban trece segundos de la prórroga, el Winyerp chutó un gol para empatar el marcador. Teddy McSwiney, a varias millas de su posición asignada, se metió entre el grupo apiñado que intentaba hacerse con la pelota, la pescó cuando esta se resbaló entre las piernas saltarinas y corrió con ella. Se zafó de las manos que trataban de alcanzarlo como si estuviera cubierto de vaselina caliente, se abrió paso a toda velocidad hasta los cuatro altos postes y chutó con la temblorosa pierna izquierda, dio al balón con el lateral de la bota, este rebotó y avanzó despacio hacia los postes de la portería. Consiguió marcar un punto justo cuando sonaba el pitido del final del partido, y la manada roja, verde y de color barro se arrojó a los postes para abalanzarse sobre la pelota.

Dungatar 11-11-77
Winyerp 11-10-76

El estruendo de los cláxones de los coches pobló el cielo y la muchedumbre gritó con lujuria, venganza, júbilo, odio y euforia. La tierra tembló ante el sonido de los aplausos y las patadas mientras la apiñada ola ensangrentada de deportistas bramaba como respuesta a su público desde el césped y se acercaba como un ardiente ciempiés a los brazos de los expectantes fans. Era el equipo más feliz del mundo, el pueblo más bullicioso. Con la puesta de sol, el himno del club se extendió amplificado por las llanuras de Dungatar y toda la población bajó dando brincos al Hotel de la Estación.

Los petardos hacían temblar las jambas de las puertas y algunos tiraron cohetes, que iluminaron los campos de dos millas a la redonda. Purl bailaba detrás de la barra con pantalones cortos blancos y una camiseta de rayas del equipo, con medias de rejilla y botas de fútbol con los cordones subidos hasta las rodillas. Fred Bundle vestía un uniforme de árbitro manchado de barro y llevaba dos banderas blancas adornadas con espumillón y flores de celofán clavadas en un gorro de lana azul y rojo. Parecía un pequeño reno de Navidad. La masa exhibía distintos grados de desnudez y embriaguez: se abrazaban de forma indiscriminada, cantaban, bailaban por las aceras o se descolgaban por el balcón del hotel con la manguera antiincendios, que habían desenroscado. Algunas personas eligieron un rincón tranquilo para tejer, charlar y dar de mamar. Reginald (con una cuchilla de carnicero clavada en el sombrero) tocaba el violín, mientras que Faithful O'Brien bromeaba desde el micrófono con las tres jóvenes del rincón: eran las hijas mayores de McSwiney, que se habían puesto colorete y tenían las ligas y el encaje de las enaguas a la vista, por encima de sus muslos cruzados. Llevaban flores en el pelo (rosas azules), fumaban y se reían. El sargento se puso a bailar subido a la barra con un sombrero de copa, frac y zapatos de claqué. El escuálido Scotty Pullit ofrecía su aguardiente de sandía a todo el mundo y repetía: «Pruébenlo, un licor especial». Teddy dio un sorbo. Sus labios formaron una O mayúscula y el fuego le quemó hasta el esófago. Pidió más. Septimus Crescant repartía folletos de su Sociedad en Defensa de la Tierra Plana. Se topó con William, que parecía temeroso, con los brazos cruzados delante de Gertrude, quien intentaba arrimarse a él. Elsbeth estaba sentada en su lugar habitual, incómoda, con Mona a su lado, que se moría de ganas de bailar pero tenía miedo. William cogió un folleto y luego se liberó de Gertrude. Se dirigió con Septimus a la barra. Cuando llegaron, Septimus se quitó la gorra de plato y la tiró al linóleo verde que imitaba mármol. Tenía la parte superior plana, una cúpula lo bastante achatada para colocar encima un cuenco con gelatina.

—Muy resistente —dijo, y pisó la gorra.

—¿Por qué te lo pones?

—Hubo un accidente cuando era un crío, me llevaban en brazos… y me caí. No se me dan bien las alturas, de ningún tipo. Me mudé aquí por el terreno y porque se encuentra muy lejos de los acantilados. Además, está un poco por encima del nivel del mar, así que no nos inundaremos cuando llegue el final: el agua huirá de nosotros y se escurrirá por el acantilado. Y por supuesto, también está La Colina.

—¿El final?

Un dardo pasó silbando junto los hombres. Aterrizó entre los ojos de Robert Menzies.

—¡Un brindis! —exclamó el sargento Farrat—. Para los segundos de hoy en el arte de darle patadas a un balón. Por Winyerp.

Se hizo un silencio mientras todos tragaban saliva.

—Y ahora un orgulloso brindis por nuestros nobles, valientes y victoriosos deportistas, el primer equipo de fútbol de Dungatar.

Entonces se oyó un ruido ensordecedor, silbidos y aplausos. Levantaron a los jugadores del equipo a hombros y los pasearon por el bar, mientras volvía a sonar el himno del club, una y otra vez.

Cuando Beula Harridene pasó por delante del hotel justo antes del amanecer, aún seguía la fiesta. Había gente dormitando medio tumbada en la acera y apoyada en los pilares, los arbustos brillaban y crujían por el frotamiento oculto, a algunos hombres los llevaban de la mano a casa y Scotty Pullit estaba sentado en la barra, muy erguido, durmiendo. Purl se había dejado caer sobre la barra, enfrente de él, y también dormía. Fred estaba sentado a su lado, bebiendo una taza caliente de Horlicks.

8

Ruth Dimm se apoyó en el guardabarros de su furgoneta de correos para disfrutar del sol de la mañana y entrecerró los ojos en dirección a las vías del tren. Hamish O'Brien caminaba por el andén dejando un rastro de agua con una lata que usaba para regar. Iba empapando las petunias, que estaban apelotonadas como calcetines con volantes en la barandilla del porche. A lo lejos se oyó un larguísimo tuuuuuuut. Hamish dejó de regar, miró el reloj de bolsillo y dirigió una mirada atenta hacia el punto del que provenían los ruiditos: chuf, chuf, chuf, chuf. El tren Thomson and Company SAR de las nueve y diez galopaba rumbo a Dungatar a toda velocidad, a treinta y dos millas por hora, echando humo, entre ruidos y traqueteos.

El tren se acercó a la estación, las largas bielas frenaron junto al andén, los pistones que bombeaban aminoraron el ritmo mientras el humo salía a bocanadas blancas y grises, y luego el inmenso motor negro chirrió, frenó, retumbó y suspiró. El encargado de la bandera hizo un gesto con la mano, Hamish tocó el silbato y el interventor arrojó unas enormes sacas de correos de lona que aterrizaron a los pies de Ruth. A continuación arrastró un acobardado cachorro de kelpie de color hígado por la correa hasta Ruth.

Tenía una etiqueta en el collar en la que ponía: «Por favor, invítame a un trago».

—¿Es para Bobby Pickett? —preguntó Hamish.

—Sí. —Ruth le acarició las orejas aterciopeladas al cachorrillo—. De Nancy.

—Confío en que no le den tanto miedo las ovejas como los trenes —dijo el interventor, y sacó un paquete envuelto en papel de embalar de la cartera y lo dejó en la gravilla, junto a la furgoneta.

Hamish y Ruth bajaron la mirada hacia el paquete. Iba dirigido a la señorita Tilly Dunnage, Dungatar (Australia), escrito en grandes letras rojas.

El tren se puso en marcha y lo contemplaron hasta que se convirtió en una bocanada de humo gris en el horizonte. Hamish dirigió su cara de ternero a Ruth. Las lágrimas se le acumularon en los pliegues de color crema que tenía en las mejillas, por debajo de los ojos. Se pasó la pipa entre los dientes y dijo:

—El diésel se está haciendo el amo…

—Ya lo sé, Hamish, ya lo sé… —contestó Ruth—… El progreso.

Le dio una palmadita en el hombro.

—Maldito progreso. No hay nada poético en el diésel ni en la electricidad. ¿Quién necesita velocidad?

—¿Los granjeros? ¿Los pasajeros?

—¡Al cuerno con los malditos pasajeros! A ellos qué les importa.

* * *

Debido al inminente baile de los futbolistas y al encuentro de la Carrera de Primavera, las sacas de correo estaban rebosantes de paquetes: catálogos de Myers, vestidos nuevos, telas y sombreros..., pero Ruth se concentró en el paquete de papel de embalar con la dirección escrita en color rojo. Tenía el contenido desperdigado a sus pies. Paquetitos envueltos en tela de percal, atados y pegados, latas selladas con lacre y fajos de tejido doblado, de una clase que Ruth no había visto nunca. Había recetas y dibujos de platos extranjeros, fotografías de damas delgadas y elegantes y de hombres angulosos, maniquís que sonreían delante de los monumentos más famosos de Europa. Había postales de París escritas en francés, cartas abiertas con matasellos de Tánger y Brasil, dirigidas a otra persona que vivía en París, pero ahora reenviadas para que las leyera Tilly. Ruth encontró más botones raros y broches a juego en un frasco, unas hebillas de formas extrañas y yardas y yardas de fino encaje en un hatillo con matasellos de Bruselas, y unos cuantos libros de Estados Unidos: *La ciudad y el campo*, de Kerouac, y otro de un tal Hemingway. Ruth leyó un par de páginas del libro de Hemingway pero no encontró ninguna historia de amor, así que lo apartó y quitó el celo que sujetaba la tapa de una latita antes de presionar para abrirla. Acercó la punta de su larga nariz a la hierba de un verde grisáceo que había dentro de la lata. Era pegajosa y de olor dulce. Volvió a taparla. A continuación desatornilló la tapa de un tarro que contenía una amalgama de una materia húmeda que parecía pegamento de color marrón negruzco. Rascó la superficie y lo probó. Olía igual que sabía, a hierba molida. Había otro frasquito con un polvo grisáceo finísimo, de olor amargo, y una lata vieja de cacao en polvo con una cosa que parecía barro seco. Alguien había garabateado: «Mezclar con agua caliente» en la etiqueta verde.

Sujetó el frasco lleno de botones contra la camisa del uniforme gris de cartera de correos y lo dejó caer en el bolsillo de la americana. Luego cogió la lata de cacao en polvo y la escondió en su cajón.

* * *

Llegaron al pie de La Colina, cansadas y cargadas. Molly llevaba en el regazo una montaña de verduras, una barra para colgar cortinas y tela de la tienda de Pratt. Tilly se detuvo para abanicarse con el sombrero de paja. Un caballo picazo que usaban de tiro apareció por la curva arrastrando un carro de cuatro ruedas sin cubierta, con Teddy McSwiney subido en una esquina. Llevaba las riendas sueltas alrededor de los puños.

—Sooooo.

El caballo se detuvo junto a Tilly y Molly. Olisqueó el sombrero de Tilly y luego resopló.

—¿Quieren que las lleve? —preguntó Teddy.

—No, gracias —dijo Tilly.

Teddy se bajó de un salto del carro y levantó a Molly de la silla, con paquetes y todo. La colocó con dulzura en el remolque del carro, en el mejor sitio.

—Este carro lleva todos los restos de mierda de Dungatar —dijo Molly.

Teddy se apartó el sombrero y cargó la silla de ruedas en el carro. Sonrió a Tilly y cerró los tablones que había detrás de Molly. Tilly miró la mano masculina extendida, manchada de polvo marrón.

—¿Sube una pierna? —preguntó el joven.

Tilly se volvió para subir La Colina.

—Molly irá más segura si la lleva sola en el carro.

—La bruja preferiría que me cayera —dijo Molly.

Teddy se inclinó para acercarse a Molly.

—No me sorprende —le dijo.

Tilly se agarró al carro con las manos, poniéndolas por detrás de la espalda, y se dio impulso para subir su pulcro trasero a los tablones. Se sentó junto a su madre. Teddy chasqueó la lengua y sacudió un poco las riendas sobre el lomo del caballo. Emprendieron el ascenso. Molly tenía los ojos fijos en la cálida grupa redondeada del equino, que se extendía y se contraía a tres palmos de sus cómodos botines de cordones. El caballo levantó la cola y la sacudió para apartarse las moscas que lo asediaban, y los elegantes pero resistentes pelos de la cola le hicieron cosquillas en la espinilla. Olía de fábula, a hierba caliente y a sudor grasiento.

Teddy volvió a agitar las riendas.

—Ganamos la final, ¿se ha enterado?

—Sí —contestó Tilly.

—¿Cómo se llama el caballo? —preguntó Molly.

—Graham.

—Qué ridículo.

Subieron la pendiente con paso decidido, el sol les daba en la cara y percibían el fuerte olor del caballo y del carro nocturno. Graham se paró ante los postes de la entrada de la casita marrón inclinada. Tilly se dirigió al tendedero y Teddy volvió a bajar en volandas a Molly y la llevó hasta el porche delantero. La anciana se abrazó a su cuello y movió coqueta las pestañas grises.

—Tengo pastitas de té. ¿Le apetece una taza?

—¿Cómo voy a resistirme?

Se sentaron en silencio en la cocina, con las galletitas de té con guinda y glaseado ordenadas en el mejor plato de Molly.

La anciana volvió a echar en la taza el té que se le había derramado en el platito.

—Me gusta el té normal. ¿A usted no?

Teddy miró su taza.

—¿El té normal?

—A usted le ha preparado té normal... A mí me obliga a beber una infusión de hierbas y raíces. Tome otra galletita.

—No, gracias, Molly. Prefiero dejar alguna para Tilly.

—Bah, no se las comerá. Come alpiste y frutas y otras cosas que manda que le traigan de la ciudad. También le llegan cosas del extranjero, de lugares que ni siquiera me suenan. Mezcla cosas: pociones... Dice que son hierbas «medicinales», y finge que es una artista. Pero vamos a ver, ¿por qué quiere quedarse aquí?

—Los artistas necesitan espacio para crear.

Teddy apuró el té, se limpió la boca con la manga y se reclinó en la silla.

—Lo dice solo para que parezca que la comprende.

—Las chicas como ella necesitan a tipos como yo.

Molly negó con la cabeza.

—Pues no la quiero aquí. Antes la bruja pensaba que yo era su madre, pero le dije: «Si tuvieras madre, estaría en el aquelarre».

Entonces se sacó la dentadura y la dejó en el platito. Tilly entró y soltó una pila de sábanas rígidas entre los dos conspiradores. Olían a rayos de sol secos. Molly cogió la dentadura postiza y se la enseñó a Tilly.

—Lávamelos, anda —dijo, y miró a Teddy como si se disculpara—. Es por el coco, ¿sabe?

Tilly aclaró la dentadura de su madre bajo el grifo.

—¿Todavía hacen esos bailes los sábados por la noche? —soltó Molly con aire inocente.

Tilly le colocó la dentadura postiza en el platito que tenía delante, luego empezó a doblar y alisar fundas de almohadón y toallas peligrosamente cerca de la oreja izquierda de Teddy.

Este se inclinó hacia delante.

—Este sábado es el baile de los futbolistas. Hemos ganado la gran final…

—Ay, qué maravilla. —Molly sonrió con dulzura a Tilly. Luego miró a Teddy, levantó las cejas y murmuró un pastoso—: Llévela.

—Los Hermanos O'Brien se encargan de la música.

Miró a Tilly, que continuaba doblando y alisando las duras telas de algodón y las apilaba con cuidado.

—Por lo que he oído, los Hermanos O'Brien son bastante buenos —dijo Molly.

—Calidad —dijo Teddy—. Hamish O'Brien toca la batería, Reggie Blood el violín, Bobby Pickett, el Grande, toca la guitarra eléctrica y Faith O'Brien le da al piano y canta. Tipo Vaughan Monroe y tal.

—Menuda clase —dijo Molly.

Tilly seguía doblando: chas, fis, fis, chas.

—¿Qué le parece, Til? ¿Le apetece dar unas vueltas en una pista de baile encerada con el bailarín más guapo de la ciudad?

Lo miró fijamente a los relucientes ojos azules.

—Me encantaría, si hubiera un hombre así.

* * *

Nancy se acomodó en el sillón que había junto a la centralita telefónica, con el edredón y unas almohadas. Ruth le llevó la humeante taza del líquido marrón. Lo olisquearon, levantaron la taza y la miraron.

—No es cacao en polvo —dijo Nancy.

—No —dijo Ruth—. Prudence dice que Tilly debe de ser herbolaria. Lo ha leído en un libro.

—Yo tengo sales de la nevera del señor A, por si nos ponemos malas. —Nancy se dio unas palmaditas en el bolsillo de la camisa—. Tú primera.

—Cuando nos comimos esa cosa verde que parecía hierba no nos pasó nada.

—Dormimos como angelitos —dijo Nancy.

Ruth miró la bebida pardusca.

—Vamos, nos la beberemos juntas.

Sorbieron las dos, tapándose la nariz.

—Nos tomaremos solo la mitad —dijo Ruth—. A ver si nos pasa algo.

Se sentaron con cara de concentración y esperaron.

—¿Te ha pasado algo? —preguntó Nancy.

—Nada.

—Ni a mí.

Se levantaron cuando oyeron que alguien llamaba a la puerta de atrás. Ruth miró a su alrededor y se palpó el cuerpo. Tenía razón, seguía viva. Fue a la puerta.

—¿Quién es?

—Tilly Dunnage.

Ruth abrió la puerta una rendija.

—¿Qué quiere?

—He perdido algo. O mejor dicho, nunca llegué a tenerlo.

Ruth abrió los ojos como platos. Detrás de ella, Nancy se deslizó para quedar camuflada por la puerta.

—Eran unos polvos —dijo Tilly—. Unos polvos marrones.

Ruth negó con la cabeza.

—No los hemos visto. No sabemos nada de una lata de polvos, qué va.

—Ya veo —contestó Tilly.

Ruth tenía los labios teñidos de marrón. Frunció el ceño.

—¿Qué clase de polvos eran?

—Nada importante.

Tilly se alejó.

—No sería veneno, ¿verdad?

—Era fertilizante para las plantas —respondió Tilly—. Heces de vampiro sudamericano. Es el mejor, por la sangre que chupa.

—Ah —dijo Ruth.

Cuando Tilly se marchó (preguntándose dónde podría encontrar más henna) oyó arcadas y pasos que correteaban. Se encendió la luz del cuarto de baño.

Mientras Tilly iba paseando a la tienda de Pratt, se encontró con Mae en la esquina de la biblioteca. Mae volvía a casa con unas perchas y leche.

—Buenos días.

—Buenas —contestó Mae, y siguió andando. Tilly se volvió hacia el estampado de grandes flores rojas que se escapaba y gritó—: ¡Gracias por cuidar de Molly!

Mae se paró y se dio la vuelta.

—No hice nada, creía que había quedado claro.

—Ocultó el hecho de que estaba…

Tilly se veía incapaz de pronunciar la palabra «lunática» o «loca», porque eso era lo que la gente llamaba a Barney. Una vez, un grupo de personas había ido a la escuela para llevárselo y encerrarlo, pero Margaret había corrido a buscar a Mae. Desde entonces siempre había alguien con Barney, incluso ahora.

—Por aquí es mejor no meterse en asuntos ajenos, deberías saberlo —dijo Mae, y se acercó a Tilly—. Las cosas nunca cambian, Myrtle.

Volvió a marcharse a paso ligero, dejando a Tilly atónita y seria.

El día siguiente no corría aire y las nubes bajas se aposentaron como la crema de limón sobre una galleta; mantenían el calor de la tierra. Irma Almanac se sentó en el porche trasero a observar cómo corría el agua del arroyo y arrastraba rastros de la primavera. Tilly empujó la silla de ruedas en la que iba su madre por la orilla del arroyo y se acercó a Irma.

—¿Qué tal está hoy?

—Se avecina tormenta —respondió Irma—. Aunque lloverá lo justo para que se pegue el polvo.

Las dos mujeres se sentaron juntas en el porche mientras Tilly preparaba el té. Irma y Molly se pusieron a charlar, evitando a conciencia los temas peliagudos que compartían: hijos ausentes, hombres violentos. En lugar de eso, hablaron de la plaga de conejos, de la recomendación de vacunarse contra la gripe, del comunismo y de la necesidad de escurrir las judías antes y después de hervirlas y antes de añadirlas a la sopa porque había riesgo de envenenamiento. Tilly dejó unos pastelitos delante de Irma.

—Hablando de veneno… —murmuró Molly.

—Le he preparado unos pastelitos especiales —dijo Tilly.

Irma cogió uno con sus dedos torpes e hinchados y lo probó.

—Curioso —comentó.

—¿Ha comido alguna vez algo que haya preparado Lois Pickett?

—Diría que sí.

—Entonces no le pasará nada —contestó Molly.

Irma masticó y tragó.

—Dime, ¿por qué ha vuelto a este pueblo una chica guapa y lista como tú?

—¿Por qué no?

Se marcharon mucho antes de la hora de comer. Irma se alegró y se sintió liberada. Se deleitó en contemplar los detalles del día: el cielo tranquilo y el olor del arroyo, a juncos medio podridos y a barro; el calor que desprendía su césped recién cortado, el canto de los mosquitos y la leve brisa que le movía el pelo junto a las orejas. Oía los huesos chirriando dentro de su cuerpo, pero ya no le dolían, y los pinchazos habían cesado. Mientras se comía otro pastelito, Nancy asomó la cabeza por la puerta.

—Vaya, así que está aquí, ¿eh?

Irma dio un respingo, luego se irguió a la espera del arrebato de dolor rojo encendido que le cortaría la respiración, pero no llegó. Nancy estaba enfadada, con el ceño fruncido y las manos en las caderas. Detrás de ella, la cúpula calva del señor Almanac salió poco a poco por el marco de la puerta como si fuera el morro de un avión DC3. Irma soltó una risita.

—No estaba en la puerta para frenar al señor A, así que se

habría estampado contra la puerta principal si yo no hubiera corrido a rescatarlo.

Nancy dio una palmadita en el cabeza al señor A.

Las lágrimas caían a borbotones por el rostro de Irma y su cuerpo viejo y retorcido reía por dentro.

—Pues de ahora en adelante la dejaré abierta —dijo, y estuvo a punto de chillar y darse una palmada en el muslo, satisfecha.

El señor Almanac se dejó caer en la silla como un rastrillo que cae en un carro.

—Eres tonta —le dijo.

—Bueno, aquí se lo dejo —dijo Nancy y se marchó con la cabeza bien alta.

—Esas mujeres, las Dunnage, han estado aquí —murmuró el señor Almanac.

—Sí —dijo Irma contenta—. La joven Myrtle se ha llevado mis vestidos. Les va a cambiar los botones por otros más grandes, para que sea más fácil abrocharlos.

—Nunca se librará de lo que hizo —contestó su marido.

—Solo era una niña…

—No tienes ni idea.

Irma miró a su marido, sentado con la cabeza inclinada y muy próxima a la mesa. Las facciones le colgaban como las tetas a una perra que amamanta a las crías. Se echó a reír otra vez.

Esa semana Teddy McSwiney subió a La Colina tres veces más. En su primera visita llevó langostas australianas y huevos frescos que Mae acababa de recoger. «Ha dicho que si necesitan más, basta con que lo digan.» Tilly se sintió aliviada, pero aun así, se le ocurrió que tenía que hacer alguna tarea urgente en el jardín y lo dejó con Molly la Loca para que se comieran las langostas entre los dos: recién pescadas, hervidas, peladas, envueltas en rollitos de lechuga y rociadas con vinagre de limón casero. Teddy le dejó su ración de langostas en la nevera. Tilly se las comió por la noche, a última hora, y sorbió el jugo del plato antes de dejarlo en el fregadero.

En la segunda ocasión, Teddy se presentó con dos filetes de bacalao Murray marinados en una salsa secreta y con tomillo fresco por encima. Tilly fue a trajinar al retazo de huerto, pero el olor del bacalao frito la condujo a la cocina. El pescado se desmenuzaba en sus papilas gustativas, como un cosquilleo, y cuando ya no quedó nada en el plato de ninguno de los tres, Tilly y Molly dejaron el tenedor y el cuchillo del pescado uno a cada lado y miraron la superficie vacía del plato. Tilly dijo como si tal cosa:

—Estaba delicioso.

Molly eructó y dijo:

—Así me gusta. No seas maleducada con él, su madre me salvó la vida.

—Su madre te dejaba la comida que preparaba la señora Almanac. Yo te salvé la vida.

—Es un hombre amable y le gustaría llevarte al baile —dijo Molly, y parpadeó coqueta hacia él.

El joven sonrió divertido mirando a Molly y alzó la copa para brindar.

—No quiero ir —dijo Tilly.

Llevó los platos al fregadero.

—Muy bien, pues quédate aquí y tortúrame. Átame los pies y asegúrate de que no pido ayuda. Es mi casa, ¿sabes?

—No pienso ir.

—No pasa nada —intervino Teddy—. Solo será una decepción para mis colegas... Y para todos los demás.

Se fijó en que Tilly tensaba los hombros.

Molly estuvo de malas pulgas durante dos días. No miraba a Tilly ni quería comer. Despertó a Tilly tres veces la misma noche para decirle: «He mojado la cama». Tilly cambió las sábanas. Cuando entró en la cocina la tarde del tercer día con una cesta llena de sábanas secas, Molly se abalanzó sobre ella con la silla de ruedas y le hizo un corte profundo en la espinilla con el canto vivo del reposapiés.

—Por mucho que insistas, no voy a ir al baile —dijo Tilly.

* * *

La espió con los prismáticos. Estaba sentada leyendo en el escalón del porche, así que se apresuró a subir por La Colina con vino, seis tomates caseros arrugados y rojos como la sangre, unas cebollas, chirivías y zanahorias (todavía calientes de la tierra), una docena de huevos recién cogidos, un pollo rollizo (desplumado y limpio) y una olla por estrenar.

—La saqué de la basura de Marigold —aclaró Teddy—. La mujer no sabía qué hacer con ella.

Tilly enarcó una ceja hacia el joven.

—No se rinde nunca, ¿verdad?

—Es una olla a presión. Le enseñaré cómo funciona.

Pasó junto a ella y entró en la cocina de la casa. Molly llegó con la silla de ruedas hasta su lugar asignado en la cabecera de la mesa, se colocó la servilleta en el cuello y la alisó por delante de su vestido nuevo. Teddy empezó a preparar el pollo guisado al vino. Cuando Tilly entró en la cocina, Molly dijo:

—Esta mañana me he llevado una sorpresa, jovencito. Me han enviado un fonógrafo. Lo dejaron en la estación de ferrocarril. ¿Le gustaría escuchar música mientras cocina?

Teddy miró a Tilly, con los ojos llorosos y un puñado de cebollas picadas en la tabla de cortar. Tilly colgó el sombrero de verano en un clavo de la pared y puso los brazos en jarras.

—Lo hará después de haber puesto la mesa —dijo Molly.

Tilly puso un disco en la pletina.

—¿Alguna de las dos ha oído hablar de un musical nuevo que hacen en Estados Unidos? Se titula *Al sur del Pacífico*. Aquí todavía no lo han estrenado. Tengo un conocido que puede conseguirme un disco en cuanto llegue a las tiendas. ¿Le gustaría tenerlo, Molly?

—Suena muy romántico.

—Uy, ya lo creo, Molly —dijo Teddy.

—Odio los romances —dijo Tilly.

Billie Holiday empezó a cantar una canción que hablaba de corazones rotos y amor doloroso. Más tarde, mientras tomaban el pollo guisado al vino, Tilly puso una especie de jazz, de un tipo que Teddy no había escuchado nunca y por el que no se atrevía a preguntar. Por eso prefirió decir:

—George Bernard Shaw ha muerto.

—¿Ah, sí? —preguntó Tilly—. Pero J. D. Salinger sigue vivo. ¿Podría pedirle a su amigo que me consiguiera un ejemplar de *El guardián entre el centeno*? Todavía no lo han publicado.

Su sarcasmo quedó suspendido en el aire.

Molly se la quedó mirando y luego agarró el humeante plato

hondo con el guiso de pollo y se lo puso encima de las piernas. El vestido de poliéster que Tilly acababa de terminarle ese mismo día se fundió sobre sus muslos de crespón. Tilly se quedó de piedra.

—Vaya, mira lo que me has hecho hacer —dijo Molly riéndose, y empezó a sacudirse.

La tensión silbaba levemente por entre sus finos labios elásticos.

Teddy le apartó la falda de los muslos antes de que se le quedase pegada. Se quedó mirando a Tilly, que seguía petrificada.

—Igual que la mantequilla —dijo el joven.

Tilly dio un respingo. Teddy se sacó la petaca del bolsillo y vertió whisky en la boca de la anciana, que se desmayó. La llevó a la cama y salió de la habitación. No tardó en volver a sentarse junto a Tilly. La chica no decía nada. Se limitaba a permanecer junto a la cama de su madre con expresión sombría. Barney llegó enseguida con un frasco de crema del señor Almanac y se lo dio a Teddy.

—He hecho lo que me has mandado. Le he dicho que no era para Molly la Loca.

—¿Has dicho su nombre? —espetó Teddy.

—Me dijiste que no lo dijera.

—Entonces, ¿no has dicho su nombre?

—No. He dicho que era para ti, y me ha dicho que te lo tienes que poner mañana. —Tilly miró a Barney, que se había quedado en el umbral de la puerta—. Mañana —repitió—. Me ha dicho que te lo dijera: mañana.

Teddy frotó los hombros de su hermano con dulzura.

—Muy bien, Barney. —Se volvió hacia Tilly—. ¿Se acuerda de mi hermano?

—Gracias por traer la crema —dijo la chica.

Barney se ruborizó y miró hacia la pared que tenía al lado.

Después de que se marcharan, Tilly olió la crema del señor Almanac y la tiró a la basura. Luego cogió unas hierbas y cremas que tenía en un baúl, debajo de la cama, y preparó una cataplasma. Molly se quedó tumbada en la cama, desnuda de cintura para abajo, mientras dos ampollas rojas del tamaño de la palma de la mano se le fueron hinchando en los muslos y se le llenaron de un líquido casi transparente. Tilly vaciaba la cuña de su madre varias veces al día, le vendaba las quemaduras y hacía lo que la anciana le mandaba. Al final las ampollas se secaron y dejaron dos marcas enrojecidas.

9

En la casa de Windswept Crest, Elsbeth estaba sentada con la espalda muy erguida en el saliente de la ventana, con los puños apretados y los ojos llenos de lágrimas. Mona se escabullía por los rincones de la cocina y frotaba superficies ya relucientes, vigilaba el horno y comprobaba que estuvieran las tapas de todos los frascos mientras miraba de reojo a su madre.

William, apoyado en la barra del pub, pensaba en su madre y en que ya era hora de cenar. Los jóvenes que tenía al lado apuraron las cervezas y se dirigieron haciendo eses hacia la puerta, en dirección al salón de baile. Scotty Pullit le dio una palmada en la espalda.

—¡Venga, ligero de pies! Vamos a darles un meneo a las chicas.

Y se alejó tosiendo y doblando la cintura.

William se detuvo en la puerta de la oficina de correos, jugueteó con unas monedas que tenía en el bolsillo y miró la cabina de teléfonos. Todavía no se había recuperado de su reunión con el señor Pratt y del voluminoso archivador con la etiqueta de «Windswept Crest». Scotty Pullit apareció otra vez a su lado y le ofreció el frasco de licor de sandía, fuerte y traslúcido. William dio un sorbo, tosió y jadeó; luego siguió a Scotty y a los demás futbolistas, así como a los hijos e hijas de los granjeros que iban al salón. Dentro, había colgados globos y banderolas de punta a punta. Se dirigió a la mesa de los refrigerios, donde se unió a los chicos que bebían ponche y fumaban. Las chicas del pueblo, en grupitos de dos o tres, revoloteaban en las mesas del rincón y hablaban por los codos.

Los Hermanos O'Brien afinaron los instrumentos. Hamish acabó de instalar las distintas partes de la batería mientras su mujer se sentaba al piano, estiraba los dedos y tarareaba. Faith se había embutido en un vestido de tafetán rojo como un coche de bomberos. Llevaba los rizos castaños oscuros recogidos en la parte alta de la cabeza con un adorno de flores, al estilo de Carmen Miranda, también llevaba rosas de plástico a modo de pendientes. Un anillo a conjunto le cubría tres nudillos. Se había puesto demasiada base de maquillaje y colorete.

—Qué chabacana —susurró Beula.

Dejó caer sus voluminosas posaderas y la falda de vuelo en un taburete minúsculo, se aclaró la garganta y cantó la escala musical con poca gracia, hasta llegar a un do dolorosamente agudo. A su lado, Reginald («el violinista de Faith») estaba a punto de romper el arco con las cuerdas del violín en un intento de seguir las notas que marcaba Faith. Bobby Pickett punteó la guitarra Fender, con una sonrisa que dejaba al descubierto el diente que le faltaba, mientras los amplificadores chillaban. Faith dio unos golpecitos al micrófono. «Uno, dos, uno, dos, probando.» Luego sopló. Un estridente chillido eléctrico rebotó en las vigas del techo. William hizo una mueca y se llevó los dedos a los oídos.

—Buenas noches y bienvenidos al magnífico baile del sábado noche con la banda de Faithful O'Brien…

—Eh, ¡la banda de los «Hermanos» O'Brien y Blood! —exclamó Hamish.

Faith puso los ojos en blanco, colocó las manos en sus generosas caderas y dijo por el micrófono:

—Hamish, ya nos lo sabemos de memoria. Ninguno de los músicos sois hermanos.

Un golpe de platillo por parte de Hamish y los músicos entonaron la primera estrofa de «God Save the King». Todo el mundo prestó atención. William no pudo evitar pensar en su madre, así que agarró el aguardiente de sandía y dio un buen sorbo para acallar su conciencia. Cuando terminó el himno, una fila de futbolistas, cada uno de la mano de una orgullosa chica que lo guiaba, se dirigieron a la pista de baile. Luego se dieron la vuelta con los brazos en alto y los ojos puestos en el riel para los cuadros. La banda empezó a tocar la canción country «Buttons and Bows» y todas las parejas saltaron hacia un lado a la vez y se pusieron a dar vueltas en el sentido de las agujas del reloj por todo el salón. La banda familiar de Faith O'Brien entró en calor con una versión desenfadada de la famosa «Sunny Side of the Street». Un granjero desgarbado que había junto a William fue arrastrado por una muchacha de una aldea cercana y ambos entraron dando vueltas en la pista de baile, un estallido de faldas de vuelo en movimiento, medias con costura, zapatos bajos que taconeaban y enaguas que se entreveían. Y por aquí y por allá se veía alguna falda recta de lana deshilachada de hacía diez años que se desplazaba con calma entre los volantes que giraban sin cesar.

Gertrude Pratt entró muy digna por la puerta, con la chaqueta sobre los hombros y el bolso colgado del brazo. Cruzó la sala hacia la mesa de refrigerios. William se dio la vuelta para liarse un cigarrillo Capstan encima del serrín con intención de marcharse a casa, pero se topó de bruces con Gertrude. Miró a la chica de cara rellena con cálidos ojos marrones y, con una sonrisa de disculpa, levantó un brazo y señaló la puerta que había detrás de ella.

—Estaba a punto de irme...

Ella dio un paso adelante, le cogió la mano que había alzado y lo condujo hasta la pista de baile.

William no había bailado desde las clases que le daba la señorita Dimm, cuando tenía quince años y era muy torpe. La chica que tenía entre los brazos le recordó a esa época, salvo porque era ligerísima y movía los pies con soltura, era suave al tacto e iba perfumada. William percibía cómo giraba las caderas, la carne cálida de la cintura que se deslizaba bajo su palma, su exuberante pelo castaño contra la mejilla. Se tropezó, pisó a la joven en los dedos y apretó las rodillas contra las suyas, así que ella se estrechó contra él, más cerca, muy pegados, y William notó sus suaves senos aplastándose contra las solapas de la americana. Al cabo de un rato se sintió más seguro gracias a la chica tan simpática que lo abrazaba. Ella se sentía como en la estela de los ángeles, como si estuvieran en el cielo.

Cuando acabó ese paréntesis, William fue a buscar más ponche. Se encontró a Scotty en la mesa de los refrigerios y dio un trago ansioso al frasco de aguardiente de sandía. Scotty echó un vistazo a Gertrude.

—Me parece que esa cuesta un buen pellizco —comentó.

—Buf —contestó William con tristeza—, yo diría que el pellizco me lo ha quitado su padre...

Ojalá pudiera conseguir que le devolviera una parte, o al menos pedir un préstamo, para tener con qué empezar. Se preguntó si... Alargó la mano, cogió el frasco de aguardiente y despúes se dirigió a la mesa, donde Gertrude Pratt esperaba sentada que le ofreciera un vaso de ponche.

—Aquí hace mucho calor —dijo la joven.

—Sí —contestó William.

—¿Vamos a dar un paseo?

Cogió a William de la mano.

Los bailarines estaban petrificados, como los campeones congelados que decoran los trofeos, a la espera. Barney McSwiney pasó las páginas moteadas de negro del cancionero de Faith y el grupo intentó dar la misma nota, probando, afinando. En ese momento vieron entrar por la puerta a Tilly Dunnage, que llegó del brazo de Teddy McSwiney, el delantero estrella. En cuanto Faith los vio, la banda se puso de pie; todas las cabezas se volvieron para mirar. Estalló un globo perdido.

Tilly mantenía la mirada fija en una media distancia. Sabía que era un error, era demasiado pronto, un atrevimiento. Una náusea febril se apoderó de ella, la culpabilidad, y se repitió por dentro: «No fue culpa mía». Pero de todos modos retrocedió. Teddy la aguantaba con firmeza, el brazo fuerte alrededor de su cintura.

—No puedo quedarme —susurró Tilly, pero él siguió avanzando, arrastrándola por la pista.

Las parejas se apartaron y miraron como pasmarotes a Tilly, ataviada con un despampanante vestido verde que parecía esculpido, diseñado para acariciar su esbelta silueta. Reseguía la curva de sus caderas, se estiraba a la altura del pecho y le caía holgado sobre los muslos. Y la tela... Crêpe georgette, a dos con seis la yarda, del puesto de rebajas de la tienda de Pratt. Las chicas con los vestidos cortos de cintura de avispa, con el pelo tieso y perfectas ondas de rizador, abrieron sus labios rosados y tiraron avergonzadas de las faldas con cancán en un intento de aplastarlas. Las flores del empapelado se hundieron más en la pared y una oleada de codazos de admiración recorrió a los hombres.

Tilly mantuvo la expresión tensa hasta llegar a la mesa vacía que había en un lateral del salón de baile, justo delante de la banda. Se sentó mientras su acompañante le quitaba el chal y lo colgaba con cuidado en el respaldo de la silla. Los brazos blancos destacaban contra el verde del vestido y un rizo largo se deslizó por su cuello para quedar entre los omóplatos.

Teddy se acercó a la mesa de las bebidas. La masa de hombres le abrió paso. Pidió un ponche para Tilly y una cerveza para él y se sentó a su lado. Miraron hacia la banda. La banda les devolvió la mirada. Tilly enarcó una única ceja dirigiéndose a Faith. Faith parpadeó y desvió la mirada hacia el teclado del piano, y en un segundo se desvaneció el revuelo. El grupo musical tocó las primeras notas de la pegadiza «If You Knew Susie, Like I Knew Susie (Oh Oh)».

Teddy se reclinó, apoyó una pierna en la otra rodilla y estiró un brazo por detrás del respaldo de la silla de Tilly. Estaba temblando. Le dio un empujoncito.

—Vamos a bailar.

—No.

Tilly no despegó la mirada de la banda ni un momento en toda la noche. Volvió a acallar el sentimiento de culpa hasta que se le arremolinó en el estómago. Estaba acostumbrada, acostumbrada a olvidarse y divertirse para luego acordarse de repente de lo que ocurrió, sentirse indigna de repente. Nadie se acercó al delantero estrella ni a su acompañante en toda la noche. Ella se alegró; así era más fácil.

Cuando se hizo patente que William no volvería a casa para la cena, Mona decidió leer un rato, bajo el haz de luz de la lamparita amarilla, en un rincón. El zumbido apagado y monótono de la radio resonaba por toda la casa. Elsbeth Beaumont se mantuvo impertérrita, una silueta en el saliente de la ventana, con la reluciente luz de la luna perfilando la línea de su nariz.

—Madre, creo que me voy a dormir —dijo Mona.

Su madre hizo oídos sordos. Mona cerró la puerta del dormitorio después de entrar y se aseguró de que quedaba bien cerrada. Se dirigió al tocador y cogió el espejito de mano. Cerró las persianas, encendió la tenue lamparita de noche, se quitó la sosa braga de rayón y se levantó la falda. Se colocó al borde de la cama con el espejo en ángulo para verse bien y estudió los pliegues negros y violáceos de su entrepierna. Sonrió al ver las arruguitas oscuras de los labios menores. Entonces se desnudó despacio mientras se contemplaba en el espejo de cuerpo entero, dejó que los tirantes de la combinación le cayeran por los hombros y resbalaran hasta los tobillos. Se acarició los pechos y se pasó las manos por la garganta. Luego, bajo la colcha de poliéster, Mona Beaumont alcanzó su tranquilo orgasmo vespertino.

A orillas del arroyo de Dungatar, William, erecto y ansioso, se frotaba con todas sus fuerzas contra la cálida entrepierna redondeada de Gertrude Pratt. Mientras buscaba la bragueta, solo se le ocurrió una cosa que podía decir:

—Gertrude, te quiero.

—Sí —contestó Gertrude, y abrió un poco más las piernas.

Gertrude Pratt conquistó a William Beaumont al dejarle introducir el dedo índice de la mano derecha entre sus húmedos y escurridizos labios menores violáceos hacia el punto en el que se cerraban las capas, sin llegar al fondo.

William llegó a Windswept Crest azorado y agradecido. Su madre seguía sentada en el saliente de la ventana, con la primera luz de la mañana a su espalda.

—Buenos días, madre.

Se volvió hacia él con las arrugadas mejillas surcadas de lágrimas, unas lágrimas que caían sobre el broche de marcasita con forma de pavo real que llevaba prendido de la pechera.

—Me he pasado toda la noche esperándote.

—No hace falta, madre.

—Has bebido.

—Ya soy un hombre, madre, y es sábado por la noche... Por lo menos, hasta hace un rato.

Elsbeth sorbió por la nariz y se enjugó los ojos con el pañuelo.

—Estaba... pasándomelo bien. La próxima vez le insistiré a Mona para que me acompañe —dijo, y se marchó silbando a su habitación.

* * *

Teddy McSwiney acompañó a Tilly a casa y la dejó en la puerta.

—Buenas noches —dijo Tilly.

—No ha estado tan mal, ¿no?

La joven se abrigó los hombros con el chal.

—Puedo cuidar de ti… —le dijo Teddy.

La confianza había hecho que empezara a tutearla. Sonrió y se inclinó hacia ella.

Tilly se metió la bolsita de tabaco en el chal y luego apartó la cara para buscarla entre los pliegues.

—… bueno, si quieres, claro.

La joven se llevó un papel de liar a los labios y aguantó en la mano la latita de tabaco picado.

—Buenas noches —dijo.

Abrió la puerta de atrás.

—Basta con que se acostumbren a ti —dijo Teddy. Y se encogió de hombros.

—No —contestó Tilly—. Soy yo la que tiene que acostumbrarse a ellos.

Cerró la puerta tras de sí.

II

Shantung

Tela lisa tejida con hilos de seda salvaje irregulares, que le dan efecto de textura. Su color crema natural suele teñirse de colores vivos que le otorgan mucha fuerza. Es ligeramente tiesa cuando se trabaja y tiene un brillo suave. Apta para vestidos, blusas y adornos.

ROSALIE P. GILES, *Fabrics for Needlework*

10

El sargento Farrat estaba sentado en la bañera, con agua humeante hasta la altura de los pezones, ambientado con el tictac del reloj despertador y el goteo del grifo del agua caliente. Alrededor de su cuerpo rosado y mojado flotaban ramilletes de romero (para estimular la claridad mental) y limoncillo (para darle fragancia). Se había cubierto el pelo de huevo de pato crudo y unos mechones vistosos le caían sobre la frente, para mezclarse en las puntas de sus cejas con la mascarilla facial de aloe vera. Una infusión de manzanilla y un bloc de notas ocupaban la jabonera que había colgada de la bañera, delante de él. Mordisqueaba un lápiz mientras le daba vueltas al boceto del vestido que había dibujado en el bloc. Le hacía falta una pluma... Quizá una pluma de pavo real.

Sonó el despertador. Le quedaba una hora antes de que llegara Beula, plagada de odio y acusaciones contra los asistentes al baile. Se tapó la nariz y se hundió en el agua marrón. Se rascó las cremas de belleza impregnadas al cuerpo sumergido. Salió con dificultad de la bañera, porque el trasero se le había quedado pegado al fondo, y se levantó con el largo escroto rojo como un tomate, colgando y ardiendo. Alargó la mano para coger una toalla y caminó todavía chorreando hasta su dormitorio, con intención de vestirse y prepararse para la semana que tenía por delante.

Cuando Beula Harridene llegó y empezó a aporrear la puerta de la comisaría, el sargento estaba inclinado sobre el mostrador, intentando descifrar las instrucciones en letra diminuta de la revista de labores *Quaker Girl.* Quería entender el patrón de un jersey italiano diseñado por BIKI, de Milán. Murmuraba: «Agujas del n.º 14, tejer 138 vlts., trabajar 3 ½ pulg. en pnt. simple, incl. 1 pnt. elástico. Seguir: tejer 21 pnts. (11 pnts. en sig. vlt.). 8 veces...». Tenía una hebra de lana fina sujeta con el grueso dedo índice y dos delgadas agujas de punto metálicas entre las manos, a la espera. El sargento Farrat se había puesto el uniforme de policía, unos calcetines finos de color rosa pálido y unas delicadas zapatillas de ballet de color albaricoque atadas con mimo sobre sus prietos tobillos con lazo de satén blanco. Hizo caso omiso de Beula y continuó mirando con atención los puntos desplegados como pétalos debajo de las agujas de tejer y luego miró el modelo. Al final dejó las agujas, fue haciendo piruetas al dormitorio y se puso los calcetines y los zapatos reglamentarios. Entonces abrió la puerta de la comisaría, que estaba cerrada con llave, y volvió a su puesto detrás del escritorio, mientras Beula irrumpía detrás de él, hecha una furia.

—... y los individuos que fornicaron en este pueblo el sábado por la noche, sargento Farrat... Fue vil y repulsivo. Le doy mi palabra de que se montará una buena cuando le cuente a Alvin Pratt lo de su hija...

—¿Sabe hacer punto, Beula?

Beula parpadeó incrédula. El sargento le dio la vuelta a la revista y la acercó a ella. La mujer miró el patrón y acercó la barbilla al cuello.

—Necesito que me traduzca a un lenguaje legible este galimatías de abreviaturas. —Se inclinó para susurrarle al oído—: Código. Estoy intentando descodificar un mensaje del cuartel general. Supersecreto, pero sé que se le dan bien los secretos.

En la farmacia, Nancy colocó al señor Almanac con delicadeza en una posición desde la que quedara mirando a la puerta abierta. Le dio un empujoncito y el hombre empezó a andar movido por la inercia, aunque ligeramente inclinado a la izquierda. Nancy se llevó las manos a los oídos e hizo una mueca. El señor Almanac se chocó contra una mesa, corrigió la trayectoria y acabó aterrizando contra el muro en diagonal, como una escalera de mano apoyada en la pared.

—¿Por qué no me deja que vaya yo hoy a buscar el correo, señor A?

—Me gusta dar mi paseo matutino —contestó el anciano.

Nancy manipuló su cuerpo rígido para sacarlo por la puerta y dejarlo en la acera y se colocó bien centrada. Luego le dio un leve empujón para que avanzara.

—Intente ir por el centro.

Observó su cuerpo jorobado y sin cabeza andar a trompicones y luego corrió a la tienda y agarró el teléfono.

Ruth estaba abriendo una carta dirigida a Tilly Dunnage con el vapor de la hervidora eléctrica. Oyó el pitido y fue a la centralita telefónica. Se puso los auriculares, se ajustó el micro delante de la boca, estiró el cable y lo conectó a la farmacia.

—¿Nance?

—Sí, soy Nance. Oye, va de camino.

Ruth regresó junto a la hervidora, colocó el sobre encima del chorro de vapor, acabó de soltar el último pedazo de goma que lo sellaba y sacó la carta. Estaba escrita en español. Volvió a meterla en la bolsa de reparto, recogió el correo del señor Almanac y se dirigió a la puerta. La abrió, subió las persianas, puso el cartel de ABIERTO y salió a esperarlo a la acera. El señor Almanac llegó arrastrando los pies hasta donde estaba ella, en una línea recta perfecta.

—Buenas.

Le puso la mano en la cúpula reluciente. El hombre marcó el tiempo con los pies hasta que la orden de «Parad» de su cerebro llegó a ellos.

—Buenos días —contestó el hombre.

Un hilillo elástico de saliva cayó entre sus pies. Ruth le colocó un paquete envuelto en papel de estraza y sujeto con un cordel bajo un brazo, le dio la vuelta al cuerpo del anciano y lo empujó entre los omóplatos con el dedo índice. El señor Almanac se marchó arrastrando los pies.

—Intente seguir por el centro, como antes.

En la puerta de la farmacia, a una manzana de distancia, Nancy dejó de barrer y saludó a su amiga Ruth. Reginald se coló en la farmacia y le indicó a Nancy que la siguiera.

—¿Qué desea, Reg?

El carnicero parecía dolorido.

—Necesito algo para… un sarpullido —susurró.

—A ver, enséñemelo —dijo Nancy.

Reg hizo una mueca.

—Es más como un escozor, en carne viva...

—Ah —contestó Nancy, y asintió, porque lo había captado—. Algo que alivie.

—Eso, que alivie —dijo Reg, y miró cómo Nancy abría la nevera del señor Almanac—. Me llevaré dos frascos grandes.

Muriel frotaba con un trapo de quitar el polvo los surtidores de gasolina que había delante de la tienda cuando Beula Harridene llegó corriendo, sofocada e indignada.

—Hola, Beula.

—Esa tal Myrtle Dunnage, o Tilly, como se hace llamar ahora, tuvo la desvergüenza de ir al baile del sábado por la noche.

—No me diga.

—Y con ese Teddy McSwiney.

—No me diga —repitió Muriel.

—¿Y a que no adivina qué vestido llevaba? Bueno, o casi, porque le tapaba poco: una tela de mantel verde que le compró a usted. Atada al cuerpo y ya está. No escondía nada. Todo el mundo se quedó mudo del asco que daba. A esa no se le ocurre ni una buena, es peor que su madre.

—Ya lo creo —dijo Muriel.

—¿Y a que no sabe con quién estuvo Gertrude? ¡Toda la noche!

—¿Con quién?

Justo entonces William pasó por delante a cámara lenta en la monstruosidad de coche viejo y negro de su madre. Cuando se volvieron para mirarlo, el joven levantó dos dedos del volante, inclinó el sombrero y siguió avanzando.

Muriel miró a Beula y cruzó los brazos. Beula asintió.

—Acuérdese de mis palabras, Muriel: la llevará a la tapia del cementerio antes de que nos demos cuenta.

* * *

Lois estaba de rodillas, con un brazo viscoso metido hasta la muñeca en una mezcla de agua caliente con jabón. A su alrededor, el suelo estaba mojado y reluciente. Era una mujer rechoncha con una barriga adiposa que rebotaba por encima de los muslos cuando caminaba. El pelo canoso y corto le formaba una cresta permanente y desprendía copos de caspa nívea sobre los hombros. Sudaba y el agua salada se le resbalaba por la nariz enrojecida por los capilares sanguíneos, aunque apenas había limpiado una yarda cuadrada del suelo de Irma Almanac.

Irma se dirigía hacia ella, accionando con los nudillos agarrotados las ruedas de la silla. Sus huesos chirriaban como la tiza en la pizarra. Cuando se aproximó un poco más a la chimenea, el eje chilló.

—¿Dónde guarda la mantequilla, Irma querida? —le preguntó Lois.

Irma señaló la nevera con los ojos azules. Lois untó sin piedad los piñones y los ejes de la silla de ruedas con mantequilla y luego la hizo girar adelante y atrás, adelante y atrás.

Ni un leve chirrido. Sin embargo, Irma hizo una mueca de dolor y se le empañaron los ojos.

—¿Quiere que le ponga también en los huesos, Irma querida?

Irma observó a Lois, que se puso a frotar otra vez el suelo. Ojalá tuviera fuerzas para decirle que subiera las sillas encima de la mesa y fregara por debajo: ese pedazo de suelo no se había barrido desde que habían contratado a Lois para «limpiar» la casa hacía años.

—¿Qué tal fue el baile? —le preguntó.

—Bueno, no me gusta cotillear ni nada...

—No.

—... Pero esa tal Myrtle Dunnage, que ahora se hace llamar Tilly, pues tiene agallas, ya lo creo. Se presentó en el baile con un vestido muy atrevido, ¡obsceno!, y siguió a Teddy McSwiney por la sala toda la noche. Huy, no es trigo limpio, si quiere saber mi opinión. A ver, yo no voy a decir nada, igual que no voy a decir nada de Faith O'Brien y sus escarceos, pero Tilly volverá a causar problemas, ya lo verá. Por lo que he oído, la joven Gertrude Pratt y William pasaron la noche juntos...

—¿Gertrude? ¿De verdad?

—... Y Nancy me ha contado que Beula le contó que cree que ahora Gertrude se va a casar. ¿Se imagina la cara que pondrá Elsbeth?

11

El sol matutino calentaba la espalda del sargento Farrat mientras desayunaba sentado en el porche trasero. Sujetó la punta de un plátano, equilibró el centro curvado contra el plato y lo partió justo por la mitad. Luego lo seccionó en láminas de una pulgada exacta. Dejó el cuchillo en el plato y quitó la piel con sumo cuidado con un exquisito tenedor de postre, luego se llevó una media luna de plátano a la boca y la masticó a toda prisa. Había oído rumores sobre el vestido verde y se preguntaba si cabía la posibilidad de pedirle a Tilly una pluma de avestruz. Tomó una tostada con mermelada y se sacudió las migas de la ropa: un conjunto al estilo Rita Hayworth que había copiado de la foto de una revista en la que salía la boda de Rita con Ali Khan. Le había dado más anchura al ala del sombrero (dieciocho pulgadas) y lo había complementado con una redecilla en azul celeste y unas rosas de papel pinocho blanco. Suspiró. Habría sido perfecto para la fiesta de las carreras de primavera.

En lo alto de La Colina, Tilly cosía a máquina una cremallera de seis pulgadas al corpiño de un vestido de color amatista fuerte. Sus dedos expertos guiaban la tela por encima del arrastratelas. Molly entró en la cocina, y mientras avanzaba hacia la puerta de atrás barrió con el bastón el salero y el pimentero, un jarrón de hierbas secas y un quemador de incienso que había debajo de un banco. Tilly siguió cosiendo. Una vez fuera, Molly se irguió apoyada en la barandilla y observó la silueta que se acercaba: un joven que balanceaba los brazos lo suficiente para contrarrestar un pie deforme enfundado en una bota enorme que salía del extremo de una pierna tullida. Al llegar a la valla se quitó el sombrero ajado y se quedó plantado. Olía a calor y sonreía de oreja a oreja, a pesar de tener la cara moteada de manchas rojas con la punta amarilla. Tenía la boca tan pequeña que casi no le cabían los dientes. Llevaba una chaqueta raquítica y unos pantalones demasiado anchos.

—¿Señora Dunnage?

—Ya lo sé —contestó Molly.

La sonrisa de Barney se esfumó.

—Soy yo, Barney.

—¿Somos familia?

—No.

—Gracias a Dios.

—Me gustaría ver a Tilly, por favor.

—¿Y por qué demonios crees que ella querría verte a ti?

Barney parpadeó y tragó saliva. Bajó la cara y apretujó el sombrero con las manos cerradas.

—Hola, Barney.

Tilly apareció detrás de Molly. Le sonrió.

—Qué bien —dijo el chico.

Se dio cuenta de que solo llevaba una combinación corta de seda de color azul intenso. Barney pasaba el peso de un pie a otro una y otra vez, hundiendo tristemente el pie deforme.

—¿Te ha mandado Teddy?

—Sí.

—Barney…

Bajó el escalón para quedar a su altura y el chico retrocedió.

—¿Puedes ser tan amable de volver y decirle a Teddy que cuando le dije que no quería ir a las carreras con él lo decía en serio?

—Sí. Ya lo sé. Pero he pensado que a lo mejor te gustaría ir conmigo. Por favor.

Volvió a bajar la cabeza y apretujó el sombrero.

Cuando Molly abrió la boca, Tilly se dio la vuelta y se la tapó con la mano.

—Me da igual si te matas, Molly, no pienso ir.

A Molly todavía le escocían los muslos quemados después del baño caliente que se había dado. Tilly miró de nuevo al decepcionado chico.

—No es que no quiera ir contigo…

—Qué chorrada. Sí que es eso. Lo que pasa es que eres una tarada —gorjeó Molly.

Tilly miró el suelo y contó hasta diez. Luego volvió a mirar la cara dolida de Barney, sus ojillos azules al borde del llanto.

—¿Te importaría esperar dentro mientras le coso la costura al vestido, Barney? Solo tardaré un momento. —Se volvió hacia su madre—: Tú espera aquí.

—Dudo que me pudra —contestó ella. Y sonrió a Barney—. Entra, chaval. Te prepararé un té. Y no dejes que ella te dé nada, es una bruja. Debe de ser una tortura arrastrar ese pie deforme, ¿no? ¿También tienes joroba?

El sargento Farrat se miró al espejo. Iba desnudo salvo por el corsé reductor de goma de cintura alta de la marca Alston que acababa de estrenar, diseñado «para reducir los michelines y controlar a la vez el diafragma». Se vistió con sumo cuidado, luego cogió la antigua cámara de caja Brownie y admiró su reflejo más estilizado. Con el rabillo del ojo vio el conjunto de Rita Hayworth extendido encima de la cama y frunció el entrecejo.

* * *

La tribuna estaba llena. Todos aguardaban expectantes la siguiente carrera. Elsbeth parecía incómoda en el ambiente caluroso y con olor a caballo. William Beaumont apareció con Gertrude Pratt del brazo y Alvin detrás. Los espectadores dejaron de abanicarse con los programas de las carreras para fisgar. Mona suspiró y Elsbeth colocó la mano al instante encima del broche de marcasita que ese día llevaba en la garganta. Miró hacia otro lado y se sirvió de los prismáticos para mirar a lo lejos; se concentró mucho en la distante valla vacía. Mona se cubrió la boca con el pañuelo y se acercó más a su madre. William, Gertrude y Alvin se abrieron paso entre la multitud y se sentaron junto a Elsbeth. Alvin sonrió de oreja a oreja a Elsbeth y la saludó mientras Gertrude aguantaba la sonrisa mirando a un punto incierto, por detrás de las copas de los árboles, y William sonreía de manera cordial a los mirones de la tribuna.

Entonces Alvin dijo:

—¿Ha apostado, Elsbeth?

—Yo no apuesto —contestó la señora.

Alvin soltó una carcajada seca.

—Ya, claro. Entonces, ¿ha venido solo para darle al pico?

Elsbeth se quitó los prismáticos de los ojos y se los dio a Mona.

Alvin continuó hablando tan feliz:

—Creo que haré una apuesta por el número trece, Bien Casada.

Los espectadores empezaron a abanicarse otra vez con los programas de las carreras, despacio.

—Es un triunfo seguro... Justo lo que va a pasar —chilló Elsbeth.

Gertrude se sonrojó y William se mordió el labio inferior y se miró los cordones de los zapatos. Alvin se levantó, carraspeó y dijo remarcando mucho las palabras:

—Como estaba seguro de que nos encontraríamos aquí, señora Beaumont, me he tomado la libertad de traerme las cuentas que tiene pendientes... de los últimos dos años.

Se desabrochó la chaqueta y hurgó en el bolsillo interior.

—Pensé que así me ahorraba el sello. Ya sabe cómo son las cosas.

La señora Beaumont le arrebató el grueso fajo de recibos de las manos. Gertrude se levantó y huyó entre la multitud que se alejaba.

William también se levantó y se quedó junto a Alvin. Miró a su madre a la cara.

—Aplícate el cuento —le dijo.

Se apresuró a perderse entre los sombreros de paja, las boinas y las gorras; las manos de guantes blancos azuzaban a sus veloces corceles, que corrían como locos a su espalda.

* * *

Tilly apareció junto a la mesa de la cocina con el vestido nuevo y un sombrero de paja de ala ancha. Barney se levantó de inmediato y tiró al suelo la silla sin querer. Tragó saliva. Tenía restos de coco y de glaseado de color rosa en la punta de la barbilla puntiaguda. Tilly se quedó de pie, a contraluz, en medio de la cocina gris con su resplandeciente vestido color amatista. La tela era de shantung y tenía el escote bajo y cuadrado y un cuerpo entallado que continuaba por debajo de las caderas hasta cubrirle los muslos. A la altura de las rodillas, varias capas de volantes de satén fruncido jugueteaban y flotaban. Llevaba los brazos y las piernas al descubierto y Barney pensó que debía de ser difícil mantener el equilibrio con esas sandalias de tiras negras.

—Barney —le dijo Tilly—, creo que mereces saber una cosa. Tu hermano te mandó que me pidieras ir contigo a las carreras para luego poder arrebatarme de tu brazo al llegar allí. Luego te dará dinero y te dirá que te vayas. ¿Crees que está bien?

—No. Está mal. Le dije que me diera el dinero antes.

Teddy esperaba en la esquina de la biblioteca con un Ford muy viejo pero reluciente cuando Tilly, con el vestido sedoso y brillante destellando al sol, apareció paseando del brazo del encorvado Barney. Iban charlando con entusiasmo mientras pasaban por la orilla del arroyo contraria a la que estaba Teddy y siguieron fingiendo no haberlo visto cuando él se les acercó y caminó a su lado el trecho largo que separaba Oval Street del campo de fútbol, que hacía las veces de pista de carreras o de campo de críquet cuando se acababa la temporada. Las mujeres con sus recatadas blusas de algodón con estampado de flores abrochadas hasta arriba y sus faldas plisadas se detuvieron a mirarla. Se quedaron boquiabiertas y enarcaron mucho las cejas mientras la señalaban y susurraban: «Se cree de la realeza». Tilly se dirigió a los establos cogida del brazo de Barney. Teddy caminaba a su lado, sonreía y saludaba tocándose el sombrero a los aldeanos pasmados. Los tres dieron la espalda a la multitud y se apoyaron en la valla del establo para contemplar a los caballos.

—Mi mejor amigo se llama Graham y es un caballo —dijo Barney.

—Y tú también —murmuró Teddy.

—Me gustan los caballos —comentó Tilly.

—Mamá dice que me falta un hervor. Papá dice que me dejaron a medio hacer.

—La gente también dice cosas feas de mí, Barney.

Unos cuchicheos llegaron levemente a sus oídos y Teddy oyó que Tilly decía con parsimonia:

—Podemos irnos a casa si prefieres.

Teddy se volvió hacia las mujeres que tenía detrás. Estaban en parejas o en grupitos, con las cabezas juntas, miraban el suelo o sus propios vestidos: estampados de rayón tejido en tonos pastel, con hombreras, fajines, bustos prominentes, mojigatos cuellos altos y cerrados, mangas tres cuartos, trajes de tweed, guantes y gruesos sombreros de casquete que les tapaban los ojos.

Era el vestido violeta. Estaban comentando el vestido de Tilly.

—No tenemos por qué irnos —contestó Teddy.

Gertrude Pratt dio un paso al frente y se plantó entre Tilly y Barney.

—¿Te has hecho tú el vestido? —preguntó sin tapujos.

Tilly se volvió a mirarla y contestó con cautela:

—Sí. Soy modista. Conoces a Barney, ¿verdad?

Tilly señaló a Barney, que arrastraba los pies detrás de Gertrude.

—Todo el mundo conoce a Barney —contestó Gertrude con desprecio.

Sus ojos no se despegaron del rostro de Tilly. Era una cara especial con la piel de alabastro aterciopelado. Parecía salida de una película, y a su alrededor hasta el aire parecía distinto.

—¡Ajá! ¡Por fin te encuentro, Gertrude!

Era el sargento Farrat.

Se volvió hacia él.

—Vaya, qué sombrilla tan bonita.

—Sí, estaba en objetos perdidos. William te anda buscando, Gertrude. Creo que lo encontrarás por allá en...

Gertrude desvió la mirada para volver a fijarla en Tilly.

—El sargento se refiere a William Beaumont. William y yo estamos prometidos, o casi.

—Enhorabuena —dijo Tilly.

—Entonces, ¿eres modista profesional?

—Sí —dijo Tilly.

—¿Dónde te has formado?

—En el extranjero.

—Por ahí llega, ha venido a buscarnos —comentó el sargento Farrat.

Gertrude se apresuró a interceptar a su novio, agarró por el brazo al joven alto para apartarlo de allí.

—Estás muy atractiva, Tilly —la halagó el sargento Farrat con una sonrisa.

Sin embargo, Tilly se había fijado en el apuesto hombre de Gertrude y él se había fijado en ella.

—Me acuerdo de él —dijo Tilly.

—En el colegio se meaba en los pantalones —dijo Teddy.

William pensó que esa chica alta con la cara especial y los hombros fuertes era despampanante. Tenía a un McSwiney apostado a cada lado, como dos centinelas que vigilan una estatua reluciente.

Gertrude tiró del brazo de William.

—¿No es esa…? —preguntó William.

—Myrtle Dunnage y los McSwiney. Encajan a la perfección.

—Me habían dicho que había vuelto —dijo William sin dejar de mirarla—. Es muy guapa.

Gertrude volvió a tirarle del brazo. Bajó la mirada hacia su novia regordeta de ojos marrones. Tenía los ojos y la nariz rojos de tanto llorar y el sol le daba en la cara.

Esa noche Gertrude se tumbó en el asiento de atrás del coche con las rodillas abiertas de par en par. William estaba metido hasta los codos en su enagua, con la boca enroscada en la de ella, jadeando por la nariz, cuando Gertrude apartó la cara:

—Es el momento de entrar —le dijo.

—¡Sí! —exclamó William, y alargó la mano hasta la bragueta.

—¡NO! —dijo Gertrude, y le dio un empujón en los hombros.

Gertrude forcejeó e intentó palpar en la oscuridad con William aún montado encima, magreándola y succionándole el cuello. Se escabulló por debajo y se fue. William se quedó hambriento, jadeante y solo en el coche de su madre. Se rascó la cabeza, se recolocó la corbata y suspiró. Condujo hasta el Hotel de la Estación, pero no había ni rastro de vida. La tenue luz amarilla de La Colina seguía encendida, así que se dirigió hacia ella, aunque se detuvo al pie de La Colina para fumar un cigarrillo. Mona decía que por lo visto la hija de Dunnage había viajado mucho y traía loca a la señorita Dimm, porque se pasaba el día encargando libros raros en la biblioteca. Ruth Dimm decía que incluso le llegaba por correo un periódico francés todos los meses.

Volvió a casa. Su madre lo esperaba.

—¿Por qué? —suplicó.

—¿Por qué no?

—¡No puedes casarte con ella, es una ternera!

—Sí que puedo, si quiero —dijo William, y levantó la barbilla.

Elsbeth se plantó delante de su único hijo y chilló:

—Te han cazado... Y no hace falta tener mucha imaginación para saber cómo.

La voz de William ascendió al agudo tono de los Beaumont.

—¡Quiero un futuro, una vida...!

—Ya tienes una vida.

—¡No es mía!

William se marchó dando zancadas a la habitación.

—¡NO! —gritó su madre.

Su hijo se dio la vuelta.

—O con ella o con Tilly Dunnage.

Elsbeth se desplomó en una silla. Cuando pasó por delante de la habitación de Mona, William comentó:

—Y tú también deberías buscarte a alguien, hermana.

El húmedo frotamiento de Mona se detuvo entre las mantas y mordió la sábana.

William fue a ver a Alvin Pratt al día siguiente y por la noche ya habían apalabrado que William se casaría con Gertrude, aunque la chica fuera de clase inferior. Así volvería a poner a su madre en el lugar que le correspondía.

12

Marigold Pettyman, Lois Pickett, Beula Harridene y Faith O'Brien estaban de pie delante del escaparate vacío de la tienda de Pratt. Alvin había quitado todos los anuncios de ofertas del cristal dos días antes. Purl, Nancy y Ruth se reunieron con el grupo cada vez más numeroso. Por fin, Alvin, manchado de azúcar glas y masa de galleta, se asomó al escaparate, sacó unas cuantas moscas muertas y colocó un catálogo abierto por una página que mostraba cinco tartas nupciales muy recargadas. Junto al catálogo depositó con cuidado una tarta nupcial perfecta de dos pisos, decorada con sumo cuidado, en una bandeja de plata. Sonrió con amor mirando su hermosa creación antes de cerrar cuidadosamente las cortinas de encaje que había detrás de la tarta.

Dentro de la tienda, tanto Muriel como Gertrude y Tilly se inclinaron sobre el mostrador de la mercería y hojearon una revista de moda. Molly estaba sentada a su lado en la silla de ruedas, de cara a la puerta.

—Lois Pickett siempre parece un pañuelo manchado de té —comentó.

Tilly la fulminó con la mirada.

—Y todos sabemos lo desequilibrada que está Marigold Pettyman en los últimos tiempos.

El vestido de novia que miraban en ese momento era un palabra de honor con una cintura exageradamente ceñida sujeta con
un fajín de satén fruncido que daba paso a una sobrefalda con un
tul de pedrería nada espectacular. En la parte superior del corpiño
había otro adorno de satén fruncido, un lazo, que ayudaba a ca-
muflar el canalillo.

Gertrude señaló la fotografía y dijo:

—Ese. Ese es el que quiero.

—Es bonito, Gert —dijo Muriel, y retrocedió un paso para
imaginarse a su hija ataviada con el vestido blanco de novia.

—Escondería esas tremendas caderas —apuntó Molly.

Tilly empujó la silla de su madre hasta la sección de ferretería
y la aparcó allí, delante de una estantería llena de cajas de clavos.
Molly tenía razón en lo de las caderas, pero Gertrude tenía una
cintura que Tilly podía destacar, cosa que ayudaría a disimular las
caderas. Luego estaba el trasero cuadrado y las piernas rectas como
palos, sin forma, a juego con unos brazos igual de sosos, y debajo
de la chaqueta Gertrude ocultaba un cuerpo hirsuto, así que dejar
la piel al descubierto quedaba descartado. Para colmo, tenía el
pecho estrecho y puntiagudo. Tilly volvió a mirar el vestido.

—Qué va. Podemos hacer algo mucho mejor.

Y Gertrude contuvo la respiración.

* * *

Teddy estaba inclinado sobre la barra mientras Purl le contaba
todos los cotilleos sobre la boda.

—… conque, claro, Elsbeth está que se sube por las paredes. Ruth me ha dicho que aún no ha enviado las invitaciones, pero Myrtle Dunnage llamó por teléfono a Winyerp y encargó seis yardas de seda y cinco yardas de encaje. Tendrían que llegar el viernes.

—¿El viernes? —repitió Teddy.

—En tren.

Teddy se presentó en el porche de la casa de La Colina esa misma noche y comentó que el servicio de correo iba fatal cuando se acercaban las navidades. Le contó que Hamish se había quejado de que los trenes nuevos de diésel siempre llegaban tarde. Tilly se apoyó en el marco de la puerta, cruzó los brazos y enarcó una ceja.

—… y supongo que es una decisión precipitada por parte de William —comentó—. Una decisión de lo más precipitada.

—Entonces, ¿crees que Gertrude necesita el vestido de novia con urgencia?

—No lo creo, pero apuesto a que Gertrude piensa que sí, para poder decirle a él cuanto antes que ya está todo atado y bien atado.

—A lo mejor deberíamos dejar el asunto en manos de los trenes y del destino.

—Entonces nadie vería lo bien que sabes coser. —William se metió las manos en los bolsillos y miró las estrellas—. Y resulta que tengo que ir a Winyerp mañana. —La miró a la cara—. Puede que a Molly le apetezca dar una vuelta. ¿Alguna vez ha dado una vuelta en coche, Molly?

—No me dicen gran cosa los coches —contestó la anciana.

Teddy dijo que saldría sobre las ocho.

Cuando se metió en el coche a la mañana siguiente, Tilly ya

estaba sentada dentro, encantadora con su casquete bien calado y gafas de sol. La chica miró la hora y apartó una mosca.

—Hola —dijo Teddy.

La dejó tranquila durante el trayecto, se despidió de ella a las nueve y acordaron que volverían a encontrarse al mediodía. A la hora de comer pidió un plato de verduras y una cerveza negra para ella y le llevó los paquetes. Le dejó toda la tarde libre. La devolvió a casa al anochecer. Cuando Tilly se metió en casa, Molly había desmontado todas las piezas de la máquina de coser. Tardó tres días en encontrar los componentes y volverlos a ensamblar.

Una semana antes de Navidad, Tilly estaba encorvada sobre la máquina de coser en la mesa de la cocina, feliz de volver a crear. Molly, en la silla de ruedas al lado de la estufa de leña, deshacía los puntos del jersey que llevaba puesto; tenía un enmarañado nido de lana apilado sobre las rodillas. Tilly miró la montaña de lana.

—¿Por qué lo haces? —le preguntó.

—Tengo calor.

—Pues apártate del fuego.

—No me apetece.

—Como quieras.

Tilly pisó con fuerza el pedal eléctrico. Molly alargó la mano para coger el atizador y lo escondió debajo de la manta que le cubría las rodillas. Después empezó a dar impulso a las ruedas lentamente.

Los dedos de Tilly deslizaban la escurridiza superficie por debajo del prensatelas. La aguja perforaba sin cesar. Molly trajinó por debajo de la manta, encontró el atizador, lo levantó y lo soltó encima de la cabeza de Tilly justo cuando Teddy llamaba a la puerta mosquitera. Oyó un chillido y alguien que daba un traspié.

Encontró a Tilly de pie en un rincón, con las manos en la parte posterior de la cabeza. Molly estaba sentada con cara inocente al lado del fuego, deshaciendo los puntos del jersey. En el suelo, junto a la mesa, la tela de seda y el encaje se amontonaban como si fueran cojines de nube.

—¿Qué ha ocurrido?

—Me ha golpeado —dijo Tilly.

—No es verdad.

—Sí que es verdad. Me has dado un golpe con el atizador.

—Mentirosa. Lo único que quieres es apartarme de aquí. Tú eres la peligrosa, mataste a mi comadreja.

Molly se puso a sollozar.

—Volvió al árbol por culpa del humo de la chimenea. Puedes verla siempre que quieras.

Se frotó la cabeza.

—Si no te pasaras el día dando vueltas al caldero… —dijo su madre.

Teddy miró a una y a otra, luego se acercó a Molly, le frotó la espalda huesuda y le ofreció su pañuelo.

—Ya está, ya está —intentó calmarla.

Molly se apoyó en él, entre lamentos. Teddy le mostró la petaca.

—Esto lo cura todo.

Molly agarró la petaca y se la llevó a los labios.

Teddy se dirigió entonces a Tilly y alargó los brazos.

—A ver, enséñamelo.

—No pasa nada.

Se acurrucó todavía más en el rincón, pero él insistió. Introdujo los dedos en el glorioso pelo de Tilly y le palpó el cráneo caliente.

—Te ha salido un chichón en la cabeza.

Volvió a mirar a Molly justo a tiempo de ver cómo se escondía la petaca debajo de la pechera del camisón.

—Devuélvamela.

—Cógela tú.

Teddy arrugó las facciones. Tilly buceó dentro del camisón de su madre con las manos, recuperó la petaca y se la devolvió a Teddy.

—Está vacía —comentó el joven.

Tilly volvió a colocar la tela del vestido de novia de Gertrude encima de la mesa.

—Venía para invitaros a las dos a tomar algo mañana por la noche, para celebrar que es Navidad, pero...

Miró de reojo a Molly y sacudió una vez más la petaca.

—Me encantaría ir —dijo Molly, y eructó.

—Yo no voy a ir —dijo Tilly.

—No pasa nada. Ya vendrá a buscarme a mí. ¿Verdad que sí, hijito?

Sí que fue a buscarla y de paso le llevó unas rosas a Tilly. Un ramo enorme de rosas de tacto aterciopelado y color escarlata oscuro que olía muchísimo a azúcar, verano y agua fresca del arroyo. Tilly se quedó asombrada.

—Anoche arriesgué la vida para cogerlas.

—¿De qué jardín? ¿Del de Beula o del del sargento Farrat?

Teddy le guiñó un ojo.

—¿Te vienes a tomar una copa?

—No.

—Solo una.

—Te agradezco mucho que te lleves a Molly una horita para que me deje tranquila. De verdad, te lo agradezco.

—Aún estás a tiempo de venir.

—Me apetece estar sola.

Molly se hallaba en el escalón del porche.

—Pues vamos —dijo—. Déjala aquí de morros.

Desde el último peldaño, Teddy se lo rogó una vez más:

—Por favor, ven... Haremos una fiesta como las de antes cerca del vertedero, habrá un montón de regalos de Papá Noel debajo del árbol para los niños, que gritarán como locos de la emoción.

Tilly sonrió, cerró la puerta y dijo en voz baja:

—Me rompería el corazón.

13

Elsbeth se metió en la cama y se negó a mover un dedo para organizar la boda. Al principio William se desesperó, pero parecía que los planes seguían adelante. El señor Pratt volvió a permitirle comprar a crédito, así que empezó a plantearse en serio el recuperar la propiedad familiar; podía comprar unas estacas y arreglar algunas vallas, eso para empezar; luego compraría un tractor, a la temporada siguiente recogería la cosecha, llegarían los niños, tendría una familia que mantener, y Gertrude se adaptaría, aprendería...

Le leyó un soneto: el número 130 de Shakespeare.

—¿Qué te ha parecido, querida mía?

—¿El qué?

—Era un poema de Shakespeare, William Shakespeare.

—Precioso.

—Sí... ¿Qué es lo que más te ha gustado, Gertrude?

—Casi todos los poemas son demasiado largos; este no.

Estaban de pie junto a un halo de polillas que revoloteaban alrededor del foco que había encima de la puerta trasera de los Pratt. William le dio vueltas y más vueltas al ala del sombrero y dijo:

—Mona dice que las invitaciones ya están listas y se pueden enviar…

Mona jamás había imaginado que pudiera ser la dama de honor de nadie. Como Elsbeth se había negado a darle una lista de invitados, Mona fue quien se la proporcionó a Gertrude: se limitó a apuntar los nombres de todos los parientes y los compañeros de colegio que había tenido William en su vida.

—… yo pensaba que sería una boda íntima, no me imaginaba que…

—Bésame, William. Hace siglos que no me besas —soltó Gertrude.

Se acercó para darle un beso en la mejilla, pero ella movió la cara.

—Gertrude, tengo que decirte una cosa, eeeeh, sé que tienes el traje y todo, pero…

—El vestido, William, es un vestido…

—… y los preparativos están yendo tan, bueno, tan rápido… Parece que eres muy eficiente, sí. Es solo que me pregunto, bueno, como se supone que es para toda la vida, eh… No, que fue todo tan precipitado y… Bueno, si no estás segura de si vas a ser feliz conmigo allí, con mi madre y con Mona, no pasa nada por esperar un poco… Hasta que estemos más seguros, con menos lío, después de la cosecha… Podríamos, no sé… Lo entendería.

Gertrude contrajo la barbilla y le salieron unos hoyuelos compungidos. Sus ojos estallaron como albaricoques maduros.

—Pero tú, bueno, nosotros… Yo nunca habría… Pensaba que me querías. ¿Qué pasa con mi reputación?

Se encendió una luz en la parte delantera de la casa. Gertrude se desplomó en los tablones del suelo y se sentó entre zapatos viejos y herramientas de jardinería, con las manos en la cara. William suspiró y se inclinó sobre ella. Le acarició el hombro.

* * *

Se dedicaba a observar con detenimiento los cordones de los zapatos cuando notó un revuelo en la puerta de la iglesia. Los invitados se volvieron para mirar y un «oooooh» recorrió la multitud como una ola. William cerró los ojos y Faith tocó el himno nupcial. William respiró hondo, luego abrió los ojos para mirar el otro extremo del pasillo. Las profundas arrugas que le surcaban la frente se desvanecieron y el color le subió a las mejillas, los hombros se relajaron y dio un respingo. Los nervios, habían sido los nervios. Estaba preciosa. Llevaba los rizos de color castaño oscuro recogidos formando una cascada y sujetos con una diadema de exquisitas rosas rosadas, sus ojos de un marrón aterciopelado resplandecían. Su cuello parecía más esbelto y su piel era de melocotón. Ahí estaba, con un elegante vestido de tafetán de seda, en color rosa albaricoque, con el cuello redondo (no demasiado escotado) y mangas tres cuartos de tul fino en blanco roto. El corpiño le ceñía mucho la cintura y quedaba fruncido a la altura de las caderas. Terminaba en un arco holgado de raso por debajo de las nalgas. La falda tenía una caída elegante. Varios lacitos colgaban del arco de raso y se unían en una cola de tres yardas de longitud, que la novia arrastraba al caminar lentamente hacia él. El tafetán de seda ondeaba con suavidad alrededor de sus piernas. Gertrude Pratt parecía exuberante, llena de curvas, y lo sabía. Mona iba detrás de ella, encorvada y temblando. El pelo le caía ondulado por los hombros y llevaba una corona de rosas húmedas anaranjadas que complementaba a la perfección el vestido de cuello redondo en tafetán de seda de color naranja óxido. El corte servía para enfatizar las pocas curvas de Mona. La seda se recogía sobre los muslos y tenía un vuelo discreto a la altura de las rodillas. Sobre los hombros caídos llevaba un fular de tul en blanco roto que se ataba con una lazada atrevida en la parte baja de la espalda. Tanto la novia como la dama de honor lucían ramos inmensos de rosas de colores vivos. Al verlas desfilar, las mujeres se dieron cuenta de que la modista era una auténtica maga con las telas y las tijeras. Gertrude miró a William, que le devolvió una sonrisa de oreja a oreja, y supo que estaba salvada.

Elsbeth se había sentado en el primer banco, con cara de estatua de sal. No se había levantado de la cama hasta que los amigos de la universidad de William y todos sus parientes llegaron a su casa vitoreando y brindando por la alegre celebración. Su prima Una de Melbourne, siempre a la última moda, se inclinó hacia ella y le dijo:

—Exquisito.

Luego sonrió para dar su aprobación.

Elsbeth se dio la vuelta incrédula y muy digna. Subió la barbilla y puso su expresión de «Alguien ha pisado un excremento de perro».

—Sí —le contestó a su prima—. Mi nuera viene de una familia de empresarios. Se mueven en círculos comerciales.

Gertrude, resplandeciente, permaneció de pie junto al altar cogida del brazo de su padre, que le daba confianza. Muriel se echó a llorar, se sofocó tanto que se quedó sin aliento y tuvieron que ayudarla a salir a la calle, donde se aflojó el corsé. Se perdió la ceremonia.

Después, un atractivo cortejo nupcial posó a pleno sol y sonrió de oreja a oreja a los fotógrafos que disparaban sus cámaras de caja Brownie. Unas niñas con vestidos bonitos colgaron lazos con herraduras de los brazos de Gertrude mientras el sargento Farrat sacudía el brazo de William con tremendo vigor durante un buen rato: aprovechó para fijarse en los elegantes detalles de los vestidos. Gertrude y William se detuvieron, ya montados en el Triumph Gloria, para saludar a los cotillas: Purl y Fred, Lois, Nancy, Ruth y su hermana, la señorita Dimm, y Beula, todos arracimados junto a la verja en bata y pantuflas. A Muriel le hubiera gustado invitar a sus amigas de toda la vida y a sus clientes más fieles a la boda de su única hija, pero Gertrude se limitó a decir: «Invitaremos al concejal y a su esposa, Marigold Pettyman, y al sargento; pero no hace falta que nos molestemos en invitar al resto».

En el salón del banquete, los invitados se distribuyeron encantados alrededor de los manteles de damasco blanqueado, sentados sobre fundas de crepé con peonías y lazos de satén. Las damas del club social sirvieron champán para el brindis, cerveza para los hombres y vino para las mujeres, y repartieron ensalada fría de pollo para cenar, seguida de pastel pavlova.

Tilly Dunnage llegó justo a tiempo para los discursos. Se quedó de pie en la oscuridad, junto a la puerta de atrás, y oteó por encima de las cabezas de los invitados, que seguían sentados. William se levantó e hizo tintinear una cucharilla contra la copa. Estaba ruborizado, jubiloso, cuando empezó su parlamento:

—Llega un momento en la vida de todo joven...

Dio las gracias a su madre, a su difunto padre, a su hermana, al señor y la señora Pratt, a su hermosa y radiante novia, al ejército de camareros y amigos que les habían ayudado a servir el banquete, sin quienes todo eso no habría sido posible, al párroco por sus palabras, al sargento Farrat y a la señorita Beula Harridene por las espléndidas flores. Terminó diciendo:

—… Y con eso creo que no me dejo a nadie, así que sin más preámbulo, quiero proponer un brindis…

Y cincuenta sillas chirriaron al unísono cuando los invitados se levantaron para unirse en el brindis por el rey y el país, por el presidente, el feliz acontecimiento y el futuro. Chin, chin.

Todas las mujeres que había sentadas en el salón del memorial de guerra esa tarde prestaron mucha atención, esperaron con el corazón en un puño a que el novio dijera el nombre de una costurera o una modista. No la mencionó.

En casa, Tilly se sentó junto al fuego con un botellín de cerveza y un cigarrillo, pensando en la época del colegio, cuando la regordeta Gertrude tenía que ponerse dos gomas elásticas en las coletas porque tenía el pelo demasiado abundante. A la hora de comer, Tilly se sentaba en un banco de madera cerca del patio y miraba a los chicos que jugaban al críquet. En el rincón más alejado, la pequeña Gertrude, Nancy, Mona y otras niñas más saltaban a la comba.

Una pelota de críquet de goma rebotó y pasó junto a ella.

—¡Cógela, Dunnyloca, cógela! —gritó Stewart Pettyman.

—No, no, ¡se la llevará otra vez al lavabo de chicas! —intervino otro niño.

—¡Sí! ¡Así podremos volver a pillarla!

Todos se pusieron a gritar:

—¡Coge la pelota, Dunnyloca! ¡Iremos a por ti! ¡Coge la pelota, Dunnyloca, y te llenaremos la boca de caca!

Las niñas se unieron al grupo. Myrtle corrió al colegio.

Después de clase Myrtle corrió otra vez, pero la estaba esperando, impidiéndole el paso junto a la esquina de la biblioteca. La agarró por el cuello, la arrastró hasta la fachada del edificio, la aplastó contra la pared sin soltarla de la garganta y le frotó con fuerza el sexo por debajo de la braga. Myrtle no podía respirar y le entraron arcadas. Le salieron por la nariz.

Cuando terminó con ella, la miró a los ojos como un demonio rojo. Estaba sudado y olía a algo caliente, como pis.

—Quédate ahí y no te muevas ni un pelo, Dunnyloca —le dijo—, o esta noche iré a tu casa y mataré a tu madre, la zorra, y cuando esté muerta, iré a por ti.

Myrtle se quedó petrificada, pegada a la pared. El chico retrocedió de espaldas, sin dejar de mirarla con sus ojos diabólicos. Myrtle sabía lo que iba a hacer, era su diversión favorita. Bajó la cabeza como si fuera un toro y corrió, corrió y corrió hacia ella con todas sus fuerzas, con la cabeza directa hacia la barriga de Myrtle, igual que un toro que fuera a embestirla. Myrtle tenía el estómago revuelto y cerró los ojos: podía matarla.

Decidió morir.

Luego cambió de idea.

Se apartó.

El chico ya había empezado a correr con la cabeza agachada y se chocó con un golpe seco contra la pared de ladrillo rojo de la biblioteca. Se retorció y cayó a la hierba seca y caliente.

* * *

Molly entró dando impulso a la silla de ruedas. Al final le había cogido cariño a la silla y la había decorado. Mientras estaba sentada junto al fuego o fuera al sol en el porche, ataba hebras de lana y lazos trenzados en los reposabrazos, metía geranios trepadores por los ejes de las ruedas, y colocó varios pañitos de punto cuadrados encima del asiento. Cuando le apetecía, sustituía su colorida silla de ruedas por el bastón y deambulaba por la casa. Rebuscaba en los armarios de la vajilla, descolgaba los rieles de las cortinas o tiraba al suelo objetos de las estanterías más altas. Aparcó junto al hogaril de la sala de estar, al lado de la chica que miraba el fuego.

—¿Cómo fue el baile, Cenicienta? —le preguntó.

—Los vestidos eran preciosos. —Por dentro, se dijo que no podía esperar nada de ese pueblo—. Era una boda.

—Qué pena.

* * *

Gertrude se quitó el vestido de novia por los pies y lo colgó en una percha. Observó su reflejo en el espejo del cuarto de baño: una chica castaña muy normalita con los muslos fofos y el pecho nada bonito. Dejó que el picardías de seda de color té le resbalara por encima de los pezones fríos y volvió a mirarse al espejo.

—Soy la señora de William Beaumont, de Windswept Crest —dijo.

William estaba leyendo un libro en la cama como si tal cosa. Llevaba el pijama de franela de rayas desabrochado y se le veía el pecho. La joven se metió en la cama junto a su marido, que dijo: «Bueno», y alargó la mano para apagar la luz. La chica sacó una toallita de su neceser y se la colocó como pudo debajo de las nalgas.

William la encontró a tientas en la oscuridad. Se abrazaron, se besaron. Él tenía el cuerpo tenso, pero de tacto suave por la franela. Ella se sentía esponjosa y resbaladiza.

William se tumbó encima de Gertrude y ella abrió las piernas. Algo cálido y duro emergió del pijama y se coló entre los muslos de Gertrude. Él empezó a empujar y a resoplarle junto al oído, así que ella se movió un poco hasta que el pene encontró una compuerta húmeda entre el vello púbico y empujó.

Se tumbó al lado de Gertrude.

—¿Te he hecho daño, cariño?

—Un poco —contestó ella.

No se parecía en nada a como lo describían en la revista femenina *Married Life*. La molestia solo era momentánea y localizada, una sensación brusca e incómoda. Una vez, cuando era adolescente, había metido la mano por un tronco hueco para ganar una apuesta. Se le cubrieron los dedos de algo caliente y pringoso, resbaladizo y viscoso; huevos rotos. Había un nido dentro del tronco. Esa sensación también le había parecido una especie de extraña ofensa, algo incómodo.

—Bueno —dijo William y le dio un beso en la mejilla.

Pensó que había sido bastante satisfactorio y que todo había salido bien. Se había comportado con su complaciente esposa recién casada igual que se comportaba de niño ante el único huevo de chocolate que recibía después de la misa de once todos los años para el Domingo de Pascua. Pelaba el envoltorio de papel de aluminio coloreado con mucho cuidado para dejar al descubierto una porción de chocolate. Luego rompía un pedacito y lo lamía, lo saboreaba. Pero entonces a William siempre le podían las ganas y acaba metiéndose en la boca el huevo entero y engulléndolo, casi atragantado, hasta quedarse con la extraña sensación de estar saciado y a la vez no estarlo.

—¿Eres feliz? —le preguntó William.

—Ahora soy feliz —contestó su esposa.

William tanteó la cama y le dio la mano.

Gertrude se dejó la toallita debajo de las nalgas toda la noche. Por la mañana, inspeccionó las manchitas rojas y escamosas con suma atención, las olfateó y envolvió la toallita en papel de estraza y la dejó en un rincón para tirarla a la basura con discreción en cuanto tuviera oportunidad. Cuando se metió en la ducha tarareó una canción. La recién casada señora Beaumont se negó a que les sirvieran el desayuno en la cama y llegó a la mesa vestida como un pincel y sonriendo de oreja a oreja. Elsbeth y Mona se concentraron mucho en escudriñar los huevos que tenían en el plato y William extendió el periódico delante de la cara, pero Gertrude no se ruborizó.

—Buenos días a todos —dijo.

—Buenos días —contestaron a coro las mujeres.

A eso siguió un silencio incómodo.

—Dios mío —dijo Mona—. Ahora hay una persona en cada lado de la mesa.

—¿Cuándo terminará la cosecha? —preguntó Gertrude.

—Como te comenté, querida mía, depende del clima.

William miró a su madre en busca de apoyo. Elsbeth miraba por la ventana.

—¿No puedes contratar a alguien para que la supervise?

—Bueno, querida, está Edward McSwiney, pero…

—¡William, por favor! ¿Otra vez ese desgraciado?

Elsbeth aporreó el platito con la taza y se cruzó de brazos.

Gertrude sonrió con dulzura.

—De verdad que no me importa mucho lo de la luna de miel, William, de verdad que no. Pero es que… es imprescindible hacer un viaje a Melbourne. Tengo que comprar telas para poner cortinas en nuestra habitación…

—Las que hay ahora servían de sobra para mí —dijo Elsbeth.

—¿Alguien quiere más té? —dijo Mona inclinando la tetera.

—Deja de inclinar la tetera… Al final vas a manchar la mesa —espetó Elsbeth.

—Necesitamos sábanas nuevas, y me hacen falta algunas cosas para completar el ajuar, para poder empezar mi nueva vida como es debido.

Gertrude dio un mordisco a la tostada y echó sal en el plato, al lado del huevo hervido. Elsbeth miró a William de reojo con malicia y William volvió a ocultarse detrás del periódico.

La nueva señora Beaumont continuó hablando.

—Papá tiene una cuenta en Myers, y me dio un cheque en blanco.

William se puso como un tomate. El color desapareció por completo del rostro de Elsbeth.

—¡Sí, vayamos! ¡Hace siglos que no voy de compras! —exclamó Mona.

Gertrude frunció el entrecejo mirando la cucharilla deslucida, y luego descascarilló la punta del huevo hervido.

14

Tilly se sentó a la sombra de la glicinia, cada vez más tupida, y observó un tren de carga muy largo que se alejaba lentamente del silo y culebreaba en dirección sur hasta desaparecer por detrás de La Colina. Giró con mucho estruendo hacia el oeste y se perdió en un horizonte acuoso. Volvía a ser verano, un verano caluroso, esa época del año en que las navidades y la temporada de esquila ya han quedado atrás, y el sol ha hecho madurar las cosechas. El sonido del acero que gira a trompicones, metal contra metal, se apodera de Dungatar desde las vías del ferrocarril cuando las monstruosas locomotoras llegan para cambiar de vía y acumular los vagones de grano que hay junto al silo cuadrado de zinc.

Cuando llegan las locomotoras, los niños van a mirar y juegan cerca del silo. Los trenes se acumulan y empujan vagones vacíos que se llenarán de grano, mientras que otros trenes procedentes de Winyerp pasan por delante ya llenos de sorgo. Winyerp se yergue con petulancia al norte de Dungatar, en medio de un manto marrón y ondulante de acres y acres de sorgo. Las granjas que rodean Dungatar son mares dorados de espigas de trigo, que hay que desgranar, y la boca de la máquina escupe el grano en los remolques. Esos remolques transportan el grano y lo vierten en el silo. Cuando las montañas de grano están secas, se les coloca en el centro una inmensa broca que hace subir en espiral el grano, para propulsarlo hasta una cinta transportadora que lo lleva hasta un muelle de carga, donde se vierte en un vagón de tren vacío, que termina lleno hasta los topes de esos granos amarillos. En las horas de más calor, una nube de polvo de cereal asfixiante cubre el silo. Los vagones para el grano se dejan cerca del silo, a la espera, hasta que las locomotoras se colocan en su sitio y los transportan primero de dos en dos, luego formando una hilera, para engancharlos detrás del tren de vagones cargados de sorgo. Al final, las locomotoras los remolcan y se los llevan, rebosantes de semillas polvorientas de color dorado y pardo, los alejan del inmenso cinturón de cereal donde el sol brilla casi todo el año y la lluvia suele ser escasa. Las locomotoras irán parando en varios silos y vías muertas para repostar combustible o enganchar más vagones. Luego los arrastrarán hasta un puerto distante. Los pasajeros de los coches parados detrás de la barrera de la estación contarán hasta cincuenta vagones que pasarán con su traqueteo.

El trigo se convertirá en harina, o puede que se flete al extranjero. El famoso sorgo de Winyerp servirá de pienso para el ganado.

El pueblo quedará en silencio de nuevo y los niños volverán a jugar en el arroyo. Los adultos esperarán que empiece la temporada del fútbol. Tilly conocía muy bien ese ciclo, era como un mapa del tiempo.

Molly salió despacio de la cocina y pinchó a Tilly con el bastón.

—¿Qué miras?

—La vida —contestó Tilly, y recogió la cesta de mimbre—. Vuelvo enseguida.

Empezó a descender La Colina.

—¡No te molestes! —exclamó Molly—. Preferiría que volviera mi comadreja.

Marigold Pettyman y Beula Harridene dejaron de hablar al ver que Tilly se acercaba.

—Me parece que sabes coser, ¿no? —soltó Beula.

—Me han dicho que copiaste esos vestidos de *Women's Weekly* —dijo Marigold, como si fuera un comentario muy astuto—. Entonces, ¿sabes hacer arreglos?

Tilly miró a las ignominiosas mujeres.

—Sí —se limitó a contestar.

Emprendió el regreso a La Colina con la bolsa de verduras, los puños apretados y los dientes en tensión. Se encontró a Lois Pickett sentada en el escalón. Apretujaba una bolsa de papel voluminosa y arrugada.

—Tienes una vista muy bonita desde aquí —comentó—. Y el jardín tiene muy buena pinta.

Tilly pasó a su lado y subió al porche. Lois se puso de pie.

—Me he enterado de que sabes coser. Te hiciste el vestido que llevabas el día de las carreras y Muriel dice que ni siquiera utilizaste patrones para el vestido de novia de Gert, solo un maniquí.

—Entre —dijo Tilly con amabilidad.

Lois tumbó la bolsa de papel sobre la mesa de la cocina y extendió un vestido antiguo y desfasado, tieso y grasiento. Señaló las axilas ajadas.

—La tela está gastada por aquí, ¿lo ves?

Tilly puso cara de dolor, negó con la cabeza y abrió la boca para hablar, pero justo entonces Purl Bundle se asomó por el porche con un «Yujuuuuu» y entró por la puerta sin esperar a que la invitara con sus zapatitos de tacón alto y sus pantalones de pirata rojos, radiante y rubia como la típica camarera. Le lanzó varias yardas de satén y encaje a Tilly y dijo:

—Quiero una colección de camisones y lencería que haga crujir de nuevo los muelles del viejo colchón. Gracias.

Tilly asintió.

—Muy bien.

—¿Y si cortas la parte de arriba y lo conviertes en una falda? —preguntó Lois.

Esa tarde Molly se dedicó a rascarse por debajo de las capas de mantitas que tenía sobre las rodillas y Barney se quedó esperando en el escalón, a sus pies, con la mirada fija y el grueso labio inferior colgando, con una mirada de asombro absoluto en el rostro. Tilly lanzaba pelotas de golf entre el vertedero y la casa de los McSwiney con su palo de madera del número tres. Una de las pelotas pasó rozando a la señorita Dimm, que había surgido de repente en la cima de La Colina. Miraba hacia las nubes y había extendido un brazo para protegerse de los obstáculos invisibles. Debajo del otro brazo llevaba un rollo de tela de algodón de cuadros y una bolsa de papel llena de botones, cremalleras y patrones de uniforme escolar, de las tallas 6 a 20. La señorita Dimm era muy miope y también muy presumida, así que solo se ponía las gafas en clase. Toda la vida había llevado el pelo en una melenita corta estilo paje y siempre vestía una blusa blanca bien metida en una falda voluminosa y fruncida. Tenía un trasero descomunal, pero estaba encantada con sus pies diminutos, de modo que iba a todas partes dando pasitos con primorosas zapatillas atadas con lazos, y cuando se sentaba, se aseguraba de que los tobillos cruzados quedaran bien visibles. Se tropezó con la bolsa de golf y desperdigó por el suelo todos los palos.

—Palos de golf —dijo Tilly, y sostuvo uno en alto.

—Ay —dijo la señorita Dimm—. Qué afortunada eres. ¡Tienes un montón! Estaba buscando a la pequeña Myrtle Dunnage.

Se dirigió a la casa. Al llegar al porche miró con mucha atención la funda de la tetera de color rosa y azul que Molly llevaba en la cabeza y dijo:

—He venido en nombre de la Asociación de Padres y Profesores de la Escuela Pública de Dungatar, y me gustaría ver a la pequeña Myrtle Dunnage, por favor.

—Ya lo creo que le gustaría —dijo Molly—. Es más, si fuera usted capaz de ver, a lo mejor se daría cuenta de lo que tenemos que aguantar los demás cada vez que la vemos a usted.

—Entre, señorita Dimm —dijo Tilly.

—Ah, estás aquí.

La señorita Dimm se volvió hacia la glicinia trepadora moteada de rayos de sol que había detrás de Molly y extendió la mano.

Negociaron un precio ajustado y todos los retoques que hicieran falta para los nueve uniformes escolares y, cuando ya se marchaba, la señorita Dimm le dio las gracias otra vez al sombrero de Molly, se tropezó con el escaloncito, recuperó el equilibrio y se marchó a tientas. Barney había recogido las pelotas de golf en la cesta de mimbre de Tilly y las estaba lanzando por la cuesta con el palo de hierro número uno de Tilly, cuando la fea maestra pasó por delante, trastabilló y dio una voltereta por el suelo hasta perderse de vista. La combinación de encaje se sacudió y los lazos de las zapatillas dieron vueltas y vueltas.

Teddy subía La Colina cuando fue arrollado por la señorita Dimm.

—Dios mío —exclamó, y se apresuró a socorrerla al verla tumbada boca arriba con la falda subida hasta la cara y los muslos fofos, como un brocado violeta encima de un bloque de manteca, expuestos al mundo. Barney se asomó por la pendiente.

—Pero ¿se puede saber qué hacías, cabeza hueca?

Teddy se puso de pie y se sacudió la hierba de los pantalones de cuadros escoceses recién estrenados.

—Jugar al golf —dijo Barney.

Y levantó el palo.

—Las pelotas van a parar a mi tejado.

—Buena puntería —dijo Tilly, y le dio la mano a Barney—. Te mereces una taza de té.

Se lo llevó.

Teddy le guiñó un ojo a su hermano, delgado, tullido y lleno de granos, que se marchaba cojeando con la mujer más hermosa que había visto en su vida. Ayudó a la señorita Dimm a levantarse.

—Vamos, la acompañaré hasta el camino.

—Vaya, gracias... ¿Quién es usted?

A la mañana siguiente, Faith ojeaba la revista femenina *Women's Illustrated* mientras Tilly, arrodillada delante de ella, le recogía el bajo de la falda con alfileres. El titular de la portada decía: «La extravagancia de Dior hace retroceder diez años a las mujeres. Balenciaga se rebela. Pág. 10». Faith murmuró: «Ba-len-cia-ga» y examinó con sumo detalle los artículos de moda: casaca, cuello levantado moldeable, camisa, cloqué, tela elástica, Estados Unidos, Anna

Klein, Galanos, Chanel, Schiaparelli, Molyneux, otros nombres que era incapaz de pronunciar.

—Ruth dice que te llegan muchos paquetes de la ciudad —comentó, y bajó la mirada hacia Tilly—. ¿Y postales de París escritas en francés por alguien que se llama Madelaine?

Tilly se puso de pie y ahuecó la blusa de su clienta para que quedara más alta y le tapara parte del canalillo a Faith. La mujer volvió a bajársela de un tirón.

Molly se aclaró la garganta e imitó lo mejor que supo la voz de Elsbeth Beaumont.

—Asegura que trabajó para madame Madelaine Vionnet, la famosa diseñadora de moda de París —dijo. Miró con ojos acusadores a Tilly—. Seguro que ya está muerta.

—Era muy mayor —dijo Tilly entre los alfileres que sujetaba en la boca.

—¿Ella fue quien te enseñó a coser? —le preguntó Faith.

Molly pegó la nariz a la estantería de las fotos.

—Por lo visto, madame Vionnet le recomendó a nuestro genio, aquí presente, a Balenciaga debido a su incomparable talento para cortar al bies. —Molly hizo una pedorreta de burla con la lengua y los labios—. Nunca he oído ninguno de esos dos nombres —añadió la anciana.

—La prima de Elsbeth, Una, me dijo que el vestido de novia de Gertrude era muy parisino —dijo Faith—. Algún día yo también iré a París.

Se perdió en su ensoñación.

—¿Con quién? —soltó Molly con malicia.

—Si no tiene prisa, puede esperar mientras le coso el dobladillo de la falda. Será un momento.

Faith lanzó una mirada a Molly.

Tilly insistió.

—Molly puede sentarse en el porche. ¿Le apetece una taza de té?

Faith asintió y se quitó la falda. Se sentó a hojear los muestrarios de Tilly, vestida solo con la blusa y las medias. Observaba minuciosamente las fotografías. Cuando Tilly le dio la prenda con el bajo cosido a mano con puntadas finas, perfectas, Faith apartó las revistas.

—No tendría que haberme molestado en traértela. No es más que una falda plisada vieja y pasada de moda que merece que la tire a la basura. Seguro que acabará llevándola alguna de las hijas de los McSwiney.

Muriel fue la siguiente en llegar.

—Hazme algo que me favorezca. Esta vez, algo que pueda ponerme para ir a trabajar pero que parezca de buena calidad, como el traje que llevé para la boda de Gert.

—Será un placer —dijo Tilly.

Cuando Ruth volvió de la estación de tren a la mañana siguiente con las sacas de correo, Nancy y ella volcaron el contenido en el suelo de la oficina de correos y encontraron el grueso sobre marrón de Nancy. Esta lo abrió y ojeó la revista nueva hasta que encontró el reportaje: varias fotografías en color de un desfile de moda de Nueva York en el que destacaban los últimos diseños de Emilio Pucci y Roberto Capucci. Miraron los modelitos y contemplaron a las chicas angulosas con mandíbulas prominentes y la raya pintada de negro.

—Guau, son tremendas.

Sin pensarlo más, Nancy subió a La Colina.

Los golpes en la puerta de atrás despertaron a Tilly. Tenía la vejiga llena, se le notaba en los ojos que todavía estaba adormilada y llevaba el pelo despeinado sobre los hombros cuando abrió la puerta. Se cubrió con un pareo de seda. Nancy se quedó anonadada al verle los hombros desnudos, así que optó por plantar la edición de enero de *Vogue* delante de sus narices y señalar a una modelo que lucía un elegante traje de pantalón entallado de colores vivos con estampado de espiral.

—¿Ves a la modelo? Eso es lo que quiero. —Tilly estaba tan abrumada que no contestó, de modo que Nancy continuó hablando—: Puedes pedirles la tela a tus amigos de Melbourne. Y no se lo enseñes a nadie. No quiero imitadoras.

—Ah, el traje pantalón —comentó Tilly.

—Te ha llegado un paquete y una postal de Florencia.

Nancy se los dio a Tilly y se marchó.

Esa noche, Teddy se sentó en el porche a beber una cerveza mientras fumaba y miraba a Barney, que quitaba malas hierbas del huerto de Tilly y las tiraba a una carretilla. Tras llenar la carretilla, Teddy la acercó hasta el carro de su padre y volcó allí los hierbajos. Graham volvió la cabeza para ver qué pasaba y cuando Teddy se alejó de nuevo con la carretilla, el caballo piafó, cambió el peso de las patas y volvió a bajar la cabeza. Molly asomó la cabeza desde la cocina y se sacó un vaso vacío de debajo de las mantitas, así que Teddy le sirvió la poca cerveza que le quedaba y se dirigió a la puerta mosquitera. Tilly estaba de pie junto a la ventana, cosiendo a mano algo delicado.

—He pensado en ir a dar un paseo, o a tirar la caña en el arroyo. Se está de fábula allá abajo al anochecer, a lo mejor podríamos...

—Tengo un negocio que mantener —contestó Tilly con una sonrisa, una sonrisa ancha y sincera que se prolongó hasta sus ojos.

—Qué encanto.

15

Nancy se dedicaba a atar un escobón nuevo al palo viejo de la escoba y Muriel limpiaba los cristales del escaparate de la tienda de Pratt con una bola de periódico empapada de aguarrás. Beula Harridene dobló la esquina corriendo y se detuvo entre las dos mujeres.

—¿Estrenan conjunto?

Las otras sonrieron y asintieron con la cabeza.

—Debería ir a que le hiciera algo, señora Harridene. Esa Tilly hace magia —dijo Muriel.

—Ya lo creo —contestó Beula—, si le ha hecho creer que está guapa con eso.

Justo entonces el Triumph Gloria llegó de nuevo al pueblo. Las tres mujeres se pusieron a mirar. William iba al volante y llevaba al lado a un desconocido; Gertrude, Elsbeth y Mona estaban sentadas atrás, todas ellas con sombreros nuevos. Había tres maletas grandes y relucientes atadas con cuerdas a la barra del parachoques, y varios baúles grandes bien sujetos en un remolque nuevo que traqueteaba detrás. Cuando el viejo y voluminoso coche tomó la curva de la calle mayor, Evan Pettyman dejó en el platito su taza de café de media mañana y se acercó más a la ventana para

observar el regreso triunfal de los Beaumont. En la escuela, la señorita Dimm se puso las gafas para ver qué era esa cosa tan grande
que navegaba por la calle, y Purl dejó de sacudir las alfombras por
el balcón del pub para fisgar.

De repente, los habitantes de Dungatar tenían algo más con lo
que entretenerse, y se notaba en el ambiente. La feliz comitiva nupcial, con las maletas rebosantes de prendas compradas en la elegante Collins Street de Melbourne, no tardaría en descubrir que
las mujeres del pueblo llevaban modelitos nuevos y llamativos, y
que ahora todos los bajos de las faldas seguían la moda europea
más moderna.

El sábado por la mañana Elsbeth Beaumont y su nuera llegaron al
almacén de la familia Pratt con sendos trajes nuevos y sombrero y
guantes a juego. A las nueve en punto se paseaban ya entre las estanterías de cachivaches con sus faldas de Dior, voluminosas y
ahuecadas con yardas y yardas de tafetán. Con el dobladillo de la
falda rozaban las tapas de las latas de betún Nugget y los frascos
para abrillantar zapatos; también hacían tintinear los calzadores
que había colgados.

—Madre mía —dijo Muriel—. ¡Pero mírala!

—Hola, Muriel —contestó Elsbeth, con la mandíbula un
poco tensa.

—Hola, madre —dijo Gertrude.

Gertrude se inclinó para recibir un besito en la mejilla.

—¿Ha ido bien el viaje? —preguntó sin emoción Muriel.

—¡Sí! ¡Mag-ní-fi-co! —exclamó Gertrude.

Elsbeth asintió para corroborar la opinión de su nuera.

—Maravillooooso.

Muriel salió de detrás del mostrador. A los zapatos les hacía falta un buen lustre y no se había peinado, pero también llevaba un modelo nuevo: una chaqueta suelta y larga de lino fino de color gris zafiro, con una pieza muy original en el cuello y una falda totalmente recta que le llegaba hasta la pantorrilla. Por detrás, tanto el blusón como la falda tenían dos piezas que se superponían y se sujetaban con un broche. El traje estaba muy bien confeccionado, era elegante y práctico, y le favorecía. Gertrude y Elsbeth se sorprendieron y se picaron al verla.

—¿Dónde está padre? —le preguntó Gertrude.

—«Padre» sigue estando en la parte de atrás, como siempre, Gertrude. Y si lo saludas diciendo «Hola, papá» todavía te contestará —respondió Muriel.

—¿Por qué no le dices que he vuelto y que necesitamos hablar con él?

Muriel cruzó los brazos y miró a la cara a su hija.

—Reg —dijo.

Reginald cerró la boca.

—Ve a buscar a Alvin, anda.

El chico dejó la bandeja de menudillos en la encimera de mármol y se marchó a buscar a Alvin.

La nueva Gertrude continuó diciendo:

—Elsbeth y yo tenemos planes fabulosos para un montón de actividades emocionantes que haremos el año que viene. Vamos a poner «Dungatá» patas arriba. Será divertido, ¿verdad, Elsbeth?

Elsbeth cerró los ojos y los apretó. Luego levantó los hombros, embelesada.

—¡Divertidíiiiisimo!

En ese momento volvió Reginald.

—Disculpen, señoras, su «padre» ha respondido a su llamada y llegará lo antes posible.

Se inclinó levemente hacia delante.

—Gracias —dijo Elsbeth muy digna.

Reginald volvió con sus entrañas y sus menudillos.

—Vaya, vaya, vaya. Hola —comentó Alvin en su voz de tendero más amistosa.

Se acercó a su hija (encasquetada con tanto éxito) con los brazos abiertos, la agarró por la cintura y la levantó en volandas. Las enaguas de Dior saltaron y el ambiente se llenó de polvo. La dejó con torpeza en el suelo de tablones mientras estornudaba y tosía. Pesaba más de lo que esperaba.

—Mi niñita —dijo con una sonrisa de oreja a oreja, y le cogió los carrillos con las manos manchadas de harina.

Gertrude hizo una mueca de dolor e intercambió con Elsbeth una mirada de exasperación. Se recolocó el sombrero.

—Sí, ya me he dado cuenta —dijo Alvin—. Estrenas sombrero.

Y le hizo un gesto con la barbilla a Muriel, que puso los ojos en blanco.

—Papi, a Elsbeth y a mí nos gustaría que pusieras este cartel en un sitio bien visible del escaparate y que colgaras unos cuantos más por la tienda. Hemos hecho varias copias, y pondremos recordatorios en el periódico local...

—Hemos formado un club social —anunció Elsbeth—. Yo soy la secretaria, Trudy es la presidenta y Mona será la mecanógrafa. Se nos ha ocurrido que Muriel podría ser la tesorera y...

—¡¿Trudy?!

—Sí, madre, a partir de ahora puedes llamarme Trudy. Nuestra primera reunión está programada para el lunes y se celebrará en nuestra casa, en Windswept Crest. Tenemos todas las fechas de los actos y vamos a reunir a los habitantes de «Dungatá» para organizar funciones, sobre todo para recaudar fondos… Meriendas, partidas de cróquet, fiestas…

Elsbeth la corrigió:

—Un baile. Un baile para recaudar dinero.

—Un baile, el baile más importante, el mejor que hayamos celebrado nunca…

—Habrá un festival de teatro y literatura con una sección creada ex profeso para la e-lo-cu-ción —enfatizó Elsbeth.

—¡Exacto! —dijo Gertrude, y asintió mirando a su suegra.

Elsbeth le entregó las fotocopias a Alvin con mano firme. Un taco ordenado de hojas escritas con letras mayúsculas, en las que ponía «TRUDY Y ELSBETH BEAUMONT invitan a LAS MUJERES DE MENTE PROGRESISTA DE DUNGATÁ A UNA REUNIÓN», y debajo había un párrafo en un recuadro que imitaba un pergamino. Alvin metió los pulgares por detrás de los tirantes del delantal. El grupo se quedó en silencio de repente.

—¿«Dungatá»? —preguntó Alvin.

—¿Dónde está Mona? —preguntó Muriel.

—Aprendiendo doma y equitación —dijo Gertrude—. Tenemos un empleado nuevo en la finca.

—A Mona le aterran los caballos —dijo Muriel.

—¡Exacto! De eso se trata.

Trudy chasqueó la lengua y meneó la cabeza.

Alvin parecía sorprendido.

—¿Tienen un empleado nuevo?

—Se llama Lesley Muncan y es un auténtico caballero —anunció Elsbeth, y resopló mirando a Alvin.

La sonrisa del rostro del comerciante permaneció imperturbable.

—Vaya, vaya.

Miró a las señoras de arriba abajo, desde las vaporosas plumas que sobresalían de sus espectaculares tocados hasta los dedos de los pies enclaustrados en los estilosos zapatos nuevos.

—Se han dado un buen capricho en Melbourne, ¿eh?

Gertrude sonrió a Elsbeth con actitud conspiradora, y esta le apretó el brazo como muestra de camaradería.

—Supongo que William cobrará pronto el cheque de la cosecha… Lo digo porque está el tema de su cuantiosa cuenta a deber, «señoras de Beaumont» —dijo mofándose de su hija—, y confío en que hayan traído todos los recibos de su escapada a Melbourne. Así pues, ¿qué les parece si entramos en el despacho y los repasamos juntos antes de que los añada a esa cuantiosa deuda?

Las sonrisas se desvanecieron de los rostros de las mujeres de la familia Beaumont.

—Papi, pensaba que… —intervino Gertrude.

—Te dije que podías comprarte un pequeño ajuar de boda. ¡Solo tú! —exclamó Alvin.

Luego miró a Elsbeth y resopló.

Elsbeth le plantó los folletos en las narices a Muriel y miró con cara de malas pulgas a su nuera.

* * *

Septimus Crescant estaba sentado en un rincón del bar, hablando con Hamish O'Brien. Purl, detrás de la barra, se pintaba las uñas mientras Fred, Bobby Pickett y Scotty Pullit, en la mesa de jugar a las cartas, bebían, fumaban y barajaban. Por fin, Fred miró la silla vacía de Teddy y dijo:

—Podríamos empezar.

Reginald repartió los naipes y cada uno de los hombres tiró diez monedas de dos chelines encima de la mesa.

Sonó el teléfono. Purl caminó hasta la pared del fondo y levantó el auricular con mucho cuidado para no estropearse el esmalte de uñas. Bobby sacudió las cartas mirando a Purl.

—Dile que acabo de salir —murmuró.

—Hotel de la Estación, ¿dígame?

Los jugadores de póquer la miraban fijamente.

—Mira, primor, te lo agradezco mucho, pero el domingo por la noche estoy ocupada. Adiós.

Purl colgó el auricular en la pieza metálica.

—Era la pobre y afligida Mona de nombre y Mona de espíritu, que llamaba en representación el Club Social de Dungatar para invitarme a la reunión inaugural en Fart Hill, en la que comentarán los preparativos de su primera jornada de cróquet y merienda para recaudar fondos… Ah, y también harán una «noche de presentación»…

—Vaya, por fin algo interesante —dijo Fred.

Purl cerró los ojos y meneó la cabeza muy despacio de lado a lado.

—Me muero de ganas.

Los hombres retomaron la partida, y Hamish y Septimus retomaron la conversación.

—Pues claro —dijo Hamish—. Todo se fue al garete cuando el hombre empezó a cultivar el campo y nació la necesidad de proteger la cosecha y recogerla en comunidad, construir muros para mantener a raya a los hambrientos neolíticos.

—No —contestó Septimus—. La rueda es lo que más hundió a la humanidad.

—Bah, hace falta la rueda para los medios de transporte.

—A eso siguió la revolución industrial, la mecanización que provocó el resto de los daños...

—Pero la máquina de vapor, la máquina de vapor es inofensiva, un tren propulsado con vapor a toda máquina hace un sonido digno de ser escuchado...

—El diésel es más limpio.

Septimus bebió un trago de cerveza.

El que hacía de mano en la partida dejó de barajar y todos los jugadores desviaron la mirada hacia los dos habituales que intercambiaban opiniones en el rincón de la barra.

Hamish volvió la cara hacia su acompañante.

—¡Y el mundo es redondo!

Lentamente, vertió la media jarra de Guinness que le quedaba en el sombrero duro de Septimus, que seguía tirado en el suelo, junto a la barra. A su vez Septimus le tiró la cerveza a Hamish por la cabeza, hasta que empezó a gotearle por el bigote de morsa. Hamish levantó los puños apretados, adoptó una pose clásica y amenazadora, típica del boxeador Jack Dempsey, el Incomparable, y empezó a bailar, moviendo los brazos como si fueran las bielas de las ruedas de un tren. Purl sacudió sus uñas con el esmalte aún húmedo y Fred suspiró.

—Vamos, Septimus, anda. Fuera ahora mismo, par de dos...

Hamish pegó un puñetazo justo cuando Septimus se agachaba para recoger el sombrero. Hamish dio dos ganchos más al aire y el tercero aterrizó cuando Septimus se levantó, alzando los brazos para ponerse el sombrero. Le dio un puñetazo flojo pero audible, como un huevo crudo cuando aterriza encima de la mesa de la cocina. Septimus se desplomó y se sujetó la nariz, que le sangraba.

—Hamish —dijo Fred—, ya va siendo hora de que te largues.

Hamish se volvió a poner la gorra de jefe de estación y al llegar a la puerta se despidió sacudiendo la mano.

—¡Hasta mañana!

Purl le pasó un pañuelo a Septimus.

Septimus se dirigió a la puerta.

—En este pueblo un hombre puede beneficiarse a la mujer de su vecino y no le pasa nada, pero por decir la verdad le revientan la nariz.

—Así es —dijo Fred—. Conque yo en tu lugar cerraría el pico, o la próxima vez acabarás con la nariz rota.

Septimus se marchó.

Purl preguntó si Reg iba a donar carne otra vez para el club de fútbol ese año.

—Y también llevará el marcador —dijo Scotty.

Ruth y la señorita Dimm, Nancy y Lois Pickett, Beula Harridene, Irma Almanac y Marigold Pettyman recibieron asimismo la llamada del comité del Club Social de Dungatar. Faith no estaba en casa. La pillaron ensayando con Reginald. Mona pidió a las señoras que asistieran a la reunión inaugural en Windswept Crest y, por favor, que llevaran un plato cada una. Los miembros recién reclutados del Club Social de Dungatar telefonearon de inmediato a Ruth a la centralita y le dijeron que las pusiera con Tilly Dunnage.

—Ahora mismo Elsbeth le está calentando el oído —dijo—.
Yo soy la siguiente. Luego le pasaré todas sus llamadas.

Cuando Ruth llegó a lo alto de La Colina, aporreó la puerta de
atrás y gritó:

—¿Hay alguien en casa?

—No íbamos a estar haciendo visitas, ¿no? —fue la respuesta
de Molly.

Entonces llegaron las demás, que tuvieron que esperar en la
cocina con Molly la Loca, quien se había repantigado en su silla
de ruedas decorada y azuzaba un tronco ardiendo con el bastón.
Se sonó la nariz con los dedos y tiró los mocos a las brasas de la
estufa de leña. Observó atentamente cómo burbujeaban, siseaban
y después se desvanecían.

Tilly, profesional y elegante, fue llevando a sus clientas una por
una a la sala de estar para comentar lo que necesitaba cada una y
cómo se imaginaba el modelo. Se dio cuenta de que las socias del
recién fundado Club Social de Dungatar habían adquirido un acento nuevo de la noche a la mañana: una interpretación propia de
Dungatar de lo que debía de ser el inglés británico formal.

Las peticiones de sus clientas se parecían mucho: «Tengo que
ser la más guapa de todas, sobre todo, más guapa que Elsbeth».

* * *

En la finca de Windswept Crest el discreto empleado nuevo, Lesley Muncan, estaba sentado con las rodillas cruzadas en la cocina,
contemplando la espalda de Mona mientras ella se inclinaba hacia
delante para fregar los platos.

Lesley trabajaba en la lavandería del hotel en el que los Beaumont se alojaron durante la luna de miel, y se había encontrado con William en el vestíbulo, leyendo el periódico.

—Las chicas han salido, ¿verdad? Se estarán gastando todo su dinero, ¿eh? —bromeó.

—Sí —contestó William, sorprendido.

—¿Disfrutan de la estancia?

—Sí —dijo William—. ¿Y usted?

Lesley se ajustó los puños de la camisa.

—El hotel está bien —contestó—. Son del campo, ¿verdad?

—Sí —dijo William con una sonrisa.

Lesley echó un vistazo al vestíbulo y luego se sentó en el sofá con William.

—He trabajado mucho en el sector ecuestre y estoy abierto a un nuevo puesto de trabajo. Supongo que no conocerá a nadie que necesite un instructor de equitación, ¿verdad?

—Bueno... —dijo William.

Lesley dirigió la mirada hacia la recepción.

—¿Herrador de caballos? ¿Mozo de cuadra? Lo que sea. Puedo empezar ya mismo.

Justo en ese momento Elsbeth, Trudy y Mona irrumpieron por la puerta, y trajeron consigo los aromas de la sección de perfumería de Myers. Lesley se puso de pie para ayudarles con los paquetes.

—Es un cliente que acabo de conocer... ¿El señor...?

—Muncan, Lesley Muncan, encantado de conocerles a todos.

—El señor Muncan es experto en equitación —añadió William.

—¿De verdad? —le preguntó Gertrude.

—Mona —dijo entonces Lesley, y dio un golpecito en la punta del cigarrillo con el dedo índice—. Si yo soy capaz de poner el pie en el estribo, usted también podrá. Aún es pronto, tiempo al tiempo, querida.

Mona tenía miedo a los caballos, pero quería gustarle a Lesley.

—Lo intentaré —dijo.

Y pasó una y mil veces el paño por encima del plato limpio. Mona quería tener a alguien, una pareja. Ahora su madre y Trudy eran uña y carne, y a menudo Mona se quedaba sola en la casa grande, sentada en la repisa de la ventana, y se dedicaba a contemplar los establos en los que trabajaba Lesley. El hombre se había instalado en la buhardilla, pero desde hacía unos días solía aparecer por la cocina siempre que la veía junto a la ventana.

—Muy bien —la animó él—. Eso es lo que quiere su madre. Y no podemos defraudar a la jefa, ¿verdad?

Elsbeth y Trudy se relajaban junto con William en la biblioteca, que hasta ese día había sido la «habitación de desahogo»: una habitación sin ventanas en medio de una casa mal diseñada que utilizaban para acumular trastos. William había empezado a fumar en pipa. Consideraba que sacársela de entre los dientes y pasearla era un gesto útil para enfatizar una idea. Casi todas las observaciones que hacía eran en realidad opiniones de Trudy, pero su esposa le dejaba que las verbalizara. Así ella podía decir: «Pero William, si dijiste que un sofá de piel duraría más». La banda sonora de *Al sur del Pacífico* sonaba con un volumen bajo en el tocadiscos nuevo: «Bali Haiiiiii, come to meeeeee». Sin previo aviso, Trudy se quedó petrificada, frunció la boca y salió corriendo de la habitación. Elsbeth y William enarcaron las cejas y se miraron el uno al otro.

Mona salió al vestíbulo y gritó:

—¡Mamá, William, venid!

Lesley exclamó:

—¡Acaba de vomitar sobre los platos!

Y cerró los ojos y se llevó la palma de la mano a la frente.

—Vaya, Trudy —dijo William cuando se acercó a su mujer.

Elsbeth se llevó los dedos a los labios y se apoyó en la nevera.

—Voy a calentar el agua —dijo Mona.

—¿Hace muchos días que te encuentras mal, bonita? —le preguntó Elsbeth, preocupada de repente.

—No es nada. Estoy un poco cansada, nada más.

Elsbeth miró a su hijo con cara de saber qué ocurría y ambos miraron a Trudy con amor y una gratitud inmensa. La abrazaron mientras Lesley murmuraba mirando al techo:

—Alabado sea… Está em-ba-ra-za-da.

Mona estrechó la tetera con fuerza contra el pecho y dijo:

—¡Ahora querréis montar la habitación del niño en mi dormitorio!

Elsbeth se acercó a su hija.

—Qué egoísta y desgraciada eres, hija mía —le soltó, y le pegó un bofetón en la mejilla.

16

Una noche, cuando Beula Harridene salió a pasear descubrió a Alvin iluminando con una linterna el maletero de un vendedor ambulante, rebuscando entre artículos baratos. A la mañana siguiente vio esos artículos en el mostrador de Muriel, a la venta a unos precios inflados. La sección de mercería había ampliado la colección de botones, cremalleras y cuentas de pedrería, que Alvin en teoría importaba de tiendas especializadas de Richmond, cuando en realidad compraba los accesorios a los mayoristas de Collins Street y luego los vendía con un incremento del cien por cien a los aldeanos con afán competitivo. Desde hacía un tiempo, las señoras de Dungatar confeccionaban sus batas con brocado «de importación», con botones de marfil o brillantitos, y se paseaban por sus modestas casas de campo con seda de chifón en tonos pastel o con pantalones ajustados de terciopelo con cintura de fajín y jerséis de cuello alto, como las estrellas del cine.

No paraban de llegar baúles a la atención de la señorita T. Dunnage, Dungatar (Australia). El sargento Farrat se presentó una tarde a La Colina justo cuando Ruth arrastraba como podía uno de los baúles desde la furgoneta de reparto hasta el porche de Tilly.

—Madre mía —dijo el sargento—. ¿Qué hay ahí? ¿Oro?

—Material —contestó Tilly—. Tela de algodón, patrones, lentejuelas, catálogos de moda, plumas...

—¿Plumas?

El sargento Farrat aplaudió.

—Sí, sí —intervino Ruth—. Hay plumas de todo tipo.

Tilly la miró con frialdad y enarcó una ceja. Ruth se llevó una mano a la boca. El sargento Farrat captó lo que ocurría entre las dos mujeres.

—¿Plumas de avestruz?

—En realidad no lo sé, sargento —dijo Ruth—. Solo me lo imagino. Eh, es decir, no puedo saber con exactitud qué hay dentro del baúl, pero todo el mundo habla del vestido nuevo que se va a poner Tilly para la noche de presentación del club social y claro...

Todos bajaron la mirada hacia el baúl. Los sellos estaban rotos y había agujeros con rebaba en los puntos en los que alguien acababa de sacar los clavos. Junto a esos agujeros, había puntas nuevas clavadas por unas manos inexpertas. También habían retirado el precinto original y en su lugar habían colocado cinta adhesiva normal de la oficina de correos.

—En fin —dijo Ruth—, será mejor que me vaya. Seguro que Purl está esperando que le lleve los zapatos nuevos y Faith tiene que practicar con las partituras que acaban de mandarle.

La observaron mientras se marchaba con parsimonia en la furgoneta. Luego el sargento sonrió a Tilly.

—¿Qué tal se encuentra tu madre últimamente? —le preguntó. Ya le había cogido confianza.

—Últimamente por lo menos tiene a alguien que la cuide.

Tilly cruzó los brazos y lo miró.

El sargento Farrat se quitó la gorra de policía y se la llevó al corazón.

—Sí.

Miró hacia el suelo.

—Es asombroso lo que consigue la nutrición —continuó Tilly—. Tiene días buenos y días malos, pero siempre se entretiene con algo, y empieza a acordarse de cosas de vez en cuando.

Arrastró el baúl hasta la cocina.

—Tenía la impresión de que Mae se ocupaba de ella —dijo el sargento.

Molly llegó a la cocina arrastrando los pies. Iba con pantuflas y camisón, y tiraba de una cuerda. Se detuvo y escudriñó al sargento Farrat.

—¿Se ha metido en un lío? No me sorprende.

—¿Te apetecería tomar un té y un pedazo de tarta con nosotros, Molly?

Hizo oídos sordos a lo que le preguntaba Tilly y se inclinó para acercarse aún más al sargento Farrat.

—Se ha perdido mi comadreja —dijo—. Pero creo que ya sé qué le ha pasado.

Señaló con la cabeza una olla grande que hervía en la cocinilla.

—Ya veo —dijo el sargento.

Y sacudió la cabeza con expresión seria.

Molly siguió avanzando con dificultad. Tilly le ofreció una taza al sargento. Él dio un golpecito al baúl con la puntera del zapato y luego caminó alrededor.

—Harán falta alicates para abrir esto —comentó.

Tilly le tendió los alicates y el sargento dejó la taza de té en la mesa antes de ponerse de rodillas delante del baúl. Quitó las puntas, hizo palanca para abrir la tapa y rebuscó dentro. Sacaba paquetes y se los acercaba a la nariz para inhalarlos.

—¿Puedo abrirlos, por favor?

—Bueno, iba a hacerlo yo…

El sargento rompió con lascivia el envoltorio de papel por las esquinas, sacó algunas telas y las acarició degustando el tacto entre el pulgar y los demás dedos. Luego las colocó extendidas en la reducida mesa de costura de Tilly. La modista ordenó los bocetos y las medidas que había tomado y los colocó junto con el género correspondiente. El sargento Farrat fue a buscar el último paquete del fondo del baúl. Se lo llevó al corazón y después rompió el papel de estraza con ganas y liberó yardas y yardas de brillante organza de color magenta.

—¡Oh! —exclamó afectado, y enterró la cara en la ardiente textura.

Se incorporó de repente y miró boquiabierto a Tilly. Se golpeó con las manos la cara sonrojada, abrumado ante su propio ensimismamiento.

—Fabuloso, ¿a que sí? —dijo Tilly—. Es mío.

El sargento se acercó a ella, le tomó la mano y la miró a los ojos.

—¿Podría quedarme una de las plumas de avestruz?

—Sí.

Le besó la mano a Tilly y luego se cubrió los hombros con la organza de color magenta, como si llevara una cola inmensa, y caminó con gracia hasta el espejo con unos zapatos de aguja imaginarios. Dio una vuelta para admirar su reflejo, luego miró a Tilly.

—Se me dan de maravilla las lentejuelas y los brillantitos, y me apuesto lo que quieras a que sé coser los bajos tan rápido como tú… —le dijo—. Soy un mago con las cremalleras, la cinturilla y los ojales.

—¿Qué me dice de los volantes y las chorreras?

—Los odio.

—Yo también —contestó Tilly.

* * *

Detrás de la casa de Windswept Crest, un campo cosechado y cubierto de rastrojos recién cortados se extendía hasta el horizonte, como una alfombra de fibra de coco nueva. En la finca de los Beaumont, el ganado se zambullía hasta el estómago en los rastrojos secos de color gris, que eran los restos de la cosecha de la temporada anterior. Había un oasis verde, el jardín de la casa, rodeado de árboles del caucho, y un caserón con el tejado rojo que destacaba contra el cielo despejado. Los coches aparcados resplandecían al sol y unas pequeñas carpas de rayas estaban montadas delante de la isla verde. En uno de los prados, un caballo en tensión saltaba al final de una cuerda sujeta por una silueta menuda con chaqueta roja: era Lesley, haciendo una demostración de doma. La gente se había reunido en el prado despejado que llegaba hasta el arroyo de Dungatar, delimitado por una hilera de árboles del caucho grises que se hundían en el agua. William les contaba a Bobby y a Reg los últimos avances.

—Encargamos a Ed McSwiney que construyera una potrera y establos nuevos para el jinete. Están arreglando la pista de tenis y nos han montado un sistema de irrigación nuevo para los jardines, la granja y demás… Ah claro, y todos están invitados a probar el nuevo campo de cróquet. Y creo que madre va a anunciar un proyecto que acaba de lanzar. Lo contará cuando dé los distintos premios del concurso de tartas… —La sonrisa desapareció del rostro de William y su voz fue languideciendo—… Y tengo planes para la zona agrícola, cuando consiga la maquinaria, claro…

Se metió las manos en los bolsillos y se alejó.

—Por eso nos han invitado. Para que lo paguemos todo —dijo Scotty Pullit.

—Qué césped tan bien cuidado —dijo Bobby.

Los futbolistas miraron el campo de cróquet y sonrieron.

Muriel pasó por todos los tenderetes para recoger los beneficios y los reunió en una bolsa de papel de estraza. Se acercó cojeando hasta Trudy con el taburete plegable debajo del brazo. Lo extendió, se quitó de una sacudida las polvorientas sandalias blancas y se derrumbó junto a su hija, que estaba en una tumbona en el porche del caserón. Trudy miraba a su alrededor, nerviosa. En la punta de todos los pelos del bigote decolorado de Muriel había restos de pintalabios, como si fueran diminutas cerillas de cabeza roja. Le hacía falta un tinte y una permanente, y tenía los pies secos y agrietados, como si fueran inmensas verrugas alargadas.

—Hoy han venido unos parientes que no conocía, de Toorak —comentó Gertrude.

—¿La prima de Elsbeth, Una? —le preguntó Muriel.

—¡No te habrás presentado, madre!

—Bueno, Gert, en realidad ya la conocía. Nos vimos hace tiempo…

—¡«Trudy»! Ahora me llamo Trudy. ¿Cuántas veces tengo que decírtelo?

—Y no viven en Toorak, viven en el pueblo de al lado: Prahran.

Muriel se incorporó con brusquedad, cogió el taburete plegable y le plantó la bolsa de papel en el regazo a Trudy.

—Y sé lo que digo. Soy de South Yarra de pura cepa. Está pegado a Toorak, pero es muy distinto.

Muriel se marchó cojeando con las sandalias en la mano y la falda metida entre los carrillos del trasero. Observó cómo pasaba la tierra entre sus pies.

—Mi hija se ha convertido justo en el tipo de persona que quería evitar cuando me mudé aquí.

Graham levantó el hocico largo, polvoriento y aterciopelado y volvió la cabeza para mirar hacia atrás. Se había ventilado media hilera de zanahorias, unas quince lechugas iceberg, una o dos matas de tomate (todavía estaban verdes), unas cuantas judías y un par de pepinos. Como no acababan de gustarle los pepinos, volvió a las zanahorias y las arrancó del surco por las hojas verdes, las sacudió para quitarles la tierra y las empujó entre sus labios suaves y carnosos. Faith pasó por delante, de camino a una cita con Reginald, y sonrió.

—Eres un caballo muy travieso.

Hamish estaba en una punta del caserón ajustando las señales de las vías de ferrocarril de la maqueta, mientras el tren de vapor en miniatura daba vueltas y más vueltas pitando y haciendo chu-cu-chucu-chu por las diminutas vías férreas.

—No os acerquéis tanto —les gruñó a los niños que lo observaban—. Es una locomotora muy fina y delicada, ajustada, equilibrada… Escuchad el ritmo… Magnífico. Por supuesto, había un modelo mejor que este, el de clase D, Tipo 4-6-0. Este tiene cilindros de diecinueve pulgadas, ruedas por pares, un diámetro de 11/16 pulgadas. ¡AAAAAAH! OS HE DICHO QUE NO LA TOQUÉIS. ¡Y DEJAD ESA TORRE DE AGUA!

Seis de los jóvenes alumnos de Lesley entraron al trote en el prado vallado con jamelgos y ponis.

—Señoras y señores, padres...

Lesley sonrió a las familias de la pastoral procedentes de fincas alejadas, todas sentadas con pantalones de montar junto a la manada de caballos. Comían de picnic en mesas plegables. Lo saludaron con la cabeza. Detrás de él, los ponis se desplazaron en diagonal formando una fila irregular.

—La equitación se basa en el ritmo, la agilidad, el contacto, el impulso, la seguridad, la perseverancia y la confianza en el caballo. El ritmo es el golpe, y el tempo es el lapso de tiempo que transcurre entre un golpe y otro, o entre un paso y otro. El jinete debe percibir la música que toca el caballo.

Los padres de la pastoral señalaban los termos de café y se reían. Lesley se volvió y entonces se dio cuenta de que los jamelgos y los ponis habían seguido caminando de lado hasta quedar apelotonados en un rincón del prado, por donde deambulaban, mordisqueaban, daban patadas y sacudidas, mientras los niños berreaban en la silla de montar.

Teddy quitó los aros del campo de cróquet y empezó a jugar a pasarse el balón con otros invitados. Alguien chutó con poca puntería y la pelota botó hacia el arroyo, pero la interceptó Faith, que subía por la cuesta sacudiéndose la hierba del pelo y la ropa. Devolvió el balón con un lanzamiento potente que fue directo a los antebrazos de Scotty Pullit, que los había bajado, y luego la mujer se quedó donde estaba, en la línea de fuera de campo, cerca del arroyo. Nancy se unió a la alineación delante de la casa, y luego se les sumó Ruth. Teddy reunió a todos los jugadores en el centro y formaron dos equipos. Bobby, Reginald y Barney colocaron las pértigas que saltaban los caballos dentro de bidones de cuarenta y cuatro galones a modo de porterías. Lanzaron una moneda al aire y los jugadores trotaron a sus puestos. A Barney le dieron una camiseta banca y le dijeron que la sacudiera cada vez que la pelota entrara entre los postes. Se colocó muy orgulloso en esa posición y sujetó con fuerza la camiseta, preparado. Teddy lanzó el primer chute y mientras el balón surcaba el campo hacia los postes, gritó: «¡Mírala bien, Barney!». Barney soltó la camiseta y marcó el gol. Reginald Blood declaró que no era válido. Teddy le dio una colleja cariñosa a Barney, así que Reg anunció que el equipo de Teddy podría repetir el tiro. Empezaron a discutir, los gritos se hacían eco en el arroyo, la risa estridente rebotaba en los árboles del caucho y levantaba las crestas de las cacatúas y los gallos apostados en las perchas. Elsbeth Beaumont mandó a sus primos a la zona donde estaban la manada de caballos y los invitados ricos.

—Siempre pasa lo mismo con la plebe —dijo con petulancia.

Mientras los aldeanos jugaban al fútbol, Trudy Beaumont contó el dinero.

Mona y Lesley descansaban encima de unas balas de heno en la penumbra de los establos.

—Supongo que volveré a ponerme el vestido de dama de honor —dijo Mona.

Suspiró.

—¿Cómo es?

—De color óxido…

—Ah, ese. El del cuello redondo. ¿Y por qué no le pides a esa criatura escandalosa, Tilly no sé qué más, que te haga un traje nuevo? Me han dicho que es barata.

—Madre dice que aún no he gastado el vestido naranja. —Juguetearon con las briznas de paja y balancearon las botas de montar—. ¿Has pensado, eh, ir a la inauguración con alguien especial, Maestro?

—¡Pues claro! —exclamó Lesley—. Pasaré a buscar a Lois Pickett a las siete.

—Ya.

Lesley puso los ojos en blanco. Mona cayó en la cuenta de que su amigo, su Maestro, acababa de gastarle una broma. Se revolcaron por el heno riéndose a carcajadas.

* * *

Cuando Mona cruzó la puerta del salón de baile del brazo de Lesley esa noche, estaba resplandeciente. Llevaba un sencillo vestido liso de color azul con la falda ancha y un pliegue en el centro. Hacía años que lo tenía, pero se había puesto un chal rojo de flores sobre los hombros y se había adornado el pelo con una flor también roja detrás de la oreja. Se mezcló con las demás mujeres, que lucían sus típicos guantes negros largos, la cintura ajustada y faldas plisadas, faldas de corte princesa de tafetán y algodón estampado haciendo aguas, todas con motivos actuales. Sin embargo, se notaba que los vestidos estaban renovados, presentaban un toque europeo, modernizados hasta un punto casi vanguardista por Tilly

Dunnage. El tempo del baile era rápido, el tono alegre y alborotado. Lesley se volvió hacia Mona.

—Ahora echa los hombros hacia atrás y camina como te he enseñado —le dijo.

Cuando Trudy y Elsbeth subieron al escenario y se colocaron junto al micrófono, una oleada de murmullos surcó el salón. Todas las cabezas se volvieron hacia ellas. Elsbeth llevaba un vestido exquisito de precioso tafetán de raso de dos tonos. El escote dejaba los hombros al descubierto y era muy pronunciado y ancho. Además, Tilly había creado un cuerpo complicado y muy original siguiendo un estilo moderno de capas superpuestas.

Desde que estaba embarazada, Trudy se había engordado casi tres libras. Se le había hinchado tanto la cara que las mejillas parecían velas infladas por el viento. El fluido se mecía por la popa de su rostro como los botes salvavidas en el mar picado, luego bajaba en cascada por sus piernas y se acumulaba en los tobillos. Para distraer la vista del aspecto de Trudy, Tilly había creado un diseño que seguía la moda de *Vogue*, muy recto y bien acabado. Era un vestido de tafetán de seda azul marino hasta la pantorrilla, con un corpiño sin tirantes, de talle alto y fruncido para que cupiera bien la barriga hinchada, que caía con unas pinzas anchas y sin planchar hasta el dobladillo.

Mona avanzó hacia el escenario con Lesley detrás, quien se inclinó hacia ella y dijo sin abrir apenas la boca:

—Está nevando en el sur.

Ella miró la puerta.

—No tengo frío.

—Se te ve la ropa interior.

Le señaló la costura de la cintura con las cejas y luego le indicó la puerta con la cabeza. Fueron a toda prisa y salieron a la oscuridad. Lesley le aguantó el chal a Mona mientras ella se peleaba con el tirante del viso y con un imperdible con el que solía sujetarse la ropa interior.

—Rápido —dijo Lesley—. Están a punto de pronunciar el discurso de bienvenida.

Mona se quitó el vestido y se lo lanzó a Lesley.

—Sujétalo.

—Señoras y señores —trinó Elsbeth—, bienvenidos a la fiesta de inauguración del primer Club Social de Dungatar de la historia.

Hizo una pausa mientras la gente aplaudía.

—Esta noche vamos a presentar a los miembros del comité y comentaremos las iniciativas para recaudar fondos para el Club Social de Dungatar. Nuestra velada benéfica de merienda y cróquet ha sido un comienzo estimulante. ¡Ha tenido muchísimo éxito! —Sonrió de oreja a oreja pero nadie aplaudió, así que continuó con el discurso—: Por supuesto, no habríamos sido capaces de recaudar dinero suficiente para contribuir a financiar nuestro importante baile de recaudación de fondos sin la ayuda de las señoras que conforman el comité del Club Social. Así pues, sin más preámbulo, es una satisfacción inmensa para mí presentarles a los miembros del comité. En primer lugar, nuestra secretaria y tesorera, la señora Pratt.

Los invitados aplaudieron y Muriel subió al escenario. Sonrió e hizo una reverencia.

—Y damos las gracias de manera muy especial a nuestra incansable mecanógrafa y asistente, la señorita Mona Beaumont...

Sin embargo, no había ni rastro de Mona. La multitud murmuraba, movía la cabeza. Nancy estaba apoyada contra el quicio de la puerta, al fondo del salón, así que le hizo un gesto con la mano a Trudy y asomó la cabeza hacia fuera.

—Pssst, eh, Mona.

—¿Qué?

—Ya hemos empezado. —Nancy entró en el salón—. ¡Ahora vienen! —gritó.

Trudy y Elsbeth sonrieron a los expectantes invitados.

Mona y Lesley entraron a trompicones en el salón y la gente empezó a aplaudir. Subieron al escenario y Mona dio un paso al frente para colocarse entre su madre y su cuñada. Los aplausos fueron menguando y alguien soltó una risita. Se oyó un murmullo entre la gente y algunos invitados empezaron a mover los pies, las damas se taparon la boca y los hombres miraron al techo.

Fue entonces cuando Lesley se dio cuenta. Mona se había puesto el vestido al revés.

* * *

Tilly estaba en la cabaña, rodeada de coloridos retales y restos de patrones. Las dos últimas semanas habían sido un período de intensa actividad: coser a mano, adornar y retocar los vestidos, y el baile estaba a la vuelta de la esquina. Teddy llegó con unos vaqueros Levi's elásticos nuevos, una flamante camiseta blanca y una cazadora de cuero con montones de cremalleras y tachuelas. Le brillaba el pelo con Brylcream y había adoptado una pose erguida e insolente, a juego con una mueca de tipo duro. Le sentaba bien. Tilly lo miró y sonrió:

—¿Vas a ir con vaqueros y cazadora de cuero al primer acto del comité del Club Social?

—¿Qué te vas a poner tú?

—No voy a ir.

—Vamos…

Se acercó a ella.

—No tengo nada que ponerme.

—¡Ponte cualquier cosa! Estarás más guapa que todas ellas, te pongas lo que te pongas.

Tilly sonrió.

—No es mucho consuelo, ¿no crees?

—Pues sentémonos en un rincón a ver pasar todas esas hermosas creaciones tuyas moviéndose por el salón con la señorita Dimm, Lois y Muriel de percha. —Se calló—. Ya sé a qué te refieres.

Se desplomó en la silla que había junto a la chimenea y puso las botas encima de la caja de madera.

Molly alzó la mirada para ver a Teddy, levantó el labio superior y lanzó a las llamas un hilillo de esputo que sacó con la lengua.

—Te crees muy guapo, ¿verdad? —le espetó.

—También podemos ir a Winyerp al cine —dijo Teddy—. O podemos quedarnos aquí sentados con Molly toda la noche.

—¿Qué película hacen? —preguntó Tilly, ilusionada.

—*El crepúsculo de los dioses*, con Gloria Swanson.

—Vosotros dos ir al cine y pasároslo en grande —dijo Molly—. No os preocupéis por mí. No me pasará nada. Estaré aquí… sola, más sola que la una. Otra vez.

Molly insistió en sentarse en el asiento del copiloto del Ford de Teddy, ya que era la primera vez que daba una vuelta en coche.

—Si voy a morir, prefiero ver de frente el árbol contra el que me voy a estampar —comentó.

Luego exigió que se sentaran en la primera fila de butacas, justo delante de la pantalla. Se sentó entre los dos y se divirtió de lo lindo viendo a Tom y Jerry. Se pasó el resto del tiempo que estuvo en el cine haciendo comentarios despectivos en voz alta sobre todo lo demás.

—Eso no es un coche de verdad, ¿a que no? Es de mentira... El actor no lo hace muy bien, ¿a que no?... La chica acaba de darle un beso y no se le ha movido el pintalabios. Además, tiene unos ojos que parecen sobacos... Levántate y sal de en medio. ¡Tengo que ir al baño! ¡Rápido!

Al llegar a casa, se ofrecieron a acompañarla a la cama, pero Molly se hizo la remolona.

—No tengo sueño —dijo.

Y miró hacia arriba, hacia el cielo estrellado, para disimular un bostezo. Teddy entró y cogió un vaso, vertió aguardiente de la petaca y se lo dio a Molly. La mujer se lo bebió y le tendió el vaso para que le pusiera más. El joven miró a Tilly, quien a su vez bajó la mirada hacia las luces del salón de baile, del que le llegaban fragmentos de conversación, así que Teddy le dio a Molly otro trago de licor de sandía. Al cabo de muy poco, la subieron a la cama.

Volvieron a sentarse bajo las estrellas y observaron mientras el salón de Dungatar se quedaba a oscuras y los asistentes se dispersaban.

Teddy se volvió hacia Tilly.

—¿Adónde fuiste cuando te marchaste de aquí?

—A Melbourne, al colegio.

—Y después, ¿adónde?

No respondió. Impaciente, Teddy insistió:

—Vamos… Soy yo, no son ellos.

—Es que nunca había hablado de este tema hasta ahora.

Teddy no apartó los ojos de la cara de Tilly, para animarla a hablar.

—Entré a trabajar en una fábrica de confección —dijo por fin—. Se suponía que tenía que trabajar allí toda la vida para devolver el dinero a mi «benefactor», pero era horrible. Por lo menos era una fábrica de ropa.

—¿Sabías quién era tu benefactor?

—Siempre lo supe.

—¿Y después?

—Me escapé. Me fui a Londres.

—Y luego a España.

—Y luego a España, sí. Y a Milán, París.

Apartó la mirada.

—¿Y después? Hay algo más, ¿verdad?

Tilly se puso de pie.

—Creo que voy a entrar…

—Vale, vale.

La cogió por el tobillo y a ella no pareció importarle, así que Teddy se incorporó también y le pasó un brazo por los hombros. Tilly se apoyó en él, con cautela.

17

Al final Mona dejó de llorar porque Lesley empezó a reírse del asunto. A esas alturas, Trudy y Elsbeth ya habían pensado una solución.

—Tendrás que casarte con ella… —dijo Elsbeth.

La solución a todos los males.

Lesley se desplomó en la silla.

—Pero no quiero ca…

—… o marcharte del pueblo —dijo Trudy.

Lesley le pidió a Tilly que le preparara un uniforme nuevo de montar a caballo: camisa en azul celeste y rosa de corte entallado y unos pantalones de montar de un blanco inmaculado. Él encargó en la zapatería especializada RM Williams de Adelaida unas botas de montar de caña alta con tacones cubanos. Mona se puso el vestido de dama de honor con una rosa blanca detrás de la oreja. Fue una boda discreta en el jardín delantero de Windswept Crest. El sargento Farrat fue el maestro de ceremonias del breve acto. William llevó en coche al señor y la señora Muncan a la estación de ferrocarril. Se despidieron de él con la mano cuando el tren se puso en marcha. Se había quedado en el andén con la pipa

entre los dientes, acompañado de Hamish y Beula. El comité del
Club Social de Dungatar les había entregado dos billetes de tren
como regalo de bodas, así que el señor y la señora Muncan pasa-
rían una noche en la suite nupcial del Grand Hotel, con vistas al
río de Winyerp.

Cuando los recién casados regresaron al mostrador de la recepción apenas cinco minutos después de que el dueño del hotel los
acompañara a su habitación, el encargado se sorprendió mucho.

—Nos vamos a hacer turismo —dijo Lesley—. Recogeremos
la llave a las cinco y media y bajaremos a cenar a las seis en punto.

—Como quieran, pareja —dijo el empleado, y guiñó un ojo.

Después de cenar, subieron a la habitación. En la puerta de la
suite nupcial (la amplia habitación esquinera con la ventana aca-
bada en arco que se hallaba más próxima al cuarto de baño), Lesley se dirigió a su mujer.

—Tengo una sorpresa para ti —le dijo.

—Yo también.

Tilly había preparado dos artículos del ajuar de Mona, uno de
ellos un picardías bastante «ligero», diseño de Tilly.

Lesley abrió de par en par la puerta de la suite nupcial. En un
macetero de pie colocado junto a la cama había una cubitera con
una botella de champán. Al lado había dos vasos de cerveza de
media pinta y, entre los vasos, una tarjetita apoyada. Unas campa-
nas de boda doradas y serpentinas en relieve formaban la palabra
«FELICIDADES». Dentro de la tarjeta, la esposa del dueño del hotel había escrito:

Enhorabuena. ¡Buena suerte!
De parte de todos. Besos.

—Ay, Maestro —dijo Mona—. Vuelvo enseguida.

Agarró la maleta y desapareció por la puerta de al lado para meterse en el cuarto de baño. Lesley corrió al servicio de caballeros y se inclinó sobre la taza. Sentía arcadas. Al cabo de un rato volvió a la suite, con las palmas sudorosas y la cara pálida. Mona, nerviosa, estaba ya reclinada sobre la colcha de felpilla con el picardías nuevo. Lesley se sintió sobrecogido.

—¡Madre mía, Mona!

La cogió de las manos y la ayudó a ponerse de pie. Después se retiró un poco y dio dos vueltas a su alrededor. Entonces se zambulló en el salto de cama de fina seda hasta los codos.

—Mona, ¡es fabuloso!

Abrió la botella de champán, llenó los vasos, entrelazaron los brazos y bebieron un sorbo. Mona se ruborizó.

—Creo que no voy a beber mucho… Querido.

—Qué tontería —dijo Lesley, y le pellizcó la mejilla—. Harás lo que te mande, mujercita traviesa, o tendré que obligarte a azotarme con el látigo.

Chillaron y brindaron.

Cuando llevaban apenas la mitad de la primera botella, Lesley sacó otra de la maleta y la puso a enfriar en la cubitera. Y cuando llevaban la mitad de la segunda botella Mona se quedó roque, así que Lesley se bebió el resto del champán, se cubrió el cuello y los hombros con el picardías de su mujer, se metió el pulgar en la boca y se quedó dormido, inmerso en pliegues de seda perfumados con fragancia de lirios del valle.

Mona se despertó con dolor de cabeza. Lo primero que vio fue a su recién casado esposo apostado junto a la ventana: vestido, aseado y listo para coger el tren de vuelta a casa. Mona notaba el corazón triste, saturado de dolor, le temblaba la barbilla y un nudo de pena tan grande como un membrillo se le había atascado en las amígdalas. Le costaba horrores tragar. Ni siquiera era capaz de abrazar a su marido.

—Vamos, mujercita —dijo Les con una sonrisa—. Abajo nos espera una rica taza de café caliente.

Cuando regresaron a Windswept Crest, Trudy le enseñó su antigua habitación (que ahora era el cuarto infantil) y luego su madre le ofreció un cheque.

—Madre…

Mona alegró la cara.

—No es un regalo. Es tu herencia. He tenido que sudar tinta para reunirlo. Como verás, está asociado a un inmueble de Alvin Pratt, es la entrada para esa cabaña que hay vacía en el pueblo. —Dio la vuelta y, mientras cruzaba la puerta del establo, añadió de espaldas—. Ahora Lesley es responsable de ti.

Esa tarde, el señor y la señora Muncan se mudaron a la cabaña del jornalero que había entre la impoluta casa de Evan y Marigold Pettyman y la cómoda casa de madera de Alvin y Muriel Pratt.

* * *

Faith recortó las letras de un ejemplar de *Woman's Weekly* y con mucha concentración las fue pegando en una cartulina rosa para formar las palabras. Luego dibujó globos y serpentinas que zigzagueaban entre las letras y añadió purpurina. Recortó una campana y estrellitas de una postal navideña y las pegó junto a la palabra «Bella», para destacarla.

¡VENID TODOS, VENID!
Empezad la temporada de fútbol bailando.
Baile del Club Social de Dungatar
con la nueva música del nuevo grupo
«Faithful O'Briens»
Y
concurso de
LA BELLA DEL BAILE
Reservas: Bobby o Faith

Hamish indicó al tren con la mano que podía entrar en la estación justo cuando Faith se asomó al andén de camino a la tienda de Pratt. Cuando el tren se hubo detenido, el empleado ayudó a una estrafalaria mujer a bajarse del vagón. La mujer miró a su alrededor muy nerviosa antes de preguntar:

—¿Cuándo sale el próximo tren?

—Pasado mañana, a las nueve y media en punto. Y será un tren de vapor de clase D...

—¿Hay autobús?

Hamish colocó las manos detrás de la espalda y cruzó los dedos.

—No.

—Gracias —dijo la mujer, y se marchó.

Hamish señaló a Edward McSwiney, que esperaba en la puerta con el carromato.

—La llevo al hotel con nuestro taxi, señora —dijo.

La mujer se puso una mano enguantada debajo de la nariz y señaló las maletas de piel de cerdo que había en el andén, entre las sacas de correo y los pollos enjaulados. Hamish se las acercó a

Edward y la desconocida cogió la bolsa de mano y rodeó con sumo cuidado a Graham, dejando una distancia más que prudencial. Se abrió camino entre las aceras de cemento rotas con sus zapatos de salón de piel de cocodrilo y por fin llegó al vestíbulo del Hotel de la Estación, donde se quitó las gafas de sol y los guantes, y carraspeó. Fred levantó la mirada del periódico y rebuscó por la barra. Ella carraspeó de nuevo y Fred se aproximó sin prisa a la entrada principal. La repasó de arriba abajo con las gafas bifocales: los zapatos manchados de polvo, las pantorrillas flacas pero torneadas, la falda de tubo y la chaqueta acampanada que se quitó para dejar al descubierto una camisa blanca hecha a medida de bordado inglés calado. Se le veía la ropa interior.

—¿Se ha perdido?

—Querría reservar una habitación para dos noches, por favor..., con baño.

Le tendió la chaqueta al empleado. Fred apartó el libro de reservas, dobló la americana por encima del brazo y le sonrió con encanto.

—Por supuesto, señora. Puedo ofrecerle la habitación que hay más cerca del cuarto de baño. Es compartido, pero será la única clienta además del señor Pullit, que no se ha bañado en nueve años, así que es todo suyo. Es una habitación bonita, las ventanas están orientadas al oeste, conque podrá ver la puesta de sol, una casa de campo en lo alto de la colina y un paisaje despejado detrás.

Edward entró por la puerta principal y le dejó las maletas con cuidado junto a las rodillas.

—Gracias —dijo la mujer, y le sonrió con pocas ganas.

Luego volvió a mirar a Fred, que hizo una reverencia, cogió las maletas y la acompañó a la planta superior. La mujer inspeccionó la habitación, abrió las puertas del armario, se sentó en la cama, levantó la almohada para comprobar cómo eran las sábanas y luego se miró en el espejo.

—¿Viaja lejos? —preguntó Fred.

—Pensé que un par de noches en el campo me irían bien para airearme. —Miró a Fred—. Por lo menos, eso es lo que pensé.

—¿Cenará hoy en el hotel?

—Depende —contestó, y salió al balcón.

Fred le dijo que si necesitaba algo bastaba con que pegara un grito, y bajó a toda prisa para buscar a Purly.

La desconocida se sentó a tomar el sol de la tarde. Encendió un cigarrillo e inhaló el humo, luego se asomó para ver a la gente que pasaba por la calle mayor, se fijó en sus trajes y se quedó de piedra. Las mujeres de Dungatar vestían con una elegancia asombrosa, iban de la biblioteca a la farmacia y volvían a salir con unos vestidos fabulosos. Se notaba que tenían estilo propio con esos trajes de pantalón hechos de tela sintética; se relajaban en el parque con vestiditos veraniegos con cuellos asimétricos que tanto abundaban en la alta costura europea. Bajó al salón femenino y encontró a un grupo de mujeres que charlaban alrededor de una mesa, bebían refresco de limón y lucían imitaciones de Balenciaga con ribetes de astracán. Sacó la cabeza por la puerta principal y escudriñó a un grupo de mujeres que llevaban cestas de mimbre normales y corrientes. Estaban leyendo algo colgado en el escaparate de la tienda de ultramarinos. Una mujer gorda con el pelo horrendo llevaba un vestido de corte princesa de crepé de lana con la cintura suelta modernizado, con el cuello levantado y las mangas caídas, que colgaban como la miel fría y favorecían su figura, tan cuadrada como una nevera. Una mujer pequeña y huesuda llevaba un traje de color rosa palo, con doble pieza en el pecho y las solapas anchas, con el forro y los vivos de tonos violetas. El conjunto suavizaba el color de su tez, apergaminado. A su lado, apoyada en una escoba, una chica con figura masculina lucía un diseño que la forastera estaba segura de que todavía no se había inventado. Era un vestido de lana negra fina con el cuello de barco plano y las mangas cortas. El cuerpo del vestido se ablusaba levemente hasta llegar a un cinturón de piel de ternero negro y ancho con una inmensa hebilla negra. ¡La falda era estrecha y le llegaba por la rodilla! También había una rubia con mucho estilo enfundada en unos pantalones de pitillo de velvetón satinado, una mujer que hacía la compra con un elegante traje túnica fruncido, y una mujer pequeña y compacta con unos pantalones capri de seda y un abrigo sin mangas muy chic. La desconocida volvió a entrar en la habitación a fumar. Se preguntó cómo era posible que la moda de París se hubiera abierto camino hasta esos confines olvidados y esos torsos descuidados de las vulgares amas de casa de un pueblo de provincias.

—Faith ha hecho una invitación estupenda —comentó Ruth. Todas asintieron.

—Muy artística —dijo Marigold.

—No pone cuánto cuesta —espetó Beula.

—Siempre cuesta lo mismo —dijo Lois.

—Esta vez no —dijo Beula, y asintió con la cabeza con mucha vehemencia—. El club necesita uniformes nuevos para los árbitros y Faith quiere cobrar algo por la banda: han practicado mucho, tienen canciones nuevas… y se han cambiado el nombre.

—Tú debes de saberlo mejor que nosotras —dijo Purl.

Beula puso los brazos en jarras.

—Y además, vienen los de Winyerp.

Se la quedaron mirando.

—¿Que vienen los de Winyeeeerp? —preguntó Lois.

Beula cerró los ojos y asintió despacio con la cabeza.

—Será mejor reservar mesa... —intervino Muriel.

—... unas al lado de otras —añadió Lois.

Volvieron a mirar la invitación.

—Hace poco le llegó otro baúl —comentó Nancy, que estaba al fondo con la escoba.

—¿De dónde era esta vez?

—¿De España?

—¿De Francia?

—Ni de un sitio ni de otro: de Nueva York —dijo el sargento Farrat. Las mujeres dieron un respingo y se volvieron para mirarlo—. Sí. De Nueva York —repitió—. Estaba con ella cuando abrió la caja.

—Yo ya he elegido mi vestido —dijo Purl—. Ya veréis lo que voy a ponerme.

—Yo también.

—Pero claro, ¡el mío es muy distinto!

—¡Pues yo me pondré un vestido muy original!

—Pero por Dios —dijo el sargento. Levantó los hombros y cerró los ojos, arrebatado—. ¡Deberíais ver la tela que Tilly ha escogido para ella! —Se llevó las manos a las mejillas—. Organza de seda... ¡de color magenta! Y el diseño: es una modista de categoría. —Suspiró—. El corte de Balenciaga, la sencillez de Chanel, los drapeados de Vionnet y el arte de Delaunay.

Se alejó de las mujeres con la gorra ladeada con estilo y los zapatos lustrados.

—Siempre se guarda lo mejor para ella —dijo Beula.

Las mujeres se volvieron para mirar hacia La Colina y entrecerraron los ojos.

Purl esperaba, con el bolígrafo apoyado en la libreta de los pedidos. La forastera valoró los tres elementos que aparecían en la pizarra del menú.

—¿Qué le pongo, ricura?

La mujer levantó la cabeza y le preguntó:

—¿De dónde ha sacado ese vestido?

—De una chica del pueblo. Le recomiendo el bistec con ensalada o la sopa, si no tiene mucha hambre. También puedo calentarle un pastel de carne, o prepararle un bocadillo...

—¿Y esa «chica del pueblo» abre hasta tarde?

Purl suspiró.

—Diría que estará en casa.

—¿Dónde vive?

—En lo alto de La Colina.

—¿Sería tan amable de indicarme...?

—Le diré cómo llegar cuando se haya comido el filete. ¿Le gusta muy hecho o al punto?

La viajera estaba de pie, en combinación y medias, delante del hogaril, y hojeaba el cuaderno de bocetos de Tilly. Había dejado el traje de Chanel encima de una silla. Tilly estaba a su lado con la libreta de las medidas y una cinta métrica. Admiraba las suaves ondas de la permanente de la clienta, sus delicadas manos de manicura perfecta.

—Bien —dijo la viajera. Y sonrió—. Por supuesto, quiero el vestido de seda salvaje con el cuello mandarín que tiene la camarera del hotel, y también me gustaría esta interpretación de Dior, y este traje de pantalón… Es diseño propio, si no me equivoco.

Continuó pasando uno tras otro los diseños de Tilly.

—¿Y qué hacemos con los retoques?

—Serán mínimos. Y si queda algo por ajustar, ya lo haré yo.

—Miró a Tilly—. Algunos son diseños originales, ¿verdad?

—Sí… Y esos diseños originales son míos.

—Entendido. —Cerró el cuaderno y miró a Tilly—. ¿Por qué no entra a trabajar para mí?

—Aquí tengo un negocio propio.

—¿Aquí? ¿A qué se refiere exactamente con «aquí»?

—Aquí es donde estoy, al menos de momento.

La viajera sonrió con superioridad.

—Aquí la desaprovechan…

—Al contrario, me aprovechan mucho. Y además, da igual, sobre el papel valgo una fortuna, pero mientras no me paguen, no podré mudarme a Collins Street.

La viajera miró la puerta cerrada que había detrás de Tilly.

—Me gustaría ver qué tiene en el taller.

Tilly sonrió.

—¿Acaso me dejaría entrar usted en su taller?

Al cabo de un rato, Tilly acompañó a la viajera a la puerta posterior y le ofreció una linterna.

—Déjela en el buzón que verá al pie de La Colina. A partir de ahí, el camino está iluminado con las farolas de la calle.

—Gracias —dijo la viajera—. ¿Me enviará la factura?

—Se la enviaré.

—Y yo le pagaré. —Se dieron un apretón de manos—. Si alguna vez se replantea…

—Le agradezco mucho la oferta, gracias, pero como le he dicho, de momento no estoy en posición de plantearme marcharme de aquí, por diversos motivos. Sé dónde encontrarla —dijo Tilly, y cerró la puerta.

* * *

Conforme se acercaba el día del baile, las mujeres empezaron a llegar en tropel a La Colina. Aporreaban la puerta trasera de Tilly y le exigían sin contemplaciones diseños únicos y accesorios personalizados. Les mostraba fotografías de famosas bellezas europeas e intentaba explicarles qué era el estilo y en qué se diferenciaba de la moda. Les recomendaba que se cortaran el pelo (como consecuencia, creció de manera asombrosa el número de melenitas cortas al estilo Louise Brooks) o se cepillaran la melena cien veces antes de irse a dormir. Les enseñó a cardarse el pelo, a dejarse tupé y varios peinados distintos. Les pidió que compraran clips para el pelo, conchas con pedrería, flores de tela, postizos y coletas de cabello natural, lazos, horquillas y peinetas, joyas de bisutería con motivos vegetales y cuentas de cristal coloreado, y botones con forma alargada. Luego las puso a elaborar pendientes y pulseras con cuentas, abalorios y restos de collares viejos, les mandó comprar tintes y henna en la tienda del señor Almanac (que los tenía desde la *belle époque*) y les enseñó cómo debían aplicarse la crema protectora y la base del maquillaje, también les indicó cómo maquillarse con colorete apagado y kohl de color violeta. Las animó a encargar lencería nueva, y citó a Dorothy Parker: «La brevedad es el alma de la lencería». Les hablaba de la silueta de cada persona y de qué cosas podían favorecer la de cada una y por qué. Preparó patrones y diseños adaptados a cada clienta y les advirtió que tendrían que hacerse tres pruebas. Después les dijo que debían elegir fragancias que reflejaran el estado de ánimo que indicaban sus prendas. Una vez más, bajaron todas corriendo a la tienda del señor Almanac, así que Nancy llamó a un perfumista para que les diera una sesión, en la que probaron y olieron distintas colonias. Tilly trató de ilustrarlas, las envolvía en telas lujosas, que doblaba contra el cuerpo de las clientas, para que notaran qué se sentía al ser acariciada por la suavidad exuberante de la tela, y todas adquirieron nociones básicas de compostura, necesarias para lucir las elegantes creaciones de un genio.

Los Faithful O'Briens se presentaron en casa de Tilly (Faith y Hamish, Reginald Blood y Bobby Pickett) porque querían trajes nuevos. A Faith le apetecía que fueran rojos, de dos tonos, con solapas de lentejuelas para los hombres y lentejuelas de la cabeza a los pies para ella. Bobby Pickett se quedó quieto en la cocina con los brazos en cruz mientras Tilly rodeaba con la cinta métrica distintas partes de su enorme anatomía y escribía números en el cuaderno. Reg y Faith esperaban pacientes junto a la mesa de la cocina y se dedicaban a exclamar en voz baja al ver las fotografías de moda de las revistas internacionales y a darse codazos el uno a la otra. Molly entró sin hacer ruido y se sentó a la mesa, cerca de Hamish. Le puso la mano en la rodilla y luego la subió por el muslo hasta llegar a la entrepierna. Él volvió la cara de morsa hacia la anciana y levantó las cejas pobladas y pelirrojas, así que ella sonrió y frunció los labios, como si quisiera darle un beso. Él se apresuró a elegir un disco entre la colección de vinilos de Tilly.

—Ponga música —dijo Tilly.

Hamish puso un disco con mucho cuidado en el plato giratorio, levantó el brazo del tocadiscos y colocó la aguja con delicadeza encima del disco. Se oyó un crepitar y luego el sonido de una música lánguida llenó la estancia.

—Por Dios, ¿qué clase de música horrenda es esta? —preguntó Faith cargada de prejuicios.

—Música para agonizar —dijo Hamish.

—Blues —contestó Tilly.

—Me gusta —dijo Reg—. Su voz es muy fina, pero tiene algo especial...

—Dolor, diría yo —gruñó Hamish.

—¿Cómo se llama? —preguntó Reg.

—Billie Holiday.

—Pues menuda voz. No le irían mal unas vacaciones —dijo Hamish.

El sargento Farrat se presentó después del atardecer para recoger unas cajas planas y alargadas llenas de encaje, seda, abalorios y plumas, además de unos vestidos doblados con delicadeza, lisos y bien rematados, a los que solo les hacían falta un par de toques finales con la plancha sobre un trapo húmedo o con un chorrito de agua.

—Es imposible quitarle a Faith la idea de las lentejuelas rojas —le dijo Tilly.

—Faith es la típica mujer amante de las lentejuelas rojas —comentó el sargento, y se aproximó al maniquí.

Tilly levantó las manos en el aire.

—¡Este es el típico pueblo de hombros caídos y andares de pato!

—Y siempre lo será, pero valoro mucho lo que haces por todos ellos. Si por lo menos se dieran cuenta...

—¿En qué mesa le ha tocado? —preguntó Tilly.

—Ah, me temo que no podré librarme de estar en la mesa de los Beaumont, con los Pettyman. Nosotros los dignatarios siempre nos sentamos juntos. —Suspiró—. Te sacaré a bailar, ¿me dejarás?

—No voy a ir.

—Vaya... ¿Y el vestido de organza de seda magenta, querida mía? Estarías tan... Tienes que ir. Con Teddy estarás a salvo. —El sargento Farrat sacudió la caja y dijo—: Si no me prometes que irás, no terminaré estos vestidos.

—Tiene que acabarlos, porque se lo debe a los propios vestidos —contestó ella—. No será capaz de resistirse.

Así pues, el sargento se marchó, dispuesto a pasarse el resto de la velada cosiendo bajos, planchando costuras y entretelas, y camuflando con mucho arte los ojales y las presillas.

* * *

Lesley Muncan sujetaba a su mujer con los brazos extendidos y miraba al techo. En el tocadiscos giraba el vinilo, atascado en una vuelta exterior, rasgando el surco una y otra vez, una y otra vez. Mona apretó con más fuerza el hombro de su marido, se acercó y le dio un beso en la mejilla.

—Mona, déjalo ya —dijo él, y dio un paso atrás para alejarse.

La joven se estrujó las manos.

—Lesley, yo...

—Ya te lo he dicho, ¡no puedo!

Plantó un pie en el suelo y enterró la cara entre las manos.

—¿Por qué?

Lesley seguía tapándose la cara.

—Es que… no funciona, y ya está. No sé por qué —dijo con voz lastimera sin quitarse las manos de la cara.

Mona se sentó en el sillón viejo. Le temblaba la barbilla.

—Tendrías que habérmelo dicho —le reprochó, a punto de echarse a llorar.

—No lo sabía —contestó Lesley. Sorbió con la nariz.

—¡Mentira! —exclamó Mona.

—¡Lo que tú digas!

—No te enfades conmigo, no tengo la culpa —dijo Mona.

Y se sacó el pañuelo de la manga del vestido. Lesley suspiró y se desplomó en el sillón a su lado. Cruzó los brazos y se miró las zapatillas.

—¿Quieres que me vaya? —le preguntó al final.

Mona puso los ojos en blanco.

La miró a la cara.

—No tengo familia, ni amigos.

—Pero me dijiste…

—Ya lo sé, ya lo sé. —La cogió de las manos—. Mi madre murió, esa parte es verdad. Me dejó en herencia sus deudas de juego, un establo infestado de plagas y unos caballos vejestorios. Los caballos hace tiempo que son pasto de las vacas y el establo se incendió.

Mona no despegaba los ojos del regazo.

—Mona, mírame —dijo Les—. Por favor…

Ella seguía con la cabeza gacha. Lesley suspiró.

—Mona, no tienes ni un solo amigo de verdad en el mundo, y yo tampoco…

—Entonces, ¿tampoco eres mi amigo de verdad?

Lesley se levantó y puso los brazos en jarras.

—¿Qué mosca te ha picado?

—Solo intento defenderme —dijo la joven levantando por fin la mirada hacia él—. Te quiero, Lesley.

Lesley se echó a llorar. Mona se levantó y lo abrazó. Permanecieron en medio del salón durante un buen rato, abrazados, mientras el disco rayado giraba una y otra vez sobre el mismo surco. Al final, Mona dijo:

—Nadie más nos quiere.

Los dos se echaron a reír.

—Bueno —dijo Lesley, y se sonó la nariz con el pañuelo de Mona—. ¿Por dónde íbamos? Ahora tocaba un vals, ¿verdad?

—No se me da bien bailar —dijo Mona.

—Y a mí no se me dan bien un montón de cosas, Mona —respondió él con voz pausada—. Pero juntos lo haremos lo mejor que podamos, ¿de acuerdo?

—Sí —contestó Mona.

Lesley le dio una patada al mueble del tocadiscos y mientras sonaban las primeras notas estridentes de «El Danubio azul», el señor y la señora Muncan empezaron a bailar el vals.

18

Tilly observó la cucaracha que había patas arriba y que intentaba darse la vuelta en las gastadas tablas del suelo. La cogió y la dejó en la hierba. Más abajo, vio encendida la luz de la caravana de Teddy. Entró en la cocina y comprobó qué hora era, luego comprobó qué aspecto tenía ella. Se sentó encima de la cama, cruzó los brazos y se miró el regazo. Susurró: «No lo hagas, no lo hagas, no lo hagas...», pero cuando oyó las pisadas de él en el porche, se dijo: «A la porra» y salió a la cocina. Desde hacía un tiempo, se encontraba sentada al lado de Teddy como por casualidad y alargaba la mano para cogerlo del brazo cuando paseaban hasta el arroyo. Una tarde, había pescado tres percas antes de darse cuenta de que Barney no estaba con ellos. Esta noche el joven estaba sentado en el suelo, junto a Molly, que cantaba una melodía que no se parecía en nada a la de Ella Fitzgerald. Teddy les sirvió una cerveza, luego se dejó caer en su desvencijado sillón, colocó las botas sobre la caja de madera y miró a Tilly, que cosía borlas en el extremo de un poncho de tela Jacquard en tonos amarillos para Nancy.

—No sé por qué te tomas tantas molestias —comentó Teddy.

—Quieren que les haga cosas... Y eso es lo que hago.

Apartó la labor y se encendió un cigarrillo.

—Se les han subido los humos. Creen que tienen clase. No les haces ningún bien.

—Ellos creen que no te hago ningún bien a ti. —Tilly le ofreció un cigarrillo a Teddy—. A todo el mundo le gusta tener algún chivo expiatorio.

—Pero aun así, tú quieres caerles bien —dijo Molly—. Son todos unos mentirosos, pecadores e hipócritas.

Teddy asintió mientras hacía anillos de humo.

—Las cosas no son ni malas ni buenas, todo depende de lo que se piense de ellas —dijo Tilly.

Molly volvió a fijar la mirada en Teddy, pero el joven miraba con dulzura a Tilly.

—Voy a cavar en el jardín —dijo Barney.

—Ahora no —le dijo Teddy—. Es de noche.

—No —repitió Barney—. Mañana.

Tilly asintió con la cabeza.

—Eso, mañana. Entonces plantaremos más hortalizas.

—Te has buscado una buena pareja para el golf y, además, un jardinero de primera categoría —dijo Teddy.

—El jardín es suyo —comentó Tilly.

—Gorrones. Solo queréis comida para esa chusma que vive al lado del vertedero —dijo Molly.

Tilly le guiñó un ojo a Barney, que se ruborizó. Más tarde, cuando las ascuas descansaban sobre un suave manto de ceniza, cuando Molly ya cabeceaba y hacía un buen rato que Barney se había ido a su casa a dormir, Teddy miró a Tilly con la cabeza ladeada y los ojos centelleantes. Ella se quedó descolocada; le sudaban las palmas de las manos y le picaban los pies cuando la miraba de esa forma.

—No serás una mala mujer, ¿verdad?

De repente plantó las botas en el suelo y se acercó a Tilly, apoyando los codos en las rodillas.

—Podrías hacer muy feliz a cualquier tipo.

Iba a cogerla de las manos cuando Tilly se levantó.

—Te lo ruego, no te enamores de mí, porque soy más falsa que las promesas hechas con vino. Ahora tengo que llevar a Molly a la cama.

—Ese no me lo sabía —dijo Teddy.

—Ajá —dijo Tilly. Y canturreó—: Buenas noches, buenas noches, cuánto cuesta despedirse...

La modista tiró un cojín del sillón, que golpeó en la puerta que Teddy acababa de cerrar. Él volvió a asomar la cabeza. Le mandó un beso soplando y luego desapareció.

Tilly le mandó otro beso, que aterrizó en la puerta cerrada.

∗ ∗ ∗

Fue a buscarla para el baile con un traje nuevo, pajarita y relucientes zapatos de charol. Tilly aún no estaba vestida.

—¿Vas a ir en camisón?

—¿Y si nadie habla contigo, como la última vez? —le preguntó ella con una sonrisa.

Teddy se encogió de hombros.

—Pues hablaré contigo.

—Nos harán sentir incómodos...

La tomó de la mano.

—Bailaremos.

Como vio que ella dudaba, le rodeó la cintura con los brazos y Tilly se apoyó en su pecho.

—Sabía que no podrías resistirte.

Ella se echó a reír. Desde hacía un tiempo, siempre lograba hacerla reír. La estrechó aún más entre sus brazos y bailaron un tango alrededor de la mesa de la cocina.

—¡Bailaremos con tanta gracia que todos saldrán corriendo de la pista!

—¡Entonces me odiarán aún más! —exclamó Tilly, y se arqueó hacia atrás sobre el brazo de Teddy, y el pelo suelto le cayó casi hasta el suelo.

—Cuanto más te odien, más bailaremos —dijo Teddy, y la impulsó hacia arriba.

La abrazó con fuerza. Se miraron a los ojos, con las caras muy próximas, las puntas de la nariz casi se tocaban.

—Qué horror —dijo Molly.

Teddy le subió la cremallera de la espalda del vestido y se metió las manos en los bolsillos. Contempló con atención la cremallera que recorría de manera perfecta su columna vertebral, el modo en que subía por los montículos de piel, el recogido alto que se había hecho en el pelo; admiró los preciosos lóbulos de sus orejas y el finísimo vello que le cubría la piel por encima del encantador labio superior. Retrocedió un paso y la miró, de pie, con el fabuloso vestido. Tilly había imitado uno de los modelos más famosos de Dior (el Lys Noir, una creación sin tirantes y larga hasta los pies que recordaba a un pareo), pero había acortado la falda por delante, de modo que la organza de seda de color magenta le quedaba justo por encima de las rodillas por delante y subía por detrás para formar un pliegue entre los omóplatos. Luego caía con una cola corta que ondeaba vaporosa hasta el suelo.

—Qué peligro —dijo Teddy.

—Tú lo has dicho.

Tilly alargó la mano hacia su acompañante, que la tomó y la protegió con sus manos fuertes. Era su buen amigo y su aliado. Se recogió la cola, doblándola por encima del brazo que le quedaba libre. Teddy la acercó hacia su cuerpo y la besó. Fue un beso cálido, tierno y delicioso que se abrió paso hasta las plantas de los pies de Tilly, formó un remolino en los dedos y la derritió. Hizo que sus rodillas quisieran elevarse y sus piernas abrirse, empujó las caderas de Tilly hacia las de él y provocó un gemido en el fondo de su garganta. La besó despacio, bajando por el cuello y subiendo luego de nuevo hasta la oreja, después llegó a sus labios, donde la encontró casi sin resuello.

—Pero ¿qué estoy haciendo? —susurró Tilly.

Volvió a besarla.

Molly se acercó a ellos sigilosamente con la silla de ruedas. Bajaron la mirada hacia la anciana que llevaba la funda de la tetera en la cabeza, con las hebras de lana y los lazos que colgaban de la silla como si fueran mechones de crin ajados, adornados con los geranios secos que pendían de los ejes de las ruedas.

—Mis intenciones son muy decentes —dijo Teddy.

—Sabes perfectamente que las chicas que se ponen vestidos como ese no quieren intenciones decentes —dijo Molly.

Se rieron a carcajadas todos juntos y Tilly notó que los senos se le aplastaban contra el pecho de Teddy, percibió los latidos de su corazón, y notó su estómago, que le hacía cosquillas cuando se reían. Teddy la cogió con suma delicadeza, como si fuera de cristal, y Tilly sonrió. Bajaron en coche desde La Colina y él no le soltó la mano en ningún momento.

* * *

Las señoras de Dungatar, vestidas de alta costura, llegaron tarde y fueron entrando en el salón a intervalos de tres minutos, todas con aires de superioridad, con la nariz apuntando hacia las lámparas del techo y la boca seria. Se desplazaban despacio hasta el centro de la sala de baile entre los invitados boquiabiertos de Winyerp.

Lo habitual era que Marigold le mandara las medidas y una fotografía de lo que quería a Tilly a través de Lois, pero esta vez había ido en persona para que la probara. Tilly había roto su figura apretujada y temblorosa gracias a unas líneas largas de crepé de seda en azul pastel que transmitían tranquilidad, con un corte muy entallado al bies y una atrevida cola corta. Un fino y elegante tul le cubría la garganta (para esconder el sarpullido) y le había colocado apliques de brillantitos que daban luminosidad al conjunto. Las mangas, también de tul, eran de medida tres cuartos y tenían un ligero corte acampanado. Le había arreglado el pelo con un flequillo alto y rizado. Evan le dijo que parecía «una ninfa» y se había frotado las manos.

Lois Pickett le había llevado un dibujo a Tilly y le había dicho: «¿Qué te parece esto?». Tilly había mirado un instante la blusa de manga larga y puños exagerados con el cuello levantado y en pico, a juego con una falda de campesina con volantes, y luego le había confeccionado un vestido de crepé negro hasta los pies que reseguía la figura, con los bajos un poco levantados por delante para dejar a la vista sus delgados tobillos. Las mangas eran caídas y le llegaban hasta la muñeca, el escote tenía forma de herradura y era bastante bajo, para dejar al descubierto el canalillo respetable pero atractivo de Lois. Tilly le cosió a mano una rosa de satén rosada en la parte delantera, al lado de la cadera, para suavizar su aspecto de barril. Lois flotó hasta el centro del salón de baile, con aire de *bon vivant* y aspecto de haber reducido tres tallas su tamaño. Llevaba el pelo recién cortado en una melenita por las orejas y ondulado, con un toque de brillantina. Para la señorita Prudence Dimm, Tilly había confeccionado un vestido de crepé de lana azul intenso entallado, y había añadido un pliegue doble de seda en azul cielo en un lateral, que se abría y brillaba al caminar. Prudence siguió a Nancy, que acababa de entrar luciendo un vestido de lamé plateado, atado en el cuello y con la espalda al descubierto, que caía sobre sus pies como el caramelo caliente sobre una manzana. No podía contonearse porque la tela de la falda era tiesa, así que se mantenía erguida (sin ayuda de la escoba), por miedo a que las solapas de lamé se doblaran y destaparan el lateral de los pechos. Ruth fue la siguiente en aparecer. Tilly había creado para Ruth el atuendo perfecto para esconder sus hombros, quemados por el sol: una blusa negra semitransparente de cuello alto y mangas largas, con adornos de pedrería no muy recargados que le empezaban a la altura de los pezones y se acumulaban en la cintura. La falda de seda era larga y suave, con una raja hasta la parte superior de sus muslos delgados. Parecía salida del Cotton Club de Nueva York.

Purl había señalado una fotografía de Marilyn Monroe en la película *Bus Stop* y le dijo: «Quiero ir así».

Se quedó de pie en el quicio de la puerta del brazo de Fred, con la piel de un blanco lechoso y radiante con un descarado corpiño de satén de color verde musgo con unos finos tirantes de pedrería sobre los hombros. Una vaporosa falda de tul en verde hielo bajaba fruncida desde su diminuta cintura y caía en distintas capas de picos hasta las sandalias de tacón de aguja también con incrustaciones de pedrería. Se había teñido de rubio platino y se había ondulado la melena por los hombros, al estilo de Jean Harlow. La sonrisa de Fred relucía tanto como ella.

Continuó el desfile de modas. Tilly había elegido una tela de satén rosa pastel para Gertrude. El cuerpo era muy chic (cuello de barco con mangas ranglan) con la cintura fruncida por la espalda, y un poco más alto de talle por delante, para dejar espacio a su creciente gestación. La falda caía formando un pico al bies, que descansaba de forma desenfadada sobre los tobillos. William, que se había dejado bigote como Clark Gable, escoltó a su mujer hasta el centro del salón, con una mano detrás de la espalda y la otra levemente levantada. La palma de Trudy se apoyaba en esa mano. Llegaron después de Elsbeth, que iba tan erguida como si llevara un jarrón en la cabeza. Su vestido era de pomposo terciopelo verde botella, sin mangas, con el cuello cuadrado rematado por un ribete de raso negro. Llevaba un cinturón bajo ancho de satén, a la altura de la pelvis, atado por encima del trasero con un nudo enorme que colgaba hasta el suelo, como una cola estrecha. Tilly le había hecho unos guantes de raso negros hasta el codo a juego. Tanto Elsbeth como Trudy se habían peinado con un moño alto.

El sargento Farrat llegó con sombrero de copa y esmoquin, y fue directo a su mesa. Evan y Marigold se sentaron uno enfrente de la otra. Trudy y Elsbeth estaban cada una a un lado de William, y no paraban de inclinarse por delante de él para hablar.

—¿Cuándo vamos a dar el premio a la Bella del Baile? —preguntó Trudy.

Elsbeth paseó la mirada por el salón.

—¿Ves algún vestido magenta?

—Aún no ha llegado —dijo William.

Elsbeth se volvió hacia su hijo.

—¿En qué mesa está?

Evan le dio unas palmaditas en la mano a su esposa y dijo:

—No creo que a los jueces les cueste mucho decidir quién es la Bella del Baile esta noche.

Les guiñó el ojo a Elsbeth y a Trudy.

Beula Harridene entró por la puerta a paso marcial justo en ese momento. Tenía las mejillas sonrojadas y el pelo despeinado, y llevaba una chaqueta de punto blanca sobre un vestido con botones de arriba abajo largo hasta los pies con el bajo manchado de polvo.

—¡Ya vienen! —exclamó, y se sentó al lado del sargento Farrat.

Elsbeth, Trudy y Evan se levantaron para dirigirse al escenario. Los Faithful O'Briens tocaron «My Melancholy Baby». Lesley se volvió hacia Mona y le preguntó con mucha formalidad:

—¿Bailamos, querida mía?

Entonces se dirigieron a la pista de baile, seguidos por el sargento Farrat y Marigold, así como las demás parejas de Dungatar. Se deslizaban entre el roce de las telas en círculos, con la barbilla bien alta. Las señoras de Winyerp y de Itheca permanecieron sentadas, escondiendo sus sosos vestidos y sus chales de redecilla. Cuando Nancy fue al tocador de señoras, una mujer con un tieso vestido de vuelo sin mangas se plantó a su lado en el espejo y le preguntó:

—¿Quién les hace esos vestidos tan fabulosos?

—Es nuestro secreto —contestó Nancy, y le dio la espalda.

Evan Pettyman se colocó delante del micrófono y se secó el sudor de la frente con un pañuelo blanco. Dio la bienvenida a los invitados de otros pueblos, luego pasó a hablar de los buenos vecinos y competidores, y rogó a las participantes en el concurso de Bella del Baile que se levantaran y desfilaran por la pista una vez más para que el jurado pudiera tomar una decisión y dar el veredicto, siempre tan difícil. Purl, Lois, Nancy y Ruth, la señorita Dimm, Mona y Marigold cruzaron la pista, erguidas y sonriendo delante de Trudy y de Elsbeth, que se habían acercado la una a la otra y asentían sin dejar de cuchichear. Evan se les acercó también mientras Hamish tocaba un redoble de tambor.

—Ay, sí —exclamó Evan, y se llevó la mano al corazón—. No cabe duda de que es el veredicto adecuado. La Bella del Baile de esta noche es… mi buena esposa, ¡Marigold Peeettyman!

Caminó hasta donde estaba su mujer, ruborizada, la cogió de la manita y la condujo hasta la pista de baile para abrir juntos el primer vals de la noche.

Cuando terminó el vals, Beula se dirigió a Marigold y la acompañó al tocador para que recuperara el aliento y se echara agua fría en las muñecas. Beula, más alta que ella, la abanicaba con un montón de papel higiénico.

—Vaya, vaya. Así que has ganado el premio a la Bella del Baile con un vestido que ha hecho ella —susurró.

Marigold asintió.

—Sabes quién es el padre, ¿verdad? —le preguntó Beula.

—Un mecánico ambulante, o un vendedor de máquinas de coser Singer —respondió la Bella.

—Falso. Molly le puso el nombre en recuerdo de su padre, es su segundo nombre de pila.

Marigold se acercó más a Beula, quien le dijo al oído el nombre. Luego se alejó para asegurarse de que lo había oído bien. El sarpullido pasó del tono rosa al violeta ante sus ojos.

Tilly y Teddy seguían cogidos de la mano, sonreían en el vano de la puerta abierta. Daban golpecitos con los pies al ritmo de la música y contemplaban los vestidos que había hecho Tilly flotando por la pista.

—Dios mío —dijo Tilly cuando Faith intentó cantar en un fa sostenido.

No había nadie en la puerta para recibirlos: solo dos asientos vacíos, el taco de la rifa y el premio que iban a sortear con los números de las entradas, un termo nuevo y un taburete plegable de lona.

Tilly cogió del suelo el plano de las mesas y se inclinó sobre el croquis. Había seis mesas con una docena de nombres en cada una. Leyó con atención todos los nombres.

—Busca la mesa número seis —dijo Teddy.

Fred Bundle lo saludó apartándose de un grupo de futbolistas que había apostados junto a la entrada. Así pues, Teddy dio un paso para entrar en el salón y le soltó la mano a Tilly un momento.

—La mesa seis —dijo Tilly—. Norma y Scotty Pullit, Bobby Pickett y T. McSwiney…

El nombre de T. Dunnage estaba escrito claramente debajo del de T. McSwiney, pero alguien lo había tachado. Volvió a localizar su nombre en otra mesa con los Beaumont, pero lo habían tapado con un rotulador rojo. En la mesa reservada para las compañeras de la escuela, en la que estaban la señorita Dimm, Nancy, Ruth y otras personas, alguien se había tomado la molestia de perforar con un punzón escolar el espacio de las letras que correspondían a su nombre y luego había arrancado el pedacito de papel, dejando un agujerito rectangular. En la mesa de Purl, otro nombre escrito en último lugar también estaba tachado con tinta negra. Y en la mesa más próxima al escenario, la de la banda, escrito con letras grandes en lápiz, algunas de ellas del revés, ponía «BARNEY». Al lado de su nombre, Barney había añadido «+ TI-LLY» con una pintura de color rojo. Barney era el encargado de llenar las copas de los músicos y pasar las páginas del cancionero de Faith. Pero incluso en ese caso, alguien había emborronado el nombre.

Se irguió y se volvió hacia la puerta, pero Teddy no estaba: solo vio las compactas espaldas de los futbolistas. Se sentía insegura. El concejal Evan Pettyman se volvió hacia ella, soltó un bufido y escupió al suelo, cerca de su vestido. Bajó la mirada al esputo de color vino, luego miró a los ojos ambarinos de Beula Harridene. Beula sonrió.

—Bastarda, asesina —le dijo.

Luego le cerró la puerta delante de las narices.

Tilly se quedó sola en el vestíbulo con su magnífico vestido Lys Noir en color magenta. Se arropó bien con el chal y agarró el pomo de la puerta. Alguien la sujetaba desde dentro para que no la abriera.

Teddy la encontró sentada en el parque, debajo de un árbol, temblorosa y con los nervios a flor de piel. Le ofreció la petaca con licor de sandía.

—No quieren que los dejemos en evidencia.

—No es eso… Es por lo que hice. A veces se me olvida y justo cuando estoy… Es la culpa, y la maldad que llevo dentro: la llevo conmigo, metida dentro, siempre. Es como un borrón, o como un peso… Se vuelve invisible y luego repta para asaltarme cuando me siento más segura… Ese chico murió. Y eso no es todo.

Bebió otro trago de aguardiente.

—Cuéntamelo.

Tilly se echó a llorar.

—Vamos, Til —dijo él, y la abrazó—. Cuéntamelo.

La llevó a su caravana junto al vertedero y se sentaron uno enfrente del otro. Se lo contó todo. Tardó un buen rato y lloró a mares, pero él la besó una y mil veces y lloró con ella. La abrazó muy fuerte. Le acarició el pelo e intentó calmarla, y le dijo que ella no tenía la culpa, no tenía la culpa de nada, que todos los demás estaban equivocados. Al final, hicieron el amor con ternura y mucho cariño y después Tilly se quedó dormida.

La tapó con el vestido de color magenta y se sentó desnudo a su lado. Se puso fumar. Contempló el sueño inquieto de la chica, mientras las lágrimas le caían por las mejillas. Después la despertó. Le tendió una copa de champán.

—Creo que deberíamos casarnos —le dijo.

—¿Casarnos?

Tilly se echó a reír y a llorar al mismo tiempo.

—Eso es lo que más rabia les daría… Y además, eres la chica de mi vida. Ahora que te conozco, no podría querer a nadie más.

Tilly asintió y le sonrió entre las lágrimas.

—La celebraremos aquí. Haremos una gran boda en Dungatar y luego nos mudaremos a otro sitio mejor.

—¿Mejor?

—Para estar lejos de las cosas malas, iremos a un sitio bueno, donde los bailes del sábado por la noche sean mejores…

—¿Y cargarás también con mi madre loca?

—Incluso podemos llevarnos a mi hermano retrasado.

—Barney. —Tilly se echó a reír y dio una palmada—. ¡Sí, Barney!

—Hablo en serio. —Al ver que no contestaba, Teddy añadió—: Es la mejor oferta que van a hacerte por estas tierras.

—¿Adónde iríamos?

—A las estrellas. Te llevaré a las estrellas, pero antes…

Tilly estiró los brazos para invitarlo a acercarse, y él volvió a tumbarse a su lado.

Más tarde, se tumbaron juntos en lo alto del silo para contemplar el cielo; dos siluetas en un tejado de zinc plateado bajo un cielo de terciopelo negro con estrellas relucientes y una luna fría y blanca. Corría un vientecillo fresco, pero el sol de otoño había calentado la chapa del tejado.

—Cuando era pequeña nunca jugabas conmigo —dijo Tilly.

—Nunca te acercabas a nosotros.

—Os miraba jugar desde aquí, a Scotty, a Reg y a ti. Con unos prismáticos buscabais cohetes en el «espacio exterior». Algunas veces erais vaqueros en busca de indios conquistadores montados a caballo.

Teddy soltó una carcajada.

—Y era Superman. Una vez me metí en un buen lío —comentó Teddy—. Saltábamos a los vagones de cereal justo cuando salían del muelle de carga y luego nos colocábamos encima de la montaña de grano hasta que cruzábamos el arroyo, donde saltábamos al agua. Un día, el sargento nos esperaba con Mae. Madre mía, me dejó el pandero bien caliente.

—Intrépido —dijo Tilly con cariño.

—Intrépido —repitió Teddy—. Y sigo siéndolo.

—¿Ah, sí? —Tilly irguió la espalda—. ¿Y qué pasa con mi maldición?

—No creo en las maldiciones. Te lo demostraré —dijo, y se incorporó.

Tilly se sentó y observó a Teddy mientras bajaba palmo a palmo por la pendiente del tejado hasta el borde.

—¿Qué haces?

Teddy miró los vagones de cereal que había en fila junto al muelle de carga.

—A lo mejor están vacíos —le advirtió Tilly.

—No —respondió Teddy—. Están llenos.

—No lo hagas —suplicó ella—. Por favor, no.

Teddy se dio la vuelta, le sonrió y le mandó un beso.

* * *

Evan Pettyman paró el coche enfrente de casa y ayudó a entrar a su mujer, que estaba borracha. La tumbó en la cama y le estaba quitando las medias de los pies inertes cuando oyó a alguien a lo lejos, gritando. Aguzó el oído. Provenía de la línea del ferrocarril.

—¡Socorro! ¡Socorro! Ayúdenme… Por favor.

Encontró a Tilly Dunnage caminando de un lado al otro de un vagón de mercancías con el vestido roto y el pelo electrizado ondeando al viento nocturno, mientras removía el grano del vagón con un palo largo.

—Está ahí dentro... —susurró, con una voz que surgía de algún lugar más allá de la muerte—... pero no agarra el palo.

III

Fieltro

Tela elaborada con cortas fibras de lana colocadas en todas las direcciones, que se entrelazan con vapor, calor y
presión hasta quedar prensadas y formar un material tu-
pido. Se tiñe en colores lisos y vivos. Se emplea para con-
feccionar faldas, sombreros y guantes.

ROSALIE P. GILES, *Fabrics for Needlework*

19

Tilly se sentó enfrente del sargento Farrat, que tenía un bolígrafo en vertical sobre una hoja de papel con calco debajo, ambos sujetos con la pinza de un portapapeles. Llevaba el uniforme de policía arrugado y rozado, y parte del pelo canoso de punta.

—¿Qué ha ocurrido, Tilly?

Tilly habló con esa voz que provenía de muy lejos, sin despegar la mirada del suelo.

—No, me llamo Myrtle. Sigo siendo Myrtle...

—Vamos.

—¿Se acuerda de cuando construyeron el silo?

El sargento Farrat asintió.

—Sí.

Y sonrió tímidamente, al recordar el revuelo que causó la nueva construcción. Tilly empezó a desmoronarse, así que el sargento Farrat dijo en voz baja:

—Vamos.

—Los chicos se subían al borde y saltaban...

Dejó la frase a medias.

—Sí, Tilly —susurró el sargento.

—Igual que Superman.

—No tenían muchas luces —dijo el sargento Farrat.

Tilly seguía mirando el suelo.

—Eran niños, nada más. A la gente de Dungatar no le caemos bien, sargento Farrat, ni Molly la Loca ni yo. Y nunca me perdonarán la muerte de ese chico ni los pecados de mi madre... A ella no la perdonaron nunca, y no había hecho nada malo.

El sargento Farrat volvió a asentir con la cabeza.

—No me quedé en el baile. Teddy me encontró fuera y fuimos juntos a su caravana y nos quedamos hasta... Bueno, un buen rato, pero al final acabamos donde los silos... Queríamos ver amanecer, dar la bienvenida a un nuevo día...

El sargento Farrat asintió una vez más.

—Le conté mis secretos y me prometió que le daban igual. «Soy como Morgana», le dije. «Una bruja.» Fue una noche muy feliz... Me dijo que todo iría bien...

Lloró y se acurrucó en la silla, pero luego se recompuso y siguió hablando.

—Sentía que por fin había tomado la decisión adecuada. Me convencí de que volver a casa había sido lo correcto, porque cuando llegué aquí, encontré un tesoro: un aliado. Teddy cogió otra botella de champán y los dos subimos al tejado del silo.

Se detuvo y se quedó mirando el suelo unos minutos interminables. El sargento Farrat le dio tiempo, porque notaba que por dentro la chica se estaba convirtiendo en un mar de lágrimas y necesitaba que aguantara sin desbordarse, lo necesitaba para ser capaz de entender lo ocurrido.

Y por fin:

—Está lo del chico, claro...

—Ocurrió cuando tenías diez años —dijo el sargento Farrat con voz dulce y temblorosa.

—Sí. Usted me mandó a esa escuela en otro pueblo.

—Sí.

—Fueron muy buenos conmigo. Me ayudaron, me dijeron que en realidad no era culpa mía. —Recuperó el resuello—. Pero luego ocurrió otra cosa... Todas las personas que toco acaban heridas o muertas.

Tilly se dobló por la mitad en la silla de madera de la comisaría y lloró a moco tendido, entre temblores, hasta que, debilitada, empezó a dolerle todo el cuerpo. El sargento Farrat la metió en su cama con dosel y se sentó a su lado. También lloró.

Edward McSwiney había visto lo que le había ocurrido a Stewart Pettyman. Había observado la discusión entre Stewart y Myrtle Dunnage desde lo alto del silo, veinte años antes. Edward estaba arreglando el tejado. Los niños habían estado jugando por allí y habían roto las tuberías. Edward McSwiney oyó la campana del colegio y dejó de trabajar para observar las diminutas siluetas que, a lo lejos, salían de la escuela y se dirigían a casa. Vio a Myrtle acorralada y vio que el chico la acosaba, pero cuando llegó a la biblioteca, la chica estaba petrificada, aterrorizada, apoyada contra la pared.

—Venía corriendo a por mí como un toro... —dijo con voz de silbato agudo, y se puso un dedo al lado de cada oreja para simular los cuernos—... Así.

Edward McSwiney alargó la mano hacia ella, porque en ese momento la niña empezó a temblar, pero Myrtle se encogió y escondió la cara, y Edward vio lo que había hecho. Se había apartado y el chico había chocado de cabeza contra el muro de la biblioteca, y ahora yacía en el suelo desnucado, con el cuerpo rechoncho formando un ángulo recto con la cabeza.

Al cabo de un rato, Edward había ido a la comisaría con Molly y Evan Pettyman, y el sargento Farrat le había pedido lo siguiente:

—Dígale al señor Pettyman lo que ha visto, Edward.

—Muchas veces la perseguían y se metían con ella —le contó a Evan—. La llamaban bastarda. Los pillé muchas veces. Su hijo Stewart tenía a la pobrecilla arrinconada junto a la biblioteca, solo intentaba salvarse…

Evan apartó la cara. Miró a Molly.

—Mi hijo, mi hijo está muerto porque lo ha matado tu hija…

—¡Tu hija! —exclamó Molly.

Edward no olvidaría jamás la cara que había puesto Evan en ese momento… Cuando tomó plena conciencia de lo que eso significaba, de hasta qué punto se le habían ido las cosas de las manos.

Molly también supo interpretar su expresión.

—Sí. ¡Ojalá me hubieras dejado en paz! Me seguiste hasta aquí, me atormentaste y me obligaste a ser tu amante el tiempo que quisiste… Nos arruinaste la vida. Habríamos podido tener una oportunidad, por lo menos una oportunidad, Myrtle y yo podríamos haber llevado una vida medio digna… —Molly se había tapado la cara con las manos y se había echado a llorar—. Pobre Marigold, pobre estúpida Marigold, la volverás loca.

Entonces se abalanzó encima de él con las uñas afiladas y dando patadas.

El sargento Farrat la agarró y la sujetó.

—Stewart Pettyman está muerto —dijo—. Tendremos que sacar a Myrtle de aquí.

Y ahora el sargento tenía que aguantar el tipo mientras Edward le decía a su propia familia:

—Hemos perdido a nuestro héroe, Teddy.

Se desmoronaron ante él como terrones de azúcar. Era incapaz de transmitir qué sentía, incapaz de darles consuelo, y comprendió perfectamente por qué Molly Dunnage y Marigold Pettyman habían llegado a volverse locas, ahogarse en la pena y el desconsuelo que colgaba igual que una tela de araña entre las calles y los edificios de Dungatar, donde, miraran donde mirasen, todo les recordaba lo que habían tenido en otro tiempo. Veían los lugares en los que alguien a quien ya no podían abrazar había paseado y recordaban continuamente el sufrimiento de tener los brazos vacíos. Y miraran donde mirasen, notaban que todo el mundo las miraba, que todos sabían qué sucedía.

El sargento Farrat le preguntó muchas cosas a Dios mientras estaba sentado junto a Tilly, pero no recibió respuesta alguna.

Cuando por fin escribió el informe, no mencionó el champán ni que los dos se habían tumbado juntos bajo las estrellas próximas, ni que habían hecho el amor una y otra vez y se habían fundido en una sola persona porque tenían las mismas intenciones, ni escribió que a partir de entonces compartirían la vida, en lugar de haber compartido solo unas cuantas horas. No escribió que Tilly sabía que era una mujer maldita que provocaba la muerte de los demás con el mero sonido de su voz, ni escribió que Teddy intentaba demostrarle que no podía pasarle nada malo si saltaba, a pesar de que ella le suplicó que no tentara a la suerte.

Teddy estaba decidido, así que saltó al contenedor lleno de grano que lo aguardaba en la oscuridad, ese vagón de trigo que sería arrastrado al día siguiente para luego vaciar la carga en un barco que surcaría el ancho mar rumbo a otros continentes lejanos.

Pero no era un vagón rebosante de trigo. Era un vagón lleno de sorgo. Sorgo fino, brillante, ligero, marrón. No se dirigiría a otros continentes. Era pienso para los animales. Y Teddy desapareció igual que un tornillo que cae en una cuba de aceite y fue resbalando hasta asfixiarse en el fondo de ese inmenso contenedor, dentro de una ciénaga de resbaladizas semillas marrones como arena líquida y pulida.

En lugar de escribir eso, puso que Teddy McSwiney se había resbalado y que había sido un terrible accidente del que no se podía culpar a nadie, y que Myrtle Evangeline Dunnage, que lo había presenciado, en realidad le había advertido que no lo hiciera, y era inocente.

El sargento Farrat encontró a Molly junto al fuego, quieta y pensativa. Entró por la puerta y la anciana no lo miró, pero dijo:

—¿Qué pasa?

Se lo contó y Molly se marchó con la silla de ruedas hasta la cama del rincón y se tapó la cabeza con la manta.

Tilly sabía que debía quedarse en Dungatar para cumplir una especie de penitencia. Si iba a cualquier otro sitio, ocurriría lo mismo. Estaba desprovista de absolutamente todo, y lo único que le quedaba era su frágil y desestabilizada madre.

El sargento Farrat sabía que debía dar un paso al frente y abrazar a su rebaño: salvar a sus ovejas de sí mismas, e intentar hacerles ver que había algo que valía la pena salvar. Le preguntó si iría al funeral y Tilly lo miró con el alma vacía.

—¿Qué he hecho?

—Será mejor si te enfrentas a ellos —le aconsejó—. Demuéstrales que no tienes nada que esconder. Iremos juntos.

Fue un entierro sobrio y cruel en el que temblaban unos sentimientos que ninguna palabra podía describir. Fue un momento negro y sobrecogedor, y el duelo impregnaba el aire. A los feligreses les faltaban fuerzas para cantar, así que Reginald acompañó a Hamish con las gaitas y tocaron una marcha fúnebre de Dvorak titulada «Vuelta a casa», que dejó sin aliento a la congregación y puso voz a su dolor. Entonces el sargento Farrat se apartó de Tilly para dar una especie de sermón. Habló del amor y del odio y del poder que tenían ambos, y les recordó cuánto querían todos a Teddy McSwiney. Dijo que Teddy McSwiney era, según el orden natural del pueblo, un descastado que vivía junto al vertedero. Su buena madre Mae hacía lo que los habitantes de Dungatar esperaban de ella; era reservada, cuidaba de sus hijos con sinceridad, y su esposo Edward trabajaba mucho, arreglaba las tuberías de los vecinos, les podaba los árboles y llevaba la basura al vertedero. Los McSwiney se mantenían apartados del resto, pero la tragedia no hace distinciones, incluye a todos por igual, y además, ¿no podía decirse que en el pueblo todos eran «diferentes» pero aun así se les aceptaba?

El sargento Farrat dijo que el amor era tan fuerte como el odio y que por mucho que ellos fueran capaces de odiar a alguien, también podían amar a un descastado. Teddy lo era hasta que demostró que era una joya, y había amado a una descastada: la pequeña Myrtle Dunnage. La amaba tanto que le había pedido que se casara con él.

Entonces el sargento Farrat empezó a pasearse por delante de las plañideras y dijo muy serio:

—Teddy quería que la quisierais, que la perdonarais, y si no la hubierais rechazado esa noche... Pero claro, no podíais quererla, no tenéis un corazón tan grande como él, ni lo tendréis nunca, y eso es un hecho, por triste que sea. Teddy pensaba que esa actitud era imperdonable, tan imperdonable que estaba dispuesto a marcharse con Myrtle, y lo habríais perdido. Si hubierais aceptado a Myrtle, Teddy siempre habría estado entre nosotros, en lugar de intentar demostrar la fuerza de su amor esa noche. Cometió un error terrible, y debemos perdonarle ese error. Amó a Tilly Dunnage con la misma intensidad con que vosotros la odiáis, por favor, tratad de imaginároslo... Ella aceptó casarse con él y sé que, sin excepción, todos vosotros, junto con vuestros secretos, faltas, prejuicios y defectos, habríais sido invitados a participar de tal ocasión. Habría sido una ceremonia emotiva, una unión verdadera y acertada. De hecho, fue...

Del interior de Mae surgió un sonido desgarrador. Un sonido que solo una madre puede emitir.

Tilly oyó todas estas palabras, pero era como si lo viera a través de una cámara de cine. Vio que el ataúd era blanco y estaba cubierto por una montaña de coronas funerarias, que había filas y filas de bancos con espaldas temblorosas y numerosos rostros llorosos que se apartaban de ella: los Almanac se agazaparon juntos, los Beaumont aguantaron el tipo con cara digna y tiesa, la gorda

Lois llena de costras y manchas se sonó la nariz mientras su rollizo recién nacido, Bobby, lloraba, y Nancy y Ruth lo cogieron en brazos. Marigold bebió de un frasquito de algo indeterminado y a su lado estaba Evan, rojo de rabia pero sin mirar a nadie. Los futbolistas se colocaron en fila con la espalda erguida, apretando la mandíbula para contenerse, con los ojos enrojecidos y al borde de las lágrimas.

El sargento Farrat llevó a Tilly a casa después del entierro y Molly se levantó de la cama para sentarse en la silla de ruedas junto a su hija.

El velatorio fue una experiencia horrenda, empapada de rabia estupefacta y de desdicha. Fred y Purl se quedaron apostados en la barra igual que un par de huérfanos en la parada del autobús, pues nadie tenía ganas de beber y no había forma de tragar los bocadillos. Los McSwiney se sentaron juntos formando un bloque, con la cara larga y desencajada, aturdidos. Detrás de ellos, había colgadas en la pared unas fotografías de su pícaro hijo junto a la bandera de la victoria de la Gran Final. Los jugadores del equipo no paraban de repetir: «La ganó él solo para nosotros», e intentaban apretar la bandera contra los brazos cruzados de Edward.

* * *

Barney emprendió la subida de La Colina al día siguiente con la cacatúa galah en el hombro, la vaca pisándole los talones y las gallinas picoteando detrás de él. Ató la vaca en la valla y puso la galah en el poste. Luego se colocó delante de ella con el sombrero apretujado entre las manos. Intentó levantar la cabeza para mirarla, pero no se veía con ánimo de hacerlo.

Tilly sentía náuseas: la bilis le subía por la garganta y el cuerpo le dolía de tanto llorar. Estaba agotada, aunque en la cabeza le martilleaba el veneno y el odio hacia sí misma y hacia los habitantes de Dungatar. Había rezado a un Dios en el que no creía para que se la llevara. Miró a Barney y deseó que el chico le hiciera daño, o la abrazara, pero él se limitó a señalar a los animales y dijo en voz alta y frágil:

—Papá dice que los necesitarás, y los animales necesitan un hogar.

Tilly se incorporó con poco equilibrio y alargó una mano hacia él, pero el chico abrió la boca haciendo una mueca y retrocedió a trompicones, gritó y se abrazó el pecho con las manos. Tilly sintió que el corazón se le retorcía y notó un ahogo en el pecho. Dejándose caer, se sentó en el peldaño de la entrada. Tenía la cara desencajada y lloraba.

Graham aguardaba con los arneses puestos, el carro que tenía detrás estaba cargado de cajas y bultos y perrillos marrones y blancos. Edward y Mae, Elizabeth, Margaret y Mary, Barney, George, Victoria, Charles, Henry y Charlotte con el bebé en brazos, estaban apiñados, como tristes muñecas de trapo que se mantienen de pie porque unas se aguantan en otras. Observaron cómo ardían las caravanas y los vagones de tren que eran su hogar. Al principio había humo, luego las llamas estallaron con un rugido y se abrió un murete bajo de chispas rojas y anaranjadas que recorrió la hierba seca del invierno hasta llegar al borde del vertedero. El camión de bomberos ululó por detrás de la oficina del condado y llegó a toda prisa. Aparcó junto a la pira ardiente. Varios hombres se bajaron del camión y se acercaron a la familia McSwiney, luego sacudieron la cabeza y se marcharon por donde habían llegado.

Cuando Edward se quedó satisfecho de haber convertido en un cúmulo negro y retorcido lo que había sido el feliz hogar familiar, toda la familia se marchó. Siguieron a Graham, con los primeros rayos del sol matutino a la espalda. No miraron atrás, se limitaron a avanzar poco a poco y tomaron la curva en busca de un sitio nuevo en el que volver a empezar; sus leves gemidos la acompañarían siempre.

Por la tarde empezó a arreciar el frío, pero aun así Tilly fue incapaz de entrar en casa. Todo estaba lleno de telas y material de costura: presillas de colores y retales, hilos sueltos y bobinas de algodón, agujas y bajos deshilachados, maniquís con la forma de la vieja esnob Elsbeth, de la esmirriada Mona o de la putrefacta y cotilla Lois, de la cotorra Ruth, tiesa como un pergamino, y de la lengua viperina de Beula. El suelo era un lecho de alfileres, como las agujas de pino caídas en una finca sombría. Encendió otro cigarrillo y bebió el resto del aguardiente de sandía de la petaca. Tenía la cara embotada, los ojos morados e hinchados de tanto llorar. El pelo le caía en mechones sucios sobre los hombros, como las hebras de una hoja de aloe vera, y tenía los pies y las piernas amoratados por el frío.

Se acordó de los ojos de Stewart Pettyman mirando hacia arriba y el sonido, ¡crac!, el gemido y luego otro sonido, como el de una vaca al caer desplomada en el heno. Cuando Myrtle abrió los ojos, Stewart Pettyman yacía en la cálida hierba estival con la cabeza totalmente torcida hacia un lado, con una fractura imposible. Olía a algo raro, y la sangre manaba de entre sus labios rojos y descuidados. Unas heces blandas le mancharon los pantalones y se le colaron por los muslos.

El sargento Farrat le dijo: «Se ha roto el cuello. Ahora está muerto y ha ido al cielo».

Tilly enfocó la mirada hacia el silo cuadrado y oscuro que se alzaba como un gigantesco ataúd junto a la línea del ferrocarril.

20

Los habitantes de Dungatar no hacían más que cuchichear. Sacudían la cabeza, apretaban la mandíbula, suspiraban y hablaban con odio en la voz. El sargento Farrat se movía entre su rebaño, los guiaba, los escuchaba. No habían extraído nada de su sermón, solo su odio seguía vivo.

—Lo obligó a saltar.

—Lo asesinó.

—Está maldita.

—Lo ha heredado de su madre.

Una mañana muy temprano se dirigió a la tienda de Pratt a comprar cerillas y harina. Purl y Nancy se pararon para verla pasar, con un odio que le perforó el corazón. Faith la apartó con la mano cuando la vio de pie buscando en las estanterías de la tienda y alguien corrió por detrás y le tiró del pelo. Muriel le arrancó la bolsa de harina y el dinero de las manos y los tiró a la acera. Más de un aldeano subió en coche a La Colina a tirar piedras al tejado de la cabaña por la noche, y se puso a dar vueltas y vueltas sin bajarse del vehículo mientras aceleraba y gritaba: «¡Asesinas! ¡Brujas!».

Madre e hija permanecían detrás de la puerta cerrada con llave, abrazando la desolación y el dolor, moviéndose lo mínimo. El sargento Farrat les llevaba comida. Molly enterraba las tostadas con mermelada y escondía los huevos duros en los pliegues de las mantas, o metía las verduras hervidas en las rendijas de la silla de ruedas. Los días más calurosos le rondaban las moscas. Se pasaba el día callada, solo se levantaba de la cama para sentarse y mirar el fuego encendido, mientras su corazón viejo y lleno de cicatrices bombeaba sin cesar. Tilly únicamente la dejaba sola por la noche, cuando aprovechaba para rondar por las llanuras o para pasearse por el arroyo y buscar ramas de árbol del caucho para el hogaril. Permanecían juntas al lado del fuego, contemplando las llamas, y se acurrucaban bajo las mantas para escuchar los sonidos de la negrura de la noche. La amargura se instaló en el alma de Tilly hasta reflejársele en el rostro. Su madre dejaba caer la cabeza y cerraba los ojos. La gente les tiraba bolsas de basura en la fosa de los desechos, hasta que el hedor acabó por cubrir toda La Colina y llenar la casa.

21

Lesley caminaba balanceándose por la desierta calle mayor entre Mona y la prima de su madre, Una Pleasance, que temblaba.

—Claro, estoy acostumbrado a los inviernos europeos. Pasé muchos, muchos años en Milán —comentó Lesley—. Trabajaba con caballos lipizanos.

Mona pasó el brazo por el de su marido.

—Adiestraba caballos, ¿verdad, Lesley?

—¿Y ahora vive en Dungatar?

Una miró las pocas tiendas chabacanas que había en la calle mayor.

—Me vi obligado a regresar a Australia cuando murió mi mamaíta querida. Había que arreglar el papeleo y, justo cuando me disponía a regresar a Europa, me cazaron los Beaumont.

Mona asintió.

—Lo cazamos nosotros, sí.

—Pero Dungatar no tiene…

—¡Me cazaron, igual que a usted, Una! —exclamó Lesley con tono cantarín, y le sonrió con dulzura—. Bueno —prosiguió—, pues ya estamos aquí. Este es el Hotel de la Estación: lejísimos de las vías del tren.

Y se rió de su ocurrencia mientras daba un codazo a Una.

—Hacen un bistec con patatas riquísimo —dijo Mona.

—Para quien le guste el bistec con patatas —dijo Lesley.

Una señaló a La Colina.

—¿Qué hay ahí arriba?

Se detuvieron y miraron el humo que subía y envolvía como un sudario las paredes cubiertas de parras de la casa para luego reptar hasta las llanuras. Los dedos de humo se extendían desde la chimenea y se perdían en las nubes.

—Ahí es donde viven Molly la Loca y Myrtle —dijo Mona muy seria.

—Ah —contestó Una, y asintió, porque sabía a qué se referían.

—Esta es la tienda de Pratt —dijo Lesley. Su comentario rompió el trance—. El único almacén de abastecimiento en millas a la redonda, ¡una mina de oro! Tiene de todo: el monopolio del pan, la carnicería, la mercería, la ferretería, incluso productos veterinarios; pero, mirad, ¡por ahí viene el hombre más rico de Dungatar!

El concejal Pettyman caminaba hacia ellos, con una sonrisa y los ojos clavados en Una.

—¡Buenos días! —exclamó—. Vaya, vaya, pero si es la familia Beaumont con mi invitada especial.

Cogió de la mano a Una y besó sus largos dedos pálidos.

—Estábamos haciéndole una visita guiada a Una por su nuevo hogar...

—¡Permitidme que lo haga yo! —dijo Evan.

Se frotó las manos y se relamió los labios, las bocanadas de aire de su respiración se apreciaban en la mañana fría de invierno.

—Puedo ofrecerle a la señorita Pleasance la comodidad del coche del consistorio. Al fin y al cabo... es mi invitada.

Pasó el brazo de la mujer por el suyo y tiró de ella hacia el coche.

—Podemos reseguir la orilla del arroyo hasta las fincas más alejadas y entonces...

Abrió la puerta del coche y ayudó a Una a acomodarse en el asiento delantero, se despidió de Mona y Lesley levantando el sombrero y los dejó allí plantados en la acera. Luego se marchó con la nueva adquisición del pueblo.

—¡Menuda frescura! —exclamó Lesley.

* * *

Tilly se sentó apoyada contra la pared y miró hacia el pueblo a través de la neblina gris. Observó el óvalo verde y grisáceo manchado de barro, delimitado por coches oscuros. Los aficionados se agolpaban entre los coches igual que lágrimas retenidas. Los hombrecillos corrían de un extremo del campo a otro, con brazaletes negros en los agitados brazos, y agarraban la pelota diminuta, mientras los fans gritaban a pleno pulmón sus improperios contra los rivales. Sabía que la rabia y la congoja los impulsaba. Sus gritos rebotaban en el gran silo y salían disparados contra Tilly y contra los prados cubiertos de niebla.

Empezó a llover; el agua caía de las nubes formando cortinas, repicando y calándolo todo, golpeteando los coches y el tejado de chapa de zinc que la protegía. Azotaba las ventanas y doblaba las hojas de las hortalizas del huerto de Barney. Un motor diésel se alejó con un rugido de la estación de Dungatar, con los vagones de pasajeros vacíos. La vaca, atada en mitad de la pendiente de La Colina, dejó de rumiar para aguzar el oído y luego colocó las posaderas en la dirección en la que caían las gotas y dobló las orejas hacia delante. Los jugadores dejaron de correr y se quedaron en el estadio, cegados y confundidos por el aguacero gris hasta que amainó la lluvia. Después retomaron el juego.

Tilly temía que una derrota en el fútbol hiciera que la gente la tomara con ella, que salieran en manadas, calados y chorreando, por las puertas del estadio para subir La Colina gritando y con los puños cerrados, con sed de venganza. Esperó hasta oír unos aplausos espaciados entre el público y el pitido de una bocina. La galah agachó la cabeza y levantó la cresta, separó una garra de la barandilla del porche... Pero el equipo que había perdido era el de Dungatar, había desaprovechado su última oportunidad de llegar a la final. Los coches salieron del aparcamiento del estadio y se dispersaron.

Entró en la casa, donde Molly estaba sentada pasando las páginas de un periódico.

—Ah, vaya, solo eres tú —dijo la mujer.

Tilly miró a su madre, con los hombros esqueléticos cubiertos por el ajado chal de arpillera.

—No —contestó Tilly—. No soy solo yo, somos tú y yo. Tú solo me tienes a mí y yo solo te tengo a ti.

Se sentó a coser, pero al cabo de un rato clavó la aguja para que no se perdiera en el bajo del vestido nuevo de Molly y se reclinó en la silla para frotarse los ojos. Contempló el asiento vacío de Teddy y la caja de madera donde siempre apoyaba las botas, y dejó que su mente descansara en las llamas anaranjadas que bailaban en el hogaril. Molly extendió el papel sobre la mesa de la cocina, entrecerró los ojos para mirar por las gafas bifocales que llevaba en la punta de la nariz.

—Necesito las gafas, ¿dónde las has escondido? —preguntó.

Tilly alargó la mano y le dio la vuelta al periódico comarcal, *The Amalgamated Dungatar Winyerp Argus Gazette*, para que su madre pudiera leer.

—Anda —dijo Molly, y sonrió con picardía—, tienen una costurera nueva, de Melbourne. Habrá jaleo, ya verás, porque la cortejará una retahíla de vendedores de máquinas de coser Singer, que harán temblar el campo y dejarán a su paso un río de corazones e hímenes rotos.

Tilly miró por encima del hombro de su madre. El único tema de la columna «Las novedades de Beula» decía: «Llega la alta costura». Había una foto de la presidenta, la secretaria y la tesorera del Club Social de Dungatar (con creaciones de Tilly) sonriendo a una mujer seria. El centro de la fotografía partía el pico de viuda del pelo de la mujer.

Esta semana, Dungatar da la bienvenida a la señorita Una Pleasance, que nos ofrece su considerable talento para la confección. El Club Social de Dungatar, en representación de la comunidad, da la bienvenida a la señorita Pleasance y esperamos con impaciencia la gran apertura de su establecimiento de moda, Le Salon. Estos días, la señorita Pleasance se aloja como invitada con el concejal Evan Pettyman y su esposa. El local del negocio se ubicará temporalmente en casa de sus anfitriones. La gran inauguración se celebrará el viernes 14 de julio a las dos de la tarde. Señoras, traigan una foto de un vestido.

Lo primero que oyeron por la mañana fue el motor del Triumph Gloria que llegó y aparcó en medio del césped. Tilly se acercó sigilosa a la puerta de atrás y asomó la cabeza. Lesley iba al volante y Elsbeth aguardaba en el asiento de atrás, con un pañuelo en la nariz. La nueva costurera estaba a su lado, contemplando la glicinia que trepaba por los postes del porche y subía hasta el tejado. Mona aguardaba en el porche, dándole vueltas y más vueltas en la mano a una fusta de equitación. Tilly abrió la puerta.

—Madre dice que quiere… Todas las cosas que tienes a medio hacer: las suyas, las mías y las de Trudy, las de Muriel… Lois…

Su voz perdió fuelle.

Tilly cruzó los brazos y se apoyó en el quicio de la puerta.

Mona se irguió.

—¿Podrías devolvérnoslas?

—No.

—Ah.

Mona corrió hasta el coche y se inclinó sobre la ventanilla para hablar con su madre. Mantuvieron una breve conversación en tono airado y luego Mona regresó con paso vacilante al porche.

—¿Por qué?

—Porque nadie me ha pagado.

Tilly le cerró la puerta en las narices. El enclenque edificio crujió y se asentó un poco más en los cimientos.

Esa noche, llamaron a la puerta.

—Soy yo —dijo el sargento Farrat en voz baja.

Cuando Tilly abrió la puerta, se encontró al sargento en el porche con unos pantalones de gaucho de lino negro, una camisa de cosaco ruso blanca y un chaleco rojo acolchado con un sombrero negro de ala plana que se sostenía en equilibrio precario en un lateral de la cabeza. Llevaba en la mano un paquete de papel blanco y del chaleco se sacó una botella marrón alargada que alzó, mientras las polillas revoloteaban alrededor de sus hombros.

—Uno de los whiskies escoceses de mejor calidad —dijo con una sonrisa de oreja a oreja.

Tilly abrió la puerta mosquitera.

—¿Y el gorro de dormir, Molly? —le preguntó el sargento.

La mujer miró al sargento horrorizada.

—Nunca llevo. Son de esas cosas que se te enroscan en el cuello mientras duermes y te asfixian.

Tilly puso tres vasos fríos en la mesa y el sargento sirvió el whisky. Desenvolvió el paquete que había llevado.

—Te propongo un reto. He leído un libro sobre la invasión española de América del Sur y tengo un traje de mi colección que necesita unos retoques.

El sargento Farrat se puso de pie y se colocó contra el pecho de su robusta figura un traje de luces diminuto. Estaba confeccionado con brocado de seda verde brillante, con mucha pedrería y un ribete recargadísimo de lamé dorado con borlas.

—Se me ha ocurrido que a lo mejor podrías improvisar alguna pieza para ensancharlo, que sea similar o que al menos pegue con el tono general de este radiante traje de luces. Las únicas manos verdaderamente creativas de Dungatar podrían disimular las piezas con mucha traza, ¿a que sí?

—Me he enterado de que hay una costurera nueva en el pueblo —contestó Tilly.

El sargento Farrat se encogió de hombros.

—Dudo que haya viajado mucho o se haya formado con maestros sofisticados. —Bajó la mirada hacia el reluciente traje verde—. Pero bueno, lo veremos… en el festival para recaudar fondos.

Volvió a mirarla a la cara, expectante, pero Tilly se limitó a arquear una ceja. El sargento Farrat retomó la palabra.

—Lo ha organizado el Club Social, habrá una gincana y una partida de bridge durante el día. Con refrigerios, por supuesto... Y un espectáculo, con recital de poesía y música. Los de Winyerp e Itheca también participan... Además, darán premios. Sale en el periódico de esta semana, y está anunciado en el escaparate de Pratt.

Tilly alargó la mano para tocar la pedrería del traje de luces. Sonrió. El sargento Farrat sonrió de oreja a oreja al verla.

—Sabía que darle un poco a la aguja serviría para alegrarte el ánimo.

Se sentó en el sillón viejo junto al fuego, se recostó y apoyó las manoletinas de piel en la caja de madera de Teddy.

—Sí —contestó ella.

Y se preguntó cómo reaccionarían sus maestros de París (Balmain, Balenciaga, Dior) al ver al sargento Farrat desfilando por la pasarela radiante con su traje de luces verde, igual que un torero.

—¿Ha dicho un recital de poesía y música?

Tilly bebió un áspero trago de whisky.

—Muy cultural —dijo el sargento.

22

William se había desplomado en una tumbona destartalada situada en lo que ahora recibía el nombre de «el patio trasero», hasta entonces llamado «el porche». Su mujer, embarazadísima, estaba sentada dentro de casa, limándose las uñas, con el teléfono aprisionado entre los pliegues rollizos de las mejillas y el hombro.

—… Bueno, hoy le he dicho a Elsbeth que no habrá manera de recuperar las prendas que nos tenía que arreglar. La locura es hereditaria, ¿sabes?… Seguro que Molly mató a alguien antes de venir aquí, así que Dios sabe qué tramarán en ese cuchitril de la colina… Beula la ha visto ordeñando la vaca y se escabulle hasta el arroyo para robar ramas caídas, como una pordiosera, ¡en pleno día! No parece que tenga ni pizca de remordimientos, ¡qué va! Elsbeth y yo decíamos el otro día, menos mal que tenemos a Una…

—Sí —murmuró William—, lo más importante.

Alargó la mano por debajo del asiento para coger la botella de whisky. Vertió un chorro generoso en el vaso ancho, se lo acercó a un ojo y observó los saltos de los caballos en el prado delantero a través del líquido ambarino. Dentro, su mujer seguía hablando.

—Cogeré el talonario de cheques de William, pero de verdad, creo que no debería encargarme un vestuario nuevo hasta que el niño... Tengo que dejarte, acaba de llegar Lesley con el coche. Nos vemos allí.

William esperó hasta que cesó el taconeo apresurado y la puerta principal dio un portazo. Suspiró, apuró el whisky, llenó otra vez el vaso, dio unos golpecitos con la pipa contra el reposabrazos de madera y alargó el brazo para coger el tabaco.

Una Pleasance apareció en la puerta principal de Marigold con un vestido acampanado de color azul marino con zapatillas a juego que llevaban un lacito de rayas encima de los dedos.

—Por favor, quítense los zapatos —dijo Marigold a los invitados que acababan de llegar antes de que pisaran su suelo blanco y reluciente.

Beula cruzó el recibidor, echó un vistazo a las fotos, buscó polvo en los zócalos o en los marcos de los cuadros.

—Qué mueble tan curioso —dijo.

Y abrió el cajón de arriba.

—Es antiguo... De mi abuela —contestó Marigold, preocupada porque Beula podía dejar huellas en la superficie pulida.

—Yo tiré todos los trastos viejos de mi abuela —dijo Beula.

Justo en ese momento Lois entró con paso torpe empujando la silla de ruedas de la señora Almanac: llevaba colgantes en las ruedas y restos de aceite en el eje. Marigold se estremeció y corrió a su habitación, agarró un saquito de polvos Bex, echó hacia atrás la cabeza y abrió la boca. Hizo una mueca cuando los polvitos se desprendieron de su cuna de papel y le llegaron a la lengua. Luego alargó la mano para coger la botella de tónico que tenía en la mesita de noche, desenroscó la tapa y bebió. Justo entonces, Beula irrumpió en el dormitorio.

—Ay, son los nervios otra vez, ¿verdad? —le preguntó.

Sonrió y se retiró. Marigold se llevó la mano a la erupción del cuello y dio otro trago largo. Después se puso sobre la lengua dos pastillas de óxido de estaño, como medida preventiva. En el salón, Beula eligió la silla del rincón para tener la mejor vista y se sentó con la barbilla hacia abajo, los brazos cruzados por encima de la blusa blanca y las escuálidas piernas tapadas con la mantita. El resto de las señoras se sentaron en sillas de la salita cubiertas por plásticos y bebieron el té en tazas que sabían ligeramente a amoníaco. Rechazaron con educación las pastitas de té de mantequilla. Cuando Lois aterrizó en el sofá junto a Ruth Dimm, a esta le llegó una nube de aire rancio, así que Ruth se tapó la nariz con el pañuelo y se desplazó para colocarse más cerca de la puerta. Después, Muriel Pratt causó un revuelo, al presentarse con un vestido que había hecho «esa bruja…, solo para enseñarle a Una a qué estamos acostumbradas», le dijo a la nueva costurera, que miró con atención la prenda y acto seguido se colocó junto a su colección.

Para la inauguración de Le Salon, Una había llevado una muestra de su obra. En un rincón había un maniquí con un vestido floreado de campesina de hilo de algodón con botones de arriba abajo, un volantito en el cuello y mangas cortas ahuecadas. El maniquí llevaba mocasines mexicanos de vinilo a conjunto y un sombrerito de paja. Era un atuendo recién sacado de la típica sección para «señoras no muy delgadas».

Cuando llegó Purl, soltó un bizcocho hundido encima de la mesa.

—Buenos días —saludó.

Entonces se volvió hacia Una y la repasó de arriba abajo.

—Si se cansa de Evan o Marigold, venga a acampar en el pub.

Se encendió un Turf con filtro y, mientras peinaba la sala en busca de un cenicero, vio por casualidad el maniquí en el rincón.

—Es uno de los primeros vestidos que hizo en la escuela de costura, ¿verdad? —preguntó con interés.

Beula se dirigió a los Beaumont, que se habían apiñado y permanecían junto a la ventana, igual que una lúgubre foto de bodas de 1893.

—Ostras, estás inmensa, Ger, quiero decir, Trudy —comentó en voz alta—. ¿Qué día exacto sales de cuentas?

Mona volvió a ofrecer el plato con las pastas a las mujeres. Al cabo de un momento todas tenían el platito rebosante de porciones de bizcocho de limón, chocolate con almendras, pastas de té de canela y bizcochitos de nata y coco de color rosado, y se limpiaban las migajas y las virutas de coco de la pechera.

Cuando Marigold entró sofocada y temblando en la sala abarrotada de gente, Mona le tendió una taza de té con un bollito de nata en el plato. Nancy entró por la puerta detrás de Marigold y se tropezó con ella. Por culpa del empujón, mandó la taza y el plato directos a la alfombra, que se manchó de té. A Marigold le dio un soponcio y se desmayó, y su cara acabó en el charquito de té, con las dos montañitas gelatinosas de nata al lado de las orejas. Las mujeres, floreadas y escandalosas como gallinas, la ayudaron a meterse en la cama, y cuando por fin regresaron, Elsbeth se acercó a la mesa, dio una sonora palmada y empezó con la presentación oficial:

—Damos la bienvenida a Una a Dungatar y nos gustaría decir que...

En ese momento, Trudy irrumpió como un elefante en una cacharrería y se dobló hacia delante. Se oyó un ruido similar a una bolsa de agua al romperse. Un líquido rosa y caliente fluyó por entre las faldas y se oscureció un círculo en la alfombra entre sus pies. La barriga le daba latigazos como si el mismo demonio le rasgara el vientre con su tridente de fuego. Se dobló aún más, hasta quedar a cuatro patas sin parar de chillar. Purl se terminó el té de un trago, cogió el bizcocho y se marchó a toda prisa. Lesley se desmayó y Lois lo agarró por los tobillos para arrastrarlo fuera. Mona observaba a su cuñada, que empezaba a ponerse de parto a sus pies. Se llevó la mano a la boca y corrió al jardín para contener las arcadas.

Elsbeth se puso roja como un pimiento.

—¡Llamad al médico! —chilló.

—No tenemos médico —dijo Beula.

—¡Pues llamad a quien sea! —Se arrodilló junto a Trudy—. Deja de montar el numerito.

Trudy saltó otro alarido.

—¡CÁLLATE, niñata verdulera! No es para tanto, solo vas a dar a luz —chilló Elsbeth.

Lesley estaba tumbado boca arriba en el césped, mientras Lois le daba con la manguera. Le barrió el bisoñé con el chorro de agua y se quedó tirado en la hierba como un escroto olvidado, junto a la cabeza calva. A Mona se le caló el Triumph Gloria tres veces antes de conseguir abalanzarse contra el retazo de terreno, se llevó por delante la verja de la casa de Marigold y se alejó con el motor atronando y el freno de mano a punto de estallar. Por el camino perdió el guardabarros delantero, que quedó colgando de un pelado poste de la verja. Justo en ese momento, Purl dobló corriendo la esquina y exclamó:

—¡Ya viene, ya viene!

Lois avisó a Una.

—Ya viene.

Y Una avisó a Elsbeth.

—Ya viene.

Trudy aulló y gimió.

—¡Deja de gritar! —chilló Elsbeth con voz de pito.

Con los dientes apretados y entre una contracción y otra, Trudy gruñó:

—¡Todo es por culpa de tu hijo, vieja bruja! ¡Ahora apártate de mí o le contaré a todos cómo eres en realidad!

Cuando llevaba veinte minutos de parto, la alegre y jubilosa Felicity-Joy Elsbeth Beaumont salió despedida de las caderas hirsutas y pringosas de su madre para ver la luz de una tarde soleada y aterrizó justo al lado de las toallas esterilizadas de Marigold, con la dudosa ayuda del señor Almanac, que estaba de pie y a una distancia prudencial.

Beula Harridene se acercó a Lois.

—Solo lleva casada ocho meses.

Cuando Evan llegó a casa esa noche, se encontró la parcela devastada, la verja de entrada destrozada, todas las puertas y ventanas abiertas y un olor muy peculiar extendido por la casa. Había una mancha grande en la alfombra y, en medio de ella, una pila de toallas acartonadas. Encima de las toallas había un pedazo de placenta gelatinosa ya medio seca, como un hígado macerado. Marigold, aún vestida de calle, estaba inconsciente en la cama.

23

Tres mujeres de Winyerp se detuvieron junto a los postes de entrada al terreno de Tilly, con diminutas cenizas del vertedero, que aún ardía, aposentadas en el sombrero y en los hombros. Admiraban el jardín. La glicinia estaba en plena floración, de la fachada colgaban ramilletes violetas como péndulos. Gruesas hebras de mirto reptaban por la esquina, atravesaban el arbusto de glicinia y cruzaban el porche, para cubrir los maderos del suelo con sus brillantes hojas verdes y sus relucientes flores blancas. Las trompetas de rododendro rojo, blanco y azul trepaban por las paredes, y unas adelfas inmensas (de color cereza y carmín) guardaban ambos laterales de la casa. Unos arbustos de dafne con flores rosadas salpicaban la entrada y las dedaleras ondeaban igual que los pañuelos de los viajeros cuando se despiden desde la cubierta de un barco. Las hortensias, los jazmines y las espuelas de caballero se arracimaban como nubes prietas alrededor del pozo y una espesa alfombra de lirios del valle se extendía por la zona sombría. Plantas de caléndula, acuclilladas como atentos centinelas, marcaban el límite en el que en otro tiempo hubo una valla. El aire se notaba denso, porque el dulce aroma del jardín se mezclaba con el humo acre y el hedor de la basura que ardía en el vertedero. En dirección sur había un huerto: las relucientes hojas de espinaca verdes y blancas crujían al toparse unas con otras mecidas por la brisa, mientras que las despeinadas puntas de las zanahorias se doblaban encima de los pálidos y rígidos tallos de los ajos y las cebollas, y unos manojos de ruibarbo se zarandeaban y chocaban contra el aligustre, que delimitaba todo el huerto. Unos arbustos de hierbas aromáticas reseguían por fuera el límite del seto de aligustre.

Molly abrió la puerta.

—Menudo puñado de vejestorios ha subido la birria de colina para pisarnos el jardín —soltó.

Tilly salió detrás de ella.

—¿En qué puedo ayudarlas?

—Tiene el jardín… —dijo una de las mujeres de más edad—. Vaya, si todavía no ha llegado la primavera.

—Pero casi —contestó Tilly—. La ceniza va muy bien, y aquí arriba da mucho el sol.

Una mujer guapa con un bebé apoyado en la cadera se dio la vuelta para observar el vertedero.

—¿Por qué no hace algo el ayuntamiento para que no suba el humo?

—Quieren ahuyentarnos con el fuego —dijo Molly—. Pero no lo conseguirán. Estamos acostumbradas a que nos traten mal.

—Perdonen, ¿qué querían? —preguntó Tilly.

—Nos preguntábamos si todavía cose.

—Sí que cosemos —contestó Molly—, pero tendrán que pagar.

Tilly sonrió y le tapó la boca a su madre.

—¿Qué idea tenían?

—Bueno, un vestido para un bautizo…

—Algo de diario…

—… un vestido de fiesta estaría bien, si usted, eh, si fuera posible.

Molly apartó la mano de su hija y sacó una cinta métrica de debajo de las mantas.

—Sí… Ahora quítense la ropa.

Una vez más, Molly se despertó con el sonido de las tijeras dentadas que rasgaban la tela sobre la mesa de madera, y cuando llegó a la cocina no tenía la avena del desayuno esperándola, sino a Tilly inclinada sobre la máquina de coser. En el suelo, junto a sus pies, había retales y restos de velvetón satinado, crepé de lana y lana rizada, falla de seda, tafetán de seda rosado y verde, todo perfecto para decorar su silla de ruedas. La modesta casa retumbaba con el zumbido del motor y el traqueteo de la Singer, unidos a las tijeras que repicaban contra la mesa cuando Tilly las soltaba.

Un día, a última hora de la tarde, Molly se sentó en el porche a contemplar el sol, que desplegaba sus últimos rayos. Apenas un segundo después de que el último tentáculo de luz desapareciera en el horizonte, una mujer flaca apareció por La Colina y se dirigió a Molly, cargada con dos maletas. Molly escudriñó el definido pico de viuda del pelo de la mujer, la peca que lucía justo encima del oscuro carmín de labios. La ceniza se le pegaba a las puntas de los pezones puntiagudos que le rozaban el jersey, y al andar, la falda de tubo se le estiraba, muy ajustada, sobre los huesos de las caderas. Por fin, abrió la boca.

—¿Está Tilly?

—Conoce a Tilly, ¿eh?

—En realidad, no.

—Pero ¿le han hablado de ella?

—Podría decirse así.

—Me lo imaginaba. —Molly giró la silla de ruedas para quedar frente a la puerta mosquitera—. ¡Tilly! Gloria Swanson ha venido para quedarse —gritó.

Una se llevó la mano a la garganta y puso cara de asustada. La luz del porche parpadeaba.

—Hace unos meses vimos *El crepúsculo de los dioses* —aclaró Tilly desde detrás de la puerta mosquitera.

Llevaba un paño de cocina sobre un hombro y un pasapurés en las manos.

—Soy Una Pleasance —dijo la mujer.

Tilly no dijo nada.

—Soy la…

—Sí —contestó Tilly.

—Iré directa al grano. Me temo que estoy saturada y necesito que cosa para mí.

—¿Que yo cosa?

Una tomó aire.

—Se trata sobre todo de arreglos: dobladillos, cremalleras, pinzas que hay que modificar. Todo muy fácil.

—Bueno, pues creo que se ha confundido —dijo Tilly—. Soy una modista cualificada con nociones de corte y confección. Lo que usted necesita es alguien mañoso con aguja e hilo.

Cerró la puerta.

—Le pagaré —insistió Una.

Sin embargo, Tilly ya se había ido y Una se quedó plantada en el porche, iluminada por la luz amarilla del foco y acompañada de unas cuantas polillas, el canto de los grillos y el croar de las ranas.

—Vaya —dijo Molly, y le sonrió de oreja a oreja—. Qué bien lo hace. En la película también quedaba muy convincente: esa manera de abrir los ojos, enseñar los dientes y doblar el labio de arriba. Le sienta bien.

* * *

La señora Flynt, de Winyerp, estaba delante del espejo de Tilly, admirando su conjunto nuevo: un mono de satén de seda con ramilletes de rosas estampadas.

—Es tan…, ay, me encanta. Es maravilloso —dijo—. Sí, sí, maravilloso. Seguro que nadie se atreve a ponerse un mono como este.

—Le sienta bien —dijo Tilly—. Me he enterado de que habrá un espectáculo.

—Sí —dijo la señora Flynt—. Poesía y música. La señora Beaumont ha dado clases de elocución a las demás: quiere presumir. También está convencida de que nos ganarán al bridge.

—No hay mejor defensa que el ataque —dijo Tilly—. Debería retarla también a cantar y bailar.

—A nosotras tampoco se nos da muy bien, me temo.

—Entonces, ¿por qué no proponen una obra de teatro? La mejor actriz, la mejor escenografía, el mejor vestuario… —le insinuó Tilly.

A la señora Flynt se le iluminó el rostro.

—Una obra.

Abrió el monedero para pagarle. Tilly le dio la factura.

—Montar obras de teatro es muy divertido. Sacan lo mejor y lo peor de las personas, ¿no le parece?

* * *

Purl sacó su lado más comprensivo y escuchó las penas del cliente. Le dio unas palmaditas a William en la muñeca.

—Es horroroso —dijo William—. No sabía que iba a ser así. Huele a leche agria y hay secreciones resecas de color rosa por toda la cama. La niña es fofa y viscosa, me siento tan… solo. Quería un hijo.

—A lo mejor cuando crezca es igual que su abuelo… Por parte de padre, me refiero, vaya, como tu padre, ¿eh, William? —dijo Purl.

William levantó la cabeza del paño de la barra e intentó fijar la mirada en la camarera.

—Conocías bien a mi padre, ¿verdad? —le preguntó.

—Desde luego que sí.

Fred y los borrachos del fondo de la barra asintieron. Desde luego que lo había conocido bien.

—Tampoco era muy buen padre —dijo William.

Los hombres de la barra negaron con la cabeza. Vieron cómo William se pulía un vaso de cerveza tras otro hasta que al final volvió a mirar a los ojos a Purl.

—Eso no es todo —dijo.

—¿Qué pasa?

William le indicó con el dedo que se acercara y cuando Purl se inclinó hacia delante, le susurró pero en voz muy alta pegando los labios al pendiente.

—En el fondo, no quiero a mi mujer.

—Vaya —dijo Purl, y le dio otra palmadita en la mano—. No eres el único.

Los hombres de la barra asintieron.

—¡Dios mío! —suplicó.

Los hombres tuvieron la delicadeza de mirar hacia la ventana y le pidieron a Fred que le llevara a William de su parte más tabaco y otra cerveza.

24

Marigold no estaba en el patio delantero, así que Lois caminó de puntillas hasta la puerta y llamó sutilmente con los nudillos.

—¿Tienes cita?

Lois dio un respingo. Marigold se había materializado delante de ella con una bata de color azul y unas rodilleras sujetas con gomas a las piernas, un gorro de ducha en la cabeza y guantes de lona hasta el codo. Un pañuelo le tapaba la nariz como a los forajidos de antes, y llevaba en la mano una lata de cera para abrillantar y un trapo grasiento.

—¿Has concertado cita? —preguntó.

—Sí.

—¿Es algo de terciopelo?

—No —contestó Lois—. Vengo a probarme... ¿No te lo ha dicho?

—Entonces, ¿ya está cortado el vestido?

—Solo le hacen falta unos retoques.

—Mientras no sea terciopelo... Los pelillos se meten por todas partes. Me pone frenética cuando corta terciopelo o lino. Se ven los hilillos flotando.

Lois se mordió las uñas.

—Bueno, será mejor que entres, pero no te olvides de quitarte los zapatos: acabo de pasar la aspiradora. Y camina por el borde de la alfombra de la entrada, porque se está desgastando la parte central. He tenido que subirle el alquiler.

«Lo que significa que los precios de la ropa volverán a subir», pensó Lois.

Marigold sacó un pañuelo limpio del bolsillo y lo colocó encima del pomo antes de abrir la puerta. Luego observó a Lois mientras caminaba pegada a la pared hasta llegar al cuarto de Una, donde llamó con los nudillos también con delicadeza. Una abrió una rendija la puerta y asomó la cabeza.

—¿Dónde está? —preguntó.

—Abrillantando el porche.

Una apartó la mirada mientras Lois se ponía el vestido nuevo. Tenía un corpiño ceñido, la cintura caída y un alegre plisado en acordeón. Cuando Una volvió a mirarla, los ojos se le inundaron de lágrimas y se mordió el labio inferior. El vestido le tiraba por los hombros y el cuello formaba una bolsa, el cuerpo se le arrugaba donde deberían haber estado los pechos, la cintura le tiraba demasiado y le marcaba el estómago, de modo que se alisaban los pliegues del plisado, y el dobladillo se le subía por encima de las rodillas.

—Le favorece —dijo Una—. Serán diez chelines.

Evan esperaba detrás de un árbol pimentero que había junto a la casa. Lois, con el vestido nuevo cuidadosamente doblado por encima del brazo, se detuvo en el jardín, donde Marigold estaba quitando las hojas del camino a manguerazos. Entonces llegó Beula y se paró a hablar con ellas. Mientras las mujeres cotilleaban, Evan se coló por la puerta de atrás y entró de puntillas en la habitación de Una. Estaba sentada en la silla, esperando a que Evan se arrodillase a toda prisa delante de ella. La tomó de las manos, le besó las yemas de los dedos, luego las palmas de las manos, y siguió subiendo hasta el cuello. Una se reclinó en la silla y Evan continuó besándole las mejillas y llegó a los labios, para darle un contundente beso en la boca. Una abrió los muslos y se desabrochó la blusa.

—Rápido —dijo entre jadeos, y se subió la falda hasta la cintura.

Evan se agarró el miembro con las manos y avanzó hacia ella de rodillas, apuntando.

Se oyó un repentino y sonoro «suuup» cuando el chorro de agua de la manguera se descontroló y fue a parar contra el cristal de la ventana. Una dio un respingo y se sentó bien, juntando de golpe las piernas, con lo que atrapó los testículos de Evan y los aplastó tanto que se descargaron, dejando el escroto fofo y vacío. Él se dobló por la cintura, como si fuera papel de aluminio doblado por la mitad, y su frente golpeó como un peso muerto la de Una. Ambos se llevaron las manos a la frente y gritaron en silencio. Después Evan se tumbó y se quedó un rato así, mirando las finas hebras y el flujo blanquecino sobre la alfombra, se le había puesto la cara amoratada y estaba mareado. Notó su poderoso pene, que se desinflaba hasta convertirse en una pesada masa informe.

Fuera, Marigold estaba plantada en el césped delantero y pasaba la manguera de derecha a izquierda, de derecha a izquierda, por toda la superficie polvorienta del cristal.

Esa noche, un año después de que Teddy McSwiney encontrara la muerte, Lois subió a trompicones por La Colina y aporreó la puerta de atrás mientras llamaba a Tilly y a Molly con despreocupación, como si se hubieran visto el día anterior. Tilly abrió la puerta.

—Tengo que reconocer, Til —le dijo mientras entraba en la cocina—, que tienes un jardín precioso.

Dejó una bolsa y un sobre encima de la mesa. El sobre era de Irma Almanac, y cuando Tilly lo abrió asomó un billete de una libra, que cayó en la mesa.

—¿Tienes pastelitos de esos que le hacías? Vuelve a estar agarrotada, tiesa como una tabla y con unos dolores horrorosos. Ya sabes qué tienes que ponerle —dijo Lois, y guiñó un ojo.

—Hierbas —dijo Tilly—, y aceites aromáticos, de mi jardín.

—¿Tienes alguno hecho que pueda llevarme ya?

—Tendré que preparárselos.

Lois rebuscó en la bolsa y soltó un paquete de harina y media libra de mantequilla en la mesa. Luego se dirigió a la puerta.

—¿Le digo que se los llevarás mañana?

Al ver que Tilly dudaba, puso la mano en el pomo de la puerta y añadió:

—Si todavía tuviéramos a Ed McSwiney podríamos mandarlo de recadero, ¿eh?

Cerró la puerta con firmeza al salir.

La tarde siguiente, Tilly bajó La Colina, cruzó la calle mayor por detrás del ayuntamiento y paseó por la orilla del arroyo, blanda y llena de musgo, que quedaba detrás de la casa de Irma.

—Me alegro de verte —dijo Irma—, y no solo por los pastelillos.

Tilly encendió el hervidor y luego desmenuzó uno de los pastelillos en pedacitos que podían comerse de un bocado. Los dejó en un sitio desde el que Irma pudiera cogerlos con sus dedos hinchados.

—Echo tanto de menos poder salir de casa —dijo la mujer mientras masticaba—. Y en cuanto a la poca traza de Lois...

Comía despacio y masticaba a conciencia. Mientras Tilly preparaba una infusión, Lois irrumpió en la sala.

—Beula me ha dicho que estabas aquí —le dijo a Tilly.

Entonces se quitó la bata y se plantó delante de Tilly con su vestido plisado en acordeón de diez chelines.

—Tengo una reunión del grupo de teatro mañana —dijo—. Y necesito que me arregles esto. Estoy en un aprieto.

Tilly miraba el vestido con atención.

—No le diré al señor A que has venido, si me lo arreglas para mañana.

Tilly levantó una ceja.

—Date la vuelta —le mandó.

Lois se dio la vuelta.

—Algo podré hacer —dijo.

Lois aplaudió y empezó a quitarse el vestido.

—Entonces paso a recogerlo mañana.

—Tendrás que pagar —le advirtió entonces Tilly.

Irma dejó de masticar y miró de arriba abajo a Lois, petrificada con la falda subida por encima de la cabeza, con las mugrientas enaguas fruncidas sobre las rodillas, y las espinillas relucientes, de tono marrón pero con cicatrices azules de la viruela, que contrastaban con el suelo de linóleo.

—¿Cuánto?

—Depende de cuánto tarde —dijo Tilly.

Lois se quitó el vestido.

—Lo necesito antes de las cuatro.

—Pasa a buscarlo unos diez minutos antes —dijo Tilly, y recogió el fardo de tela plisada de color beige.

Esa noche se sentó junto al hogaril, le cosió unas pinzas en el cuello y soltó las costuras del talle. Luego descosió la falda y volvió a coserla otra vez, colocando la pieza delantera por detrás y la pieza de detrás por delante.

* * *

Una, Muriel, Trudy y Elsbeth observaban a las forasteras por detrás de la cortina. Las autoridades de la Asociación Dramática de Winyerp y de Itheca se bajaron de los automóviles y se detuvieron a admirar la finca y los alrededores. Parecían un grupo de esposas de aristócratas europeas que se hubieran perdido sin saber cómo. Una mujer con aspecto de estatua y el pelo a lo Veronica Lake llevaba un top de punto de estilo palabra de honor con un fular cuidadosamente atado al cuello como una gargantilla, y una falda de organza de seda con estampado de flores. Otra mujer lucía una falda entallada con un volante bajo asimétrico y una blusa de cuello de polo, y también había una falda de trompeta (atuendo de tarde) de falla de seda negra. Una jovencita pechugona llevaba unos pantalones anchos y una camiseta con un escote de ojo de cerradura y las puntas unidas. Incluso había una mujer con mono. Las mujeres del comité del Club Social de Dungatar se alisaron las faldas de vuelo largas de los vestidos veraniegos de algodón que les había confeccionado Una para la ocasión y fruncieron el ceño.

Elsbeth respiró hondo y abrió la puerta principal de par en par. Las exageradas presentaciones a voz en grito llenaron el espacio y el comité de Dungatar les dio la bienvenida con una sonrisa, entre grititos, suspiros y muestras de alegría. William las oyó en la habitación infantil en la que Felicity-Joy balbuceaba en el moisés, babeando e intentando tocarse los pies. William hundió los puños hasta el fondo de los bolsillos de las bermudas de loneta y dio una patada al zócalo. Luego apoyó la cabeza contra la pared y se dio unos golpecitos.

Llegaron Lesley y Mona. Mona tenía un aspecto fresco y veraniego gracias al alegre vestido de florecitas amarillas con la parte de arriba cruzada y la falda de pinzas: una creación de Tilly.

Las invitadas se sentaron en el sofá de piel nuevo del salón y empezaron a charlar. En esas, Lois entró por la puerta con un carrito para el té, en el que retemblaban las tazas y las cucharillas.

—Gracias —dijo Elsbeth en su voz más cortante para que Lois se marchara, pero esta se quedó.

—Hola —dijo la chica, y sonrió y asintió con la cabeza para saludar a las visitas—. Vaya, están ustedes muy guapas con esos trajes tan elegantes.

—Gracias —contestaron a coro las señoras.

—¡Yo también llevo un vestido nuevo! —exclamó con una sonrisa de oreja a oreja, y señaló a Una con la cabeza—. Me lo ha hecho la modista del pueblo.

Lois separó los brazos y dio una vuelta lenta.

—Voy a buscar los canapés —dijo—. Son de pepino, muy ligeros, ¿eh?

Mientras caminaba hacia la cocina, el plisado de acordeón subía y bajaba a la altura de las caderas planas y, como la costura se levantaba escandalosamente en el centro, las señoras vieron las puntillas con las que terminaban las enaguas y la carne de la parte posterior de la rodilla, que retemblaba como el culito de un bebé.

Una palideció y Elsbeth pidió permiso para ausentarse. Siguió a Lois a la cocina. Al cabo de un momento, la puerta de atrás dio un portazo y Elsbeth regresó al salón para comentar con calma el programa del espectáculo.

—Tenemos una idea —dijo la señora Flynt.

Elsbeth parpadeó varias veces mientras las miraba.

—¿Una idea?

—Un *eisteddfod* de teatro y poesía —dijo la señora Flynt—. Sí, ¡un festival dramático! Podemos hacer un concurso de teatro y valorar la elocución y todo lo demás, ¿no?

Elsbeth se tensó. Trudy parecía asustada.

—¿Qué es un *eisteddfod*? —preguntó Mona.

—¿Quieren que se lo explique? —preguntó la señora Flynt con elegancia.

—Si es tan amable —dijo Muriel.

Acordaron que el salón de actos de Winyerp era el local más adecuado. Darían trofeos al mejor actor, a la mejor actriz, a la mejor obra de teatro y al mejor vestuario… La mano de Elsbeth se desplazó nerviosa hacia el broche de marcasita y Trudy carraspeó.

—Supongo que le encargaremos a Una que nos haga los nuestros… —dijo Muriel.

La señora Flynt, de Itheca, se dio una palmada en la rodilla.

—¡Espléndido! Porque nosotras queremos a su Tilly —comentó.

—¡No! —exclamó Trudy, y se puso de pie.

El bajo de la falda se le enganchó en el tacón de las sandalias y la falda de vuelo se le soltó de la cintura, igual que el papel encerado que se desprende de una tarta caliente, dejando al descubierto la enagua de nailon de color blanco roto.

—Es nuestra. He hablado con Myrtle Dunnage. Es más, esta misma mañana —mintió.

—Pues entonces, podría pedirle que le arreglase la falda —contestó la señora Flynt—. Ya no hacen las cosas como antes, ¿verdad?

25

Hamish le entregó el billete de ida deslizándolo por el resbaladizo mostrador de piel a la «señorita Estirada», como la llamaba Faith. La señorita Estirada cogió el billete con las uñas, se dio la vuelta sin decir ni una palabra y se dirigió al fondo del andén para mirar en dirección a las vías, hacia el sol de atardecer, con las maletas alrededor de las piernas.

El jefe de estación se acercó a los Beaumont. Comprobó la hora y se retorció las puntas de los bigotes.

—Esta noche toca un tren de vapor, de clase R, tipo 4-6-4. Lo llaman «Hudson», llega siempre puntual, por supuesto. Será un viaje fabuloso —comentó.

—Sí —dijo William, y se balanceó sobre los talones.

Hamish paseó sin prisa por el andén hacia las palancas de la señalización. William caminó hasta Una y le dijo:

—Es un tren de vapor, de clase R, se llama «Hudson» y también es puntual. El viaje debería ser cómodo.

Dio una calada a la pipa y regresó con su familia.

Hamish volvió al extremo del andén y sacó la bandera, con el silbato entre los dientes.

A Una se le formó una lágrima, que resbaló por su mejilla y

cayó entre los puntos del pañuelo de rayón que llevaba atado a la garganta.

* * *

Evan Pettyman se plantó delante de la cama de su mujer y con cuidado vertió un espeso jarabe en una cucharilla.

—Creo que esta noche necesito dos cucharaditas, Evan —dijo Marigold.

—¿Crees que con dos bastará, queridísima? El señor Almanac dijo que podrías tomar tanto como necesitaras, ¿te acuerdas?

—Sí, Evan —dijo Marigold.

Vertió otra cucharadita y luego ahuecó los almohadones, recolocó la foto de Stewart y ajustó la sábana y la colcha para arroparla bien. Marigold cruzó las manos por delante de las costillas y cerró los ojos.

—Marigold, pronto tendré que ir a Melbourne. Solo unos días —anunció Evan.

—¿Por qué?

—Por asuntos del condado, muy importantes.

—Estaré sola por las noches…

—Le pediré a Nancy que te pase a ver.

—No me cae bien.

—Pues le pediré al sargento Farrat que pase, o a alguien…

—Qué importante eres, Evan —murmuró Marigold.

Al cabo de un momento se le quedó la boca abierta y su respiración se volvió pausada, rítmica, así que Evan la dejó sola. Se encerró en el despacho y cogió una foto de Una que guardaba en la caja fuerte. La dejó encima del escritorio, se reclinó en la silla de piel, se aflojó el cordón del pantalón del pijama y metió la mano.

26

Tilly estaba soñando. Pablo se acercaba y se sentaba encima de la cama con el pañal, tenía el vello de su cabecita perfectamente redonda rodeado de un halo de luz. Miraba a su madre y se reía, con babas en la boca, y enseñaba dos dientes cortos y romos. Balanceó los brazos rechonchos y Tilly alargó los suyos hacia él, pero el niño se abrazó la barriga y se puso serio. Frunció el entrecejo, aturdido. Era la misma expresión que había puesto el día que había oído el sonido nuevo; el ruido de chocolate líquido que salía del oboe de un músico callejero. Lo llevaba apoyado en la cadera cuando el niño había vuelto sus claros ojos azules con mirada maravillada y se había tocado la oreja, por donde el sonido había entrado hasta el lateral de la cabeza. Su madre le había señalado el oboe y él lo había entendido y había aplaudido.

Tilly volvió a alargar los brazos hacia él, pero el niño negó con la cabeza —no— y el corazón cantarín de la madre cayó a plomo.

—Tengo que decirte algo —dijo el niño con voz de anciano.

—¿El qué?

Se desvaneció, Tilly lloró, pero se alejaba de ella demasiado rápido. El pequeño Pablo bajó la mirada hacia ella.

—Madre —le dijo.

Era de día, el sol entraba por la ventana y le daba en la cara, así que se levantó y fue a buscar a su madre. Molly estaba sentada, muy erguida, en la silla de ruedas junto al hogaril, ya vestida y peinada. Había reavivado el fuego y tiraba con delicadeza de los hilos de fibra y de los retales de tela que colgaban de los reposabrazos y los arrojaba a las llamas. Los cojines duros y brillantes por el uso que normalmente se embutía debajo de los muslos y detrás de la espalda ya no estaban. Unos huevos hervidos ya estropeados, unas servilletas atadas formando hatillos y unos muslos de pollo alimentaron las llamas doradas y se fundieron, convertidos en brasas. Molly dejó la tarea y levantó la mirada hacia su hija.

—Buenos días, Myrtle —le dijo en voz baja.

Tilly se detuvo junto al hogaril con el hervidor en la mano para mirar a su madre, asombrada. Cogió un puñado de limoncillo y se quedó mirando cómo los pedacitos con aroma cítrico flotaban en el agua caliente de su taza. Entonces, Molly retomó la palabra.

—Anoche tuve un sueño —le dijo—. Soñé con un niño pequeño. Un bebé blando y rechoncho con hoyuelos en las rodillas y en los codos, y dos dientes perfectos. —La anciana escudriñó a Tilly—. Era tu hijo.

Tilly apartó la cara.

—Yo también perdí a una hija —dijo Molly—. Perdí a mi niñita.

Tilly se sentó en la silla de Teddy y miró a su madre.

—Trabajaba en París —dijo la joven con la voz entrecortada—. Tenía mi propio negocio y muchos clientes y amigos, un novio, mi pareja… Se llamaba Ormond, era inglés. Tuvimos un hijo, mi hijo, y lo llamamos Pablo, solo porque nos gustó el nombre. Íbamos a traerlo para que lo conocieras y luego pensábamos llevarte con nosotros. Pero cuando Pablo tenía siete meses lo encontré una mañana en la cuna... Muerto.

Tilly se detuvo y respiró hondo. Solo había contado esa historia una vez más, a Teddy.

—Murió, murió sin más. Ormond no lo entendía, me culpó y yo no pude perdonárselo... Pero los médicos dijeron que debía de haber sido un virus, aunque no estaba enfermo. Ormond me abandonó, por eso tuve que volver a casa... Ya no tenía nada, todo me parecía inútil y cruel. Decidí que por lo menos podría ayudar a mi madre. —Volvió a callarse y dio un sorbo a la infusión—. Me di cuenta de que todavía me quedaba algo aquí. Pensé que a lo mejor podía vivir en el pueblo, pensé que aquí ya no podría hacer nada malo, así que haría algo bueno. —Miró las llamas—. No es justo.

Molly alargó las manos y dio unas palmaditas en los hombros a su hija con las manos suaves.

—No es justo, pero podrías no haber salido nunca de este sitio, podrías haberte quedado aquí escondida conmigo, en lo alto de esta colina, si no te hubieran mandado a otro sitio, lejos de mí, y todavía te queda tiempo por delante.

—No ha sido justo para ti.

—Supongo. Era soltera cuando tu pa... Bueno, era una ingenua. Pero no me importa, el caso es que acabé teniéndote. Y pensar que estuve a punto de casarme con ese hombre, tu «padre». ¡Podríamos haber tenido que cargar con él también! Nunca te he dicho quién e...

—No hace falta —dijo Tilly—. La señorita Dimm me lo contó en primaria. Al principio no me lo creí, pero luego, cuando Stewy…

Molly tembló.

—No estaba dispuesta a separarme de mi hija, así que tuve que dejar mi hogar y a mis padres. Fue a buscarme y me utilizó. No tenía dinero, ni trabajo, y tenía una hija ilegítima que mantener. Él nos financiaba… —Molly suspiró—. Luego, cuando él ya no pudo tener a su hijo, hizo que yo no pudiera tenerte a ti. —Molly se secó las lágrimas de los ojos y miró a Tilly a la cara—. Me volví loca de pena por ti, perdí a la única amiga que tenía, lo único que tenía, pero con los años mantuve la esperanza de que no volvieras a este sitio horrendo. —Se miró las manos, que tenía apoyadas en el regazo—. A veces las cosas no parecen justas, nada más.

—¿Por qué no te has marchado nunca?

Su madre contestó en voz baja:

—No tenía adónde ir.

Y miró a Tilly con amor desde su rostro suave y viejo, con los pómulos altos y la piel clara y arrugada.

—Él no dejaba que me contaran dónde estabas. Nunca supe dónde estabas.

—¿Me esperaste?

—Se te llevaron en un coche de policía, y eso es todo lo que supe de ti.

Tilly se puso de rodillas delante de su madre y enterró la cara en su regazo, y Molly le acarició la cabeza con cariño. Las dos lloraron. Lo siento, lo siento mucho, se dijeron la una a la otra.

Por la tarde, Molly se cayó. Tilly estaba en el jardín, recogiendo saponaria para una ensalada, cuando oyó el chasquido del bastón de Molly al golpear los tablones del suelo. Tilly la tumbó con cuidado en el suelo, luego corrió como alma que lleva el diablo a la tienda de Pratt. Encontró al sargento Farrat en el mostrador de la mercería.

Volvió a correr a casa y se acuclilló junto a su madre, la consoló y le dio la mano, pero incluso respirar le suponía un esfuerzo, y el más leve movimiento hacía que se le torciera el gesto. Perdió el conocimiento y lo recuperó varias veces.

El sargento Farrat llevó al señor Almanac. Este se quedó de pie junto a Molly, que seguía tumbada con la espalda apoyada sobre las tablas del suelo de la cocina.

—Creo que se ha roto el fémur o algo al caerse —dijo Tilly—. Le duele una barbaridad.

—No se ha tropezado con la alfombra, conque habrá sido una embolia —dijo el señor Almanac—. No se puede hacer nada, salvo evitar que se mueva. Dios la ayudará.

—¿No puede darle algo para el dolor?

—No puedo hacer nada para curar una embolia.

El señor Almanac retrocedió un paso.

—Por favor, está sufriendo.

—No tardará en quedarse en coma —dijo—. Mañana ya habrá muerto.

Tilly se incorporó como un resorte y levantó las manos, con intención de empujarlo y mandarlo rodando y dándose golpes por la pendiente de La Colina para que acabara hecho picadillo, con cincuenta huesos rotos, pero el sargento Farrat la retuvo y la estrechó contra su cuerpo grandón y cálido. Le ayudó a llevar a la dolorida anciana a la cama. Molly aullaba de dolor y daba golpes contra todo para contraatacar a sus captores, pero sus puños apretados eran como una brisa suave que acariciaba el abrigo de lana del sargento Farrat. Después, el sargento se llevó en coche al señor Almanac.

Regresó con unas píldoras para Molly.

—He llamado al médico, pero está lejos de Winyerp, ha tenido que desplazarse treinta millas para atender un parto de nalgas.

Observó a Tilly mientras esta molía hojas de marihuana con un mortero y las vertía sobre miel hirviendo. Cuando se hubo enfriado la mezcla, se la echó en la lengua a Molly, para que le resbalara por la garganta. Se acuclilló junto a las matas de amapolas con una cuchilla de afeitar y una taza, pero las plantas estaban demasiado maduras y el líquido blanco no goteaba, así que el sargento y ella arrancaron las amapolas de la tierra y picaron las vainas de las semillas hasta que parecieron arenilla y luego las hirvieron en agua. Tilly colocó una cucharada de infusión de amapola en los finos labios de Molly, pero la mujer torció el gesto y sacudió la cabeza de un lado a otro.

—No —susurró—. No.

El sargento ayudó a Tilly a frotar la piel de papel de Molly con aceite de consuelda, le enjugó la frente fría con agua de diente de león y le limpió con agua salada la mucosidad de tono verdoso que se le acumulaba en el rabillo del ojo. La lavaron con una esponja y la perfumaron con polvos de lavanda. La cogieron de las manos mientras le cantaban himnos religiosos: «Sé mi guardián y mi guía, y escucha mis súplicas; no dejes que tropiece con los escollos del camino y sujétame fuerte para que no caiga».

Cerca del amanecer, Molly apartó las sábanas que cubrían su

pecho agitado y se aferró a ellas con fuerza. Tragaba aire por el seco agujero negro que era ahora su boca, un aire que le raspaba la garganta cada vez que entraba y salía, y cuando el sol amaneció por fin, se le agotaron las fuerzas. Ya solo le quedaba la respiración. Su cuerpo se había convertido en un bulto flácido e inmóvil en la cama, el pecho subía y baja, subía y bajaba con inspiraciones espaciadas y superficiales que respondían al impulso de toda una vida, pero al final el pecho bajó hasta hundirse y no volvió a subir. Tilly cogió de la mano a su madre hasta que dejó de estar caliente.

* * *

El sargento Farrat se despidió de ella y, cuando el sol estaba en lo alto del cielo, regresó con el enterrador y el médico de Winyerp. Al llegar, trajeron consigo el olor a whisky y antiséptico. Organizaron el funeral.

—El entierro será mañana —dijo el enterrador.

Tilly se quedó perpleja.

—¿Mañana?

—Normas de salubridad: el único sitio en el que pueden conservarse los cadáveres en el pueblo es en la cámara frigorífica de Reg, detrás de la tienda de Pratt —dijo el médico.

Tilly se sentó en el porche humeante hasta que se hizo de noche. De vez en cuando sentía temblores y una fiebre de tristeza le recorría el cuerpo. La ceniza del vertedero llegó volando y se asentó sobre su pelo, y las líneas de fuego del vertedero relucían en la oscuridad como una ciudad que estuviera a millas de distancia. Podía terminar de arreglar los asuntos pendientes, marcharse del pueblo, ir a Melbourne y aceptar el trabajo que le había ofrecido la viajera que la había visitado el otoño pasado.

Sin embargo, estaba el tema de las personas amargadas de Dungatar. A la luz de todo lo que habían hecho, y de lo que no habían hecho, y de lo que habían decidido no hacer… No debía dejarlas solas. Todavía no.

Algunas personas padecen más sufrimiento del que merecen, otras no. Se puso de pie en lo alto de La Colina y aulló, esperó como una bruja hasta que se encendieron las luces parpadeantes, como puntitos que relucían en las casas.

Se dirigió a la cámara frigorífica para la carne que había detrás del establecimiento de Pratt. Se quedó mirando el ataúd de su madre, una estampa lúgubre, una sombra en un lugar triste, igual que la presencia de Molly durante toda su vida.

—El sufrimiento ya no será nuestra maldición, Molly —le dijo—. Será nuestra venganza y nuestra motivación. Lo he convertido en mi catalizador y mi impulsor. Me parece justo, ¿no crees?

Llovió a cántaros toda la noche, mientras Tilly dormía con un sueño ligero en la cama de su madre. Fueron a verla, apenas un instante, y llenaron su corazón. Teddy la saludó con la mano y luego miró a Pablo, a quien Molly tenía en brazos, y todos sonrieron con una sonrisa de plata. Luego se marcharon.

IV

Brocado

Material opulento tejido con una combinación de hilos lisos y de seda para producir una textura asombrosa sobre un fondo pálido. Acostumbra a tener dibujos figurativos o florales, a menudo destacados con colores que contrastan. Se utiliza para cortinas decorativas y tapizados.

ROSALIE P. GILES, *Fabrics for Needlework*

27

El sargento Farrat se apoyó la mano en la frente y se inclinó sobre el libro de registros para escribir.

—¿A qué hora es el funeral? —preguntó Beula.

—A las dos.

—¿Piensa ir, sargento?

Apartó la mano y miró con intensidad los ojos ansiosos de color pino de Beula.

—Sí.

—¿Puede ir quien quiera?

—Puede ir quien quiera, Beula, pero solo las buenas personas con intenciones respetuosas deberían asistir a un funeral, ¿no le parece? Sin la tolerancia y la generosidad de Tilly, sin su paciencia y sus habilidades, nuestras vidas (sobre todo la mía) no se habrían visto enriquecidas. Como sus sentimientos hacia ella o hacia su difunta madre no son sinceros y solo quiere ir al entierro para cotillear... Bueno, resulta bastante macabro, ¿no cree?

El sargento Farrat se sulfuró, pero le aguantó la mirada.

—¡Vaya! —contestó la mujer, y se dirigió a la tienda de Pratt—. Hola, Muriel.

—Buenos días, Beula.

—¿Está ahí metida? —le preguntó, señalando con la cabeza la cámara frigorífica para la carne.

—Si quieres echar un vistazo…

—¿Vas a ir al funeral? —preguntó sin preámbulos Beula.

—Bueno, yo…

—El sargento Farrat me ha dicho que como no ha enriquecido nuestra vida de ninguna forma y como no hemos sido pacientes ni respetuosas con ella, sería poco sincero ir, y seríamos unas cotillas y unas macabras.

Muriel cruzó los brazos.

—Yo no soy cotilla.

Alvin salió del despacho. Sin despegar los ojos de Beula, su mujer se limitó a decir:

—Beula dice que el sargento Farrat ha dicho que si fuéramos al funeral seríamos unos macabros y que, como nunca tuvimos paciencia ni respeto por Molly, iríamos solo para cotillear.

—Lo correcto sería cerrar la puerta cuando pase el cortejo fúnebre por delante de la tienda, aunque dudo que haya cortejo —dijo Alvin, y recogió el libro de gastos.

Lois Pickett entró a trompicones por la puerta principal y se acercó al mostrador.

—Creo que deberíamos ir al funeral, ¿nooo?

—¿Por qué? —espetó Muriel—. ¿Eres amiga de Tilly o solo quieres ir a cotillear, como dice el sargento Farrat?

—Todavía tiene que hacerme algún arreglo, ¿sabes?

—Ir sería un acto poco sincero, Lois —dijo Beula.

—Macabro, según el sargento Farrat —añadió Muriel.

—Bueno, supongoooo… —dijo Lois, y se rascó la cabeza—. ¿Pensáis que hay algo entre el sargento y Tilly?

—¿A qué te refieres? —atacó Muriel.

—Una aventura —dijo Beula—. Siempre lo he sospechado.

—Nada me sorprendería —contestó Muriel.

Alvin puso los ojos en blanco y regresó al despacho.

* * *

Cuando el sargento Farrat fue a recoger a Tilly, llevaba un vestido de crepé de lana negro por la rodilla, con el cuello drapeado, una sobrefalda acampanada muy estilosa de corte asimétrico, medias negras y unos contundentes zapatos negros con una discreta flor de piel cosida al tacón.

—A Molly no le haría ninguna gracia —dijo. Sonrió—. ¿Te imaginas la expresión que pondría?

—Se le va a estropear el vestido con esta lluvia.

—Siempre puedo hacerme otro, y además, tengo una capa azul muy bonita y un paraguas en el coche.

Tilly lo miró y frunció el entrecejo.

—No me importa, Tilly. Ya he dejado de preocuparme por lo que piense o diga esa gente. Estoy seguro de que, a lo largo de estos años, todo el mundo ha visto lo que tengo en el ropero. Además, estoy a punto de jubilarme, así que da igual.

Le ofreció el brazo.

—La lluvia ahuyentará a la muchedumbre —dijo Tilly.

Bajaron del porche y se dirigieron al coche de policía.

Reginald llevó a Molly hasta el lugar de su descanso eterno en la furgoneta de reparto de Pratt, luego se apoyó en la carrocería para observar a las dos personas que asistían al funeral. Tenían el pelo aplastado sobre la frente y una mueca en la cara provocada por la lluvia. El sargento Farrat juntó las manos por debajo de la capa y elevó la voz por encima del estruendo gris de las gotas.

—Molly Dunnage llegó a Dungatar con un bebé en brazos para empezar una nueva vida. Confiaba en dejar atrás sus problemas, pero el sufrimiento la acompañó durante toda su existencia, así que Molly vivió de la forma más discreta que pudo ante la mirada severa del escrutinio ajeno y el tormento. Su corazón descansará en paz ahora que ha vuelto a ver a Myrtle antes de morir.

»Nos despedimos de Molly y, desde nuestro dolor, nuestra rabia y nuestra incredulidad, pedimos que Molly tenga una vida mejor de ahora en adelante, una vida de amor y aceptación, y le deseamos la paz eterna, porque sospecho que es lo único que anheló tener. Eso es lo que, en el fondo de su corazón, hubiera deseado para todos.

El concejal Evan Pettyman, en representación del ayuntamiento de Dungatar, había mandado una corona. Tilly la sacó de la tapa del ataúd con la pala y la tiró en el barro empapado, junto a sus pies, para cortarla en pedacitos. Reginald se acercó con intención de ayudarlos a bajar el ataúd para que Molly descansara. Las gotas de lluvia se estampaban contra la tapa y repicaban con un ratatatatá. No pararon hasta que Tilly tiró la primera palada de tierra sobre el lecho eterno de su madre.

Los dos hombres aguardaron respetuosamente bajo la lluvia a ambos lados de la chica delgada con el sombrero de ala ancha mojado. Tilly se inclinó sobre la pala, entre temblores, bajo un cielo gris que también lloraba, con el barro incrustado en las botas y adherido a los bajos de los pantalones.

—Te echaré de menos —sollozó—. Seguiré echándote de menos, como he hecho siempre.

Reginald le entregó al sargento Farrat la factura de los costes del ataúd y el alquiler de la furgoneta de Alvin. El sargento se la metió en el bolsillo y cogió la pala que todavía sujetaba Tilly.

—Enterremos a Molly —le dijo—, y luego vayamos a emborracharnos hasta que creamos que empezamos a comprender el sentido de la existencia de Molly Dunnage y de la vida que le obligaron a vivir.

Tilly sujetó el paraguas para proteger al sargento mientras él tiraba paladas de tierra, con la capa azul formando pliegues a su alrededor y los zapatos negros metidos en el barro. La lluvia siguió chorreando y le manchó las medias.

Varias horas más tarde, Beula los oyó cantar cuando subió La Colina. Se acurrucó junto a la ventana posterior y vio a Tilly Dunnage apoyada en el sargento Horatio Farrat, que llevaba puesto un vestido. La mesa de la cocina estaba abarrotada de botellas vacías, prendas de ropa y álbumes de fotografías antiguas. También había una Biblia abierta con las páginas agujereadas y arrancadas: no le habían encontrado el sentido, así que la habían matado. Los dos dolientes se balanceaban al compás y cantaban:

—«Me obligaste a quererte. No quería, pero tú...».

—¡No, no y no! Esa no. ¡Eso es justo lo que pasó! —dijo Tilly. Así pues, el sargento Farrat cambió de canción.

—«Mamá, se ha fijado en mí. Mamá, me dice cosas bonitas...»

—NO. Desde luego, esa tampoco.

—«¿Con quién estabas anoche? Cuando saliste a...»

—No.

—Espera, Til. Ya sé. ¿Qué te parece «Cuando sea demasiado viejo para soñar...»?

—Sí, sí. Esa le habría gustado. Vamos: un, dos, tres...

Volvieron a juntar las cabezas y a balancearse mientras cantaban.

—«Cuando sea demasiado viejo para soñar, me acordaré de ti, cuando sea demasiado viejo para soñar, tu amor vivirá en mi corazóooon»...

—Mierda —dijo Tilly—. Esa tampoco le habría gustado un pelo. Todas esas canciones están podridas, son pornográficas.

—No me extraña que se metiera en un lío.

—Ha dado en el clavo. ¡Eso es lo que ocurrió! —exclamó Tilly.

Cogió la funda de la tetera que su madre usaba de gorro y la lanzó al aire.

—¿El qué?

—Fue todo por culpa de las canciones populares persuasivas, y de un libertino.

—Caso resuelto —dijo el sargento, y se sentó a la mesa.

Sirvió una copa de champán a cada uno y brindaron.

—Cantemos otra vez la del lago Ness.

—Basta de canciones —zanjó Tilly—. ¡Corrompen!

Fue a la sala de estar y regresó a la cocina para salir al exterior con la radio en brazos.

Beula se apartó de un salto de la luz de la ventana y se agazapó en la oscuridad del jardín. Tilly frenó al llegar al porche y con un gruñido arrojó la radio a la noche negra. Se oyó un espeluznante «¡uuuuaaaaah!» y un golpe amortiguado, justo cuando Tilly regresaba a casa. Agarró los discos y salió otra vez corriendo con ellos, los apiló a su lado en el porche y luego se plantó bajo la alargada luz amarilla de la entrada y los lanzó uno por uno al viento.

* * *

Cuando la esquina de la radio voladora golpeó a Beula se le hincó en la frente, le rompió la nariz y le provocó una contusión leve. Volvió a tientas a su casa por los caminos trillados, resiguiendo las verjas que tan bien conocía, y se tumbó. La herida empezó a sangrar y un hematoma negro y verdoso se le hinchó desde la cavidad en carne viva del centro de la cara hasta la barbilla hundida, y por la parte superior, desde la ceja partida hasta el principio del pelo.

El lunes por la mañana el sargento Farrat se dio su baño matutino y esperó a Beula. Volvió a esperarla el martes por la mañana, hasta las nueve y media, y luego fue a verla a su casa. No obtuvo respuesta cuando llamó con los nudillos, así que abrió la puerta que daba a la cocina cubierta de grasa y polvo de Beula y dio un respingo hacia atrás. Empezó a toser. Volvió corriendo al coche patrulla, sacó un frasco de aceite de eucaliptus de la guantera y empapó un pañuelo con él. En cuanto regresó a la puerta de la cocina, se apretó el pañuelo aromatizado contra la nariz y entró. La encontró, rígida, con un paño teñido de negro encima de la cabeza, que se elevaba en la frente y volvía a hundirse en el centro, donde la nariz debería haber formado una protuberancia en el tejido.

—¿Beula? —preguntó en un susurro.

Se oyó un ruido similar al de las gotas que suben por una pajita y sus brazos se elevaron ligeramente. Cogió el paño por una punta y retrocedió al instante. Lo tiró al suelo. Los ojos de Beula eran dos bolas saltonas de color rojo amoratado y había un agujero ennegrecido y cubierto por una costra en el centro de su cara. Dos tocones de color marrón sobresalían en el sitio en el que los dientes incisivos se le habían desprendido de las encías.

El sargento la metió en el coche y la llevó al médico de Winyerp. Se sentaron en la consulta. Beula distinguía la silueta borro-
sa de una figura blanquecina que se movía delante de ella.

—Emmmm —dijo la silueta.

—Me tropecé y me caí —dijo Beula a través de la cara putrefacta con el adenoides inflamado. Unas burbujas rosadas salían a
borbotones de sus labios.

—¿Se tropezó?

El médico miró al sargento e hizo un gesto para indicar si la
mujer había bebido.

—Estaba oscuro —respondió la mujer.

—Podría haber sufrido daños oculares internos. Parece que la
córnea está dañada —dijo el médico.

Le entregó una carta dirigida a un especialista de Melbourne.

—El tabique nasal se ha empotrado contra el hueso lagrimal y
lo ha astillado. Eso, a su vez, ha dañado el conducto lagrimal, que
ha dañado el hueso esfenoide y, por lo tanto, el foramen óptico y,
por desgracia, la imprescindible mácula lútea. Por supuesto, ya es
demasiado tarde para intentar paliarlo…

Las luces se habían apagado para Beula.

El sargento Farrat le ofreció unas gafas de cristales oscuro, le ató
un pañuelo alrededor de la barbilla, le puso un bastón en la mano
y la montó en un tren a Melbourne con un cartelito sujeto con un
alfiler en la espalda del abrigo en el que ponía: «Beula Harridene,
Cont. Comisaría de Policía, Dungatar, Tel. 9 (conferencia)». Después fue a ver a Tilly. Salió del coche a la luz anaranjada del atardecer, con el reluciente traje de luces de brocado de seda con incrustaciones de pedrería en tonos verdes. Tilly lo había ensanchado

para que le cupiera añadiendo unas piezas de seda dorada y el sargento había cosido encima lentejuelas y abalorios verdes. Se quedaron en el jardín, inmersos hasta la cintura en flores y arbustos, hierbas aromáticas y verduras. Se respiraba un aire limpio y fresco gracias a la reciente lluvia.

—Veo que Molly ha apagado la hoguera del vertedero —bromeó el sargento.

—Sí —contestó Tilly.

—¿Te has enterado de lo que le ha ocurrido a la pobre Beula?

—No.

—La han llevado al sanatorio.

El sargento se frotó las manos.

—Cuéntemelo todo —dijo Tilly.

—Bueno… —El sargento empezó el relato. Y terminó diciendo—:… La caída debió de ser tremebunda, porque parece que se haya chocado con el canto de una nevera voladora.

—¿Cuándo sucedió? —preguntó Tilly.

—La noche del funeral de Molly.

Tilly alzó la mirada a los cielos y sonrió.

Esa tarde, Nancy fue a buscar al señor Almanac. Lo encontró atascado en la trastienda, con la cabeza metida sobre el armario donde guardaba los remedios farmacéuticos y los hombros redondos apoyados contra la madera del mueble. Con mucho cuidado, Nancy lo sacó de allí y lo dirigió a la puerta, comprobó que no hubiera tráfico y le dio un empujoncito. El hombre avanzó a pasitos cortos por la acera y cruzó la carretera, mientras Nancy apagaba las luces, cerraba bien la nevera y barraba la puerta principal. El señor Almanac fue cogiendo velocidad y llegó hasta donde estaba su esposa, que dormitaba al sol. Trastabillando, la dejó atrás y continuó andando por la casa, cuyo pasillo la recorría de punta a punta, desde la puerta delantera hasta la trasera. Nancy echó un vistazo a la señora A y luego miró la calle a derecha e izquierda. Frunció el entrecejo, se hizo visera con las manos y volvió a mirar dentro de la tienda en penumbra. De nuevo miró a la señora A y cruzó la carretera como un rayo y pasó por delante de la señora Almanac, que notó una brisa al pasar y abrió los ojos.

—Santa María, madre de Dios —oyó que decía Nancy.

El sargento Farrat siguió las marcas de los pasos del señor Percival Almanac, que cruzaban el patio de atrás y seguían hasta el borde del arroyo. Se paró al llegar a la orilla y miró con tristeza el agua parda, con mosquitos revoloteando alrededor de él. Se quitó la gorra azul y la apretó contra el corazón antes de dejarla con desánimo encima de un tronco y quitarle la ropa para doblarla con cuidado al lado. Cuando no le quedaba puesto más que los calzoncillos de raso rojo, se metió en el arroyo tranquilo. En el centro, hundió la cabeza y unas burbujitas trazaron círculos en la superficie acuosa; al cabo de poco, salió a la superficie la cabeza del señor Almanac. El sargento se lo cargó a hombros como si fuera un rígido signo de interrogación con viscosos juncos verdes adheridos al cuello doblado, cangrejos de río aferrados a los lóbulos de las orejas y sanguijuelas colgándole de los labios.

Tilly se acercó al túmulo embarrado que era la tumba de su madre y le contó con pelos y señales los accidentes que habían sufrido Beula y el señor Almanac.

—Como me dijiste aquel día: «A veces las cosas no parecen justas, nada más».

* * *

Oyó la galah antes de llegar a la cima de La Colina. Los miembros del comité del Club Social de Dungatar se mantenían a raya y no osaban entrar en el porche porque se lo impedía la cacatúa, que bailaba delante de ellos, graznando, con las alas extendidas y la cresta levantada. Las mujeres iban vestidas con «originales de Tilly» y parecían asustadas. Tilly caminó hasta el porche y miró la galah.

—Chiiiiist —le mandó.

El animal dejó de graznar, movió la cabeza hacia ella y cerró el pico. Se le desinfló la cresta y se dirigió con pasitos ligeros de paloma hasta el poste de la entrada. Se subió a lo alto, volvió la cabeza y graznó una vez más a las intrusas.

—Tilly, tu jardín… —le dijo Trudy—… ¡Es tan bonito! Has hecho una tarea admirable, ¡y todavía te queda tiempo de coser de maravilla!

Todas le sonreían.

—Sí, desde luego, el jardín desprende una fragancia fabulosa.

—Y tienes algunas plantas muy originales.

Tilly arrancó una brizna de hierba y la masticó.

Trudy carraspeó.

—Vamos a celebrar un *eisteddfod*…

—Vamos a representar *Macbeth* —abrevió Elsbeth—. *Macbeth*, de Shakespeare. Es una obra de teatro. Y la Asociación Dramática de Winyerp va a representar *Un tranvía llamado deseo* y los de Itheca *HMS Pinafore*…

—Entretenimiento ligero —dijo Muriel con desprecio.

—Bueno, total, que vamos a representar *Macbeth* y te hemos elegido A TI para que nos hagas el vestuario.

Tilly las miró a la cara una por una. Todas sacudían la cabeza y sonreían.

—¿De verdad? —preguntó—. ¿*Macbeth*?

—Sí —contestó Trudy.

Elsbeth le enseñó las *Obras completas de William Shakespeare* y otro libro, *Trajes de todas las épocas*.

—Se nos han ocurrido algunas ideas que podríamos…

—Déjeme ver —dijo Tilly.

Elsbeth corrió hacia ella con el libro abierto por una página en la que salían dibujos de hombres vestidos con unas aburridas togas atadas con una cuerda a la cintura, de manga larga y con el cuello recortado. Las mujeres llevaban chalecos ajustados de cordones.

—A mí me gustan más los de la otra página —dijo Trudy.

Tilly pasó de página. Los hombres de los dibujos iban vestidos con faldones sobre capas y capas de enaguas, y yardas y más yardas de encaje que les caía sobre los brazos, cubiertos por unas voluminosas mangas con chorreras y volantes. Otros posaban en la página con medias, bombachos y pantalones acampanados con godetes por debajo de la rodilla, o con pantalones recargados de volantes terminados en unos zapatos Cromwell de tacón alto atados con enormes lazos de raso. Los sombreros eran inmensos y lucían grandes plumas. Las mujeres llevaban faldas de vuelo ahuecadas de tres capas con polisones de volantes, complicadísimos tocados con peinetas cubiertas por varios pisos de encaje dignos de un arquitecto, manguitos de plumas y chaquetas con chorreras exageradas o con el forro rizado.

—Pero si esto es barroco —dijo Tilly—. Siglo xvii.

—Justamente —dijo Elsbeth.

—Es muy Shakespeare —dijo Trudy.

Muriel no podía creérselo.

—Shakespeare te suena de algo, ¿no?

—A lo mejor no le suena —dijo Mona—. Yo no lo había oído nunca hasta la semana pasada.

Tilly enarcó una ceja y recitó:

> Dobla, dobla, trabajo y afán,
> Avívate, fuego, y tú, caldero, hierve.
> Carne de culebra de pantano,
> cuécete y hierve en el caldero;
> ojo de tritón, pata de rana,
> cabello de murciélago y lengua de can...

Las integrantes del comité se miraron unas a otras, confusas.

Tilly enarcó una ceja.

—Cuarto acto, escena primera. Tres brujas en el caldero, ¿no?

Las mujeres siguieron con la cara inexpresiva.

—En realidad todavía no hemos leído la obra —dijo Muriel.

—Prefiero los trajes que he elegido yo, ¿no crees que son mejores? —le preguntó Trudy.

Tilly miró a Trudy a los ojos.

—Decididamente, serán los más efectistas —le contestó.

Trudy sacudió la cabeza de forma enfática mirando a sus amigas.

Elsbeth se acercó un paso más a Tilly.

—¿Podrías hacerlos?

—Sí podría, pero... —dijo Tilly.

—¿Cuándo podrías empezar? —la interrumpió Elsbeth.

Tilly miró con atención las imágenes, cavilando. Las mujeres se miraban unas a otras y se encogían de hombros. Entonces les sonrió.

—Estaría más que encantada de participar en la obra de teatro confeccionando el vestuario… Siempre que me paguen. —Cerró el libro y lo apretó contra el pecho—. Todavía tienen cuentas pendientes que se remontan a hace doce meses o más.

—Trataremos el tema en la próxima reunión —dijo la tesorera sin mucho convencimiento.

—Bueno, pues trato hecho —dijo Elsbeth.

Se limpió las manos en la falda y emprendió el descenso de La Colina.

—No empezaré hasta que me hayan pagado las deudas, y además quiero efectivo por adelantado para este encargo. De lo contrario, me ofreceré a encargarme del vestuario de Itheca y Winyerp. Ellas siempre me pagan.

Elsbeth y Trudy miraron a Muriel, que les devolvió la mirada sin inmutarse.

—Nunca nos dejará el dinero —dijo.

—¡Madre! —exclamó Trudy. Avanzó hacia la tesorera y le dio un golpecito en la nariz—. Tienes que pedírselo a padre.

Alvin había cortado el grifo del crédito a su hija y a su familia política, y solo cedía a apuntarles gastos de alimentación en la cuenta que fiaba a Windswept Crest. Incluso tenían que apañárselas sin jabón.

Muriel cruzó los brazos.

—A Alvin tampoco le ha pagado nadie. Tiene cuentas a deber desde hace más de diez años. No podemos dar de comer gratis a todo el mundo eternamente —dijo con arrogancia, y se quedó mirando a Elsbeth.

Elsbeth y Trudy se miraron la una a la otra con ojos acusadores.

—Bueno —dijo Elsbeth—, pues William tendrá que esperar otro año para comprarse el tractor.

—¡Puede hacer de Macbeth! —exclamó Trudy.

—¡Sí! —exclamaron todas.

Y el comité se desplazó en bloque hacia la puerta del jardín.

Mientras observaba a las mujeres que bajaban como patos mareados por La Colina, Tilly sonrió.

* * *

Tilly madrugó y se vistió para hacer tareas del jardín. Luego atacó las damasquinas, cortó todos los tallos del grueso matorral y los metió en casa formando hatillos. Seleccionó un ramo hermoso de capullos a medio abrir y los puso en un jarrón de agua. A continuación, peló el resto de los tallos y les quitó las hojas y las flores, partió todo en pedazos y los echó en un enorme caldero de agua hirviendo. La cocina se llenó de vapor y de un aroma a madera hervida y a algo quemado y dulzón. Cuando el agua de damasquina se hubo enfriado, la metió en frascos. Esa noche, preparó una bolsa y la reservó para la casa del concejal.

28

Dos días después, Evan se despertó deprimido e irritable. Comprobó el estado de su mujer comatosa en la cama, luego se tumbó e invocó imágenes lujuriosas de Una, pero lo único que notó fue un entumecimiento incómodo: una leve parálisis que le afectaba a las extremidades y los apéndices. Se puso de pie y se miró el pene, que colgaba como una gamuza mojada.

—Estoy ansioso, nada más —dijo, y empezó a hacer la maleta.

A media mañana, Evan echó la bolsa de viaje Gladstone en el asiento de atrás y se acurrucó detrás del volante del Wolseley. Las cortinas de las ventanas de todos los vecinos volvieron a su lugar. Emprendió el camino a Melbourne, ávido de Una.

A Tilly se le hizo un nudo en el estómago, pero aguantó el tipo, y cuando Marigold fue a abrir la puerta, le entregó un ramo de damasquinas.

La mano de Marigold voló a taparse la erupción.

—¿Qué quieres?

—Le he traído flores —dijo Tilly, y se coló en la casa de los Pettyman.

Marigold estornudó.

—Qué raras son —dijo.

—*Tagetes patula* —apuntó Tilly—. Ahuyentan la mosca blanca de las plantas de tomate, y van bien para repeler los gusanos de los rosales y de las patatas. Las raíces poseen un componente que inhibe los detectores que desencadenan la puesta de los gusanos: los anula por completo —dijo Tilly.

Marigold se fijó en los pies de la joven.

—Deberías haberte quitado los zapatos.

Tilly se sentó en el salón. Marigold escudriñó sus facciones; una chica guapa de tez blanca, la misma tez que Evan, pero con el pelo de Molly la Loca y la boca ancha.

—Siento lo de tu madre —dijo.

—No es verdad —contestó Tilly.

A Marigold estuvieron a punto de salírsele los ojos de las órbitas, y los tendones del cuello se le tensaron como dos lagartos en plena pelea.

—¡Evan mandó una corona!

—Era lo mínimo que podía hacer —dijo Tilly—. ¿Quiere que vaya a buscar un jarrón?

Marigold agarró las flores sin pegárselas al cuerpo y se apresuró a entrar en la cocina. Iban soltando polen en la alfombra.

—¿Qué quieres? —volvió a preguntarle la mujer.

—Nada, hacerle una visita.

Cogió una fotografía de Stewart que había en la mesa auxiliar. La estaba contemplando cuando regresó Marigold y se sentó enfrente de ella.

—Ahora tengo como una nebulosa, pero si no recuerdo mal, ¿te marchaste porque tu madre se puso enferma?

—En realidad, no fue en ese orden, pero…

—¿Dónde aprendiste a coser?

Marigold jugueteaba con el botón de la bata.

—En muchos sitios.

—¿Como por ejemplo?

Marigold repasó con la mirada el rostro de Tilly, ansiosa.

—Cuando volví a Dungatar venía de París, pero antes había estado en España, y antes de eso en Melbourne, en una fábrica de tejidos. Durante mis estudios en Melbourne, me dieron clases de costura. No era una escuela muy buena. Mi benefactor...

—¿Quién era tu benefactor, tu padre?

Marigold se toqueteaba ahora el botón del cuello y se le notaba el pulso en las venas de las sienes.

—Le devolveré el dinero —dijo Tilly.

—Yo tenía unos ahorrillos para los estudios de Stewart —dijo Marigold, y miró por la ventana—. Pero ya no queda nada.

El botón se soltó y le cayó a los dedos.

—A las aprendices no les pagaban mucho —prosiguió Tilly—, pero me las apañé para viajar y seguir formándome para...

—Bueno —dijo Marigold—, nadie ha puesto nunca pegas a las prendas que les has hecho, no como las de esa Una... —Se tapó la boca con las manos de repente—. ¡No le cuentes a Elsbeth que he dicho eso!

—Jamás —dijo Tilly—. ¿Le gustaría que le hiciera un vestido nuevo para el *eisteddfod*?

—¡Sí! —exclamó, y se sentó hacia delante—. Me gustaría llevar algo especial, muy especial. Mejor que lo de todas las demás. Gané el premio de Bella del Baile, ¿sabes? ¿Te apetece un té?

Marigold voló a la cocina y regresó unos minutos después con un bandeja con té y pastas.

—Hay algo que sí voy a decirte: sé que no tenías intención de matar a ese chico. —Dio un sorbo al té y a Tilly se le revolvió el estómago—. Ese tal Teddy McSwiney. Pero sé cómo se sintió Mae. ¿Sabes? Mi hijo se cayó de un árbol y murió. Aterrizó de cabeza.

Marigold le enseñó a Tilly todos sus álbumes de fotos: Evan y Stewart cuando el niño tenía solo tres semanas, Marigold y sus padres cuando aún vivían, la casa antes de que construyeran la valla delantera; incluso había una en la que salía Tilly en una foto escolar, junto a Stewart. Marigold miró a Tilly y le preguntó:

—¿De dónde era tu madre?

Tilly miró a los ojos a Marigold y le contestó:

—¿Quiere que le cuente toda la historia?

—Sí, por favor.

Tilly respiró hondo.

—De acuerdo —dijo—. Molly era hija única y todavía estaba soltera, casi una solterona para su época. Era muy inocente, y no tardó en perder la cabeza por un hombre ambicioso, zalamero y embaucador. El hombre no era muy próspero en nada, pero le contaba a todo el mundo que sí. Los padres de Molly, buenos cristianos, lo creyeron con toda la fuerza de su corazón abierto y su imaginación cerrada, y la dejaron ir de paseo con él. Ese hombre encantador era muy persuasivo. Sin querer, Molly se vio en una situación que haría que sus padres se sintieran muy heridos y avergonzados a menos que se casara rápido…

—¡Ya conozco la historia! —interrumpió Marigold con voz estridente.

—Ya sé que la conoce —dijo Tilly.

* * *

Evan estaba tumbado boca arriba con la colcha subida hasta la barbilla. A la altura de sus rodillas, las sábanas se arrugaban y formaban un bulto. Al cabo de poco, de ahí emergió Una y se dejó caer sobre su hombro, sin aliento, con la cara enrojecida y húmeda. Levantó la sábana y miró el miembro mojado, viscoso y anaranjado de Evan, flácido sobre el muslo. Soltó una risita. Evan se echó a llorar.

Regresó a casa antes de lo previsto, se desnudó en la habitación de invitados y se dirigió al cuarto de baño. Su mujer estaba sentada tan tranquila junto a la radio, cosiendo.

—Hola, Evan —le dijo en voz baja—. ¿Qué tal te ha ido por Melbourne?

—Ah —dijo él con aire despistado—, ha sido un poco decepcionante.

Estaba sentado en el retrete, con unas cuantas hojas de papel higiénico enroscadas alrededor de la mano derecha, cuando se abrió la puerta del baño de una patada. Marigold se apoyó como si nada en el marco de la puerta, sin dejar de tejer.

—Llevas mucho rato metido ahí, Evan.

—Estoy enfermo. Me pasa algo —contestó.

—Antes yo también estaba enferma, Evan. Tú me ponías enferma, pero Tilly Dunnage me ha curado.

—¿Qué?

Marigold suspiró.

—Has tenido muchas amantes, ¿verdad, Evan?

—Está loca, podríamos denunciarla por...

—No está loca, Evan. Es tu hija. —Sonrió mirando a su marido y le dijo con dulce vocecita infantil—: El pobre Evan está triste y yo sé por qué. Y creo que esa moza, Tilly, es una chica muy pero que muy lista.

Evan se levantó y cerró la puerta, pero Marigold volvió a abrirla de una patada.

—Lo guardas en el termo eléctrico, en la oficina… Me refiero al veneno. Así que ya no podrás hacer esas cosas que me hacías por la noche nunca más, ¿eh, Evan?

Se alejó, chasqueando la lengua en voz baja.

Evan la siguió a la cocina inmaculada. La mujer se había quedado embobada con un excremento de mosca que había en el cristal de la ventana, impoluto salvo por esa manchita.

—Mató a Stewart, ¿lo sabías? Tu nueva amiguita…

—¿Te refieres a que Tilly, tu hija, mató a tu hijo?

Marigold se dio la vuelta y miró a Evan.

—A tu hijo, el acosador. El niñato gordo de pecas, maleducado y apestoso que me daba codazos cuando pasaba por delante mí, que me espiaba en la ducha y que atacaba a las niñas pequeñas. De no haber sido por él, no habría tenido que casarme contigo, quizá me hubiera dado cuenta de cómo eras.

Se estremeció.

—¿Por qué no te caes al suelo, Marigold? ¿Por qué no te desmayas, tienes una de tus jaquecas repentinas…? Estás loca.

—¡Me robaste todo el dinero!

—Estás desequilibrada, eres una neurótica adicta a las pastillas, ¡el médico sabe todo lo que haces!

—Demente —dijo con tranquilidad—. Beula dice que se está bien allí.

Suspiró y lentamente se puso de rodillas. Evan bajó la mirada hacia ella. Percibió el resplandor de una luz en el mismo momento en que ella lo agarraba por los tobillos y le cortaba con una cuchilla de afeitar los tendones de Aquiles. Se rompieron y saltaron, con un ruido parecido al de la tapa de una caja de herramientas de madera cuando se cierra de golpe. Evan se cayó de bruces sobre el linóleo, barritando como un elefante torturado cuando se le contrajeron los tendones hasta formar un amasijo, igual que si fueran babosas acurrucadas en los ligamentos capsulares, por detrás de la articulación de la rodilla.

—Esto es una barbaridad, Marigold —se lamentó.

Marigold miró a Evan, que se retorcía y formaba un charco rojo en el suelo encerado.

—He tenido que soportar demasiada presión durante muchos años —dijo—. Todo el mundo lo sabe, y también están al corriente de lo de Una Pleasance. Me comprenderían perfectamente. Pero eso no importa.

Se irguió con las piernas abiertas sobre él y limpió la cuchilla en el delantal. Luego la metió en el cajón.

—Por favor —suplicó Evan—. Marigold, me voy a desangrar. Me voy a morir.

—Tarde o temprano, sí —contestó ella.

Arrancó el teléfono de la toma.

—¡Marigold! —chilló su marido.

La mujer cerró la puerta al salir y dejó a Evan agonizante en el suelo, con las canillas flácidas como dos hebras sueltas que nacían de las rodillas. Le sería imposible llegar hasta la puerta.

—Marigold, por favor… —sollozó—. Lo siento.

—No tanto como yo —contestó Marigold.

Se sentó en la cama y vertió todo el frasco del tónico somnífero en una jarra, la acabó de llenar de jerez, lo removió, cerró los ojos y se lo bebió.

29

La cacatúa galah chilló «intruso» cuando unos pasos rápidos cruzaron el porche de Tilly. La puerta de atrás se abrió de par en par y un hatillo del tamaño de un almiar de brillantes vestidos de colores, boas de plumas, sombreros, chales, bufandas y pañuelos, telas satinadas y lentejuelas, algodón, chifón, guinga azul y brocado del traje de luces (el contenido del armario secreto del sargento Farrat) apareció por arte de magia en la cocina. Tilly bajó la mirada para ver los pantalones azul marino y los zapatos relucientes del sargento, por debajo de la montaña de ropa.

—El inspector del distrito va a pasar unos días en mi casa —anunció. Y sin más, entró en la sala de estar de Tilly.

Descargó el bulto y se apresuró a salir otra vez, luego volvió y dejó en la habitación sus álbumes de fotos, unos cuantos cuadros, el gramófono y una colección de discos encima de la mesa.

—Podría pensar que soy rarito —dijo.

Acto seguido, se detuvo junto a la mesa para acariciar un tejido que no había visto nunca y lo tocó entre el índice y el pulgar.

—¿Seda o *peau de soie*? —preguntó.

—¿Y a qué viene el inspector del distrito, si puede saberse? —preguntó Tilly.

—Primero ocurrió lo de Teddy, luego Molly, después el incidente de Beula y el señor Almanac, pero fue mi informe sobre el caso de los Pettyman lo que de verdad despertó su curiosidad. Internar a Marigold ya fue un mal trago, pero Evan…, ¡la de cosas que hemos encontrado en esa casa! Drogas… Revistas picantes, incluso películas pornográficas. ¡Y era un estafador!

El sargento Farrat salió a toda prisa hacia el coche para entrar otro cargamento de cosas.

—Me gustaría conocer al inspector —dijo Tilly.

—¿Por qué?

Tilly se encogió de hombros.

—Solo para ver si es… elegante.

—En absoluto. Lleva trajes marrones: y seguro que son de fibra.

Se quedó dormida en el sillón vacío y destartalado y soñó con su tierno bebé redondito que mamaba de su seno. También soñó con Molly, cuando Molly era su madre: joven y sonriente, de un rubio rojizo, bajaba por La Colina para saludarla después de clase. En el sueño estaba otra vez con Teddy en la cima del silo, en la cima del mundo. Vio la cara de Teddy, su sonrisa traviesa a la luz de la luna. Extendió los brazos hacia ella y recitó un poema de Shakespeare: «Se apodera el deseo de la vencida presa, y glotona la Venus nunca está satisfecha…».

Entonces, en el sueño, su tierno bebé redondito se quedaba tieso y amoratado, y estaba envuelto en una mortaja de algodón. Molly, aguijoneada por el dolor y fría en su ataúd empapado por la lluvia, se volvía con rigidez hacia ella, y Teddy, cubierto de sorgo y jadeando, aferrándose con las uñas, no era más que un cadáver embadurnado en semillas de color chocolate. Evan y Percival Almanac estaban delante de ella y sacudían los dedos ante Tilly, y detrás de ellos, los habitantes de Dungatar subían reptando La Colina de noche, armados con teas y llamas, estacas y cadenas, pero ella se limitaba a salir al porche y les sonreía y entonces todos se daban la vuelta y huían.

* * *

Una ventosidad retumbó por toda la comisaría del sargento Farrat, seguida de un sonoro bostezo. El inspector del distrito todavía estaba durmiendo, en la celda. Era un hombre desaliñado de mediana edad con costumbres groseras y modales pésimos. A la hora de cenar, el sargento Farrat se acercó a la radio y subió el volumen para poder comer sin tener arcadas, porque el inspector del distrito meneaba la dentadura postiza por toda la boca con la lengua, para succionar los restos de alimento. Se limpiaba con la manga en lugar de hacerlo con la servilleta y no aclaraba el lavabo después de afeitarse, salpicaba el suelo cuando iba al retrete, nunca apagaba las luces ni cerraba los grifos, y cuando el sargento Farrat le preguntaba si tenía ropa para lavar —«aprovechando que voy a poner una lavadora yo»—, el inspector levantaba el brazo, se olisqueaba la axila y decía: «Noooo».

El inspector del distrito («llámame Frank») hablaba por los codos.

—He visto mucha acción en mi vida: me han disparado tres veces. Tuve que dejar a mi mujer (le rompí el corazón), pero fue para que no se metiera en problemas. Me liberé de ella para poder resolver un puñado de casos imposibles de resolver (lo hice yo solo), pillé a unos cuantos fugitivos en mi mejor época: ellos habían cometido el delito, yo les di un buen escarmiento. No era justo para la parienta, me refiero al peligro y tal. Me entiendes, ¿verdad, Horatio?

—Sí, sí —respondió el sargento—, eso explicaría por qué acaban de destinarlo aquí, a un pueblo de Victoria.

Lo único que quería el sargento Farrat era que le devolvieran sus tardes libres: su serie radiofónica, sus libros y discos, su costura... Y su ronda de las nueve de la noche, en paz.

—¿Qué hay hoy para cenar, Horry?

—Cenamos fuera. Tomaremos callos —dijo el sargento Farrat.

Y soltó el lápiz en el mostrador.

—¡Mi plato favorito! Me encantan los callos con perejil. —El inspector se levantó y fue al cuarto de baño—. Me gusta este sitio —añadió.

Y se puso a silbar.

El sargento Farrat cerró los ojos y se pellizcó el puente de la nariz.

Llegaron antes de tiempo para la cena. El inspector se quitó el sombrero e hizo una reverencia cuando vio a Tilly apostada en el quicio de la puerta. Llevaba un vestido de franela entallado con cola de sirena y un escote que le llegaba hasta la cintura. El sargento sirvió champán y Tilly sacó tema de conversación.

—Me he enterado de que su lucha contra el crimen es muy eficaz, ¿verdad, inspector?

El inspector se ruborizó.

—Cacé a unos cuantos delincuentes en mi mejor época.

—¿También es buen detective?

—Por eso estoy aquí.

—¿Para resolver el caso Pettyman?

El inspector del distrito estaba cautivado por el despampanante escote de Tilly. La chica le puso un dedo debajo de la barbilla y lo obligó a levantar la cabeza para que la mirara a los ojos.

—¿Tiene formación de forense?

—No, es decir, aún no.

—El inspector es más bien un «recopilador de datos» y escritor de crónicas. Es una buena forma de definirlo, ¿verdad, inspector?

El sargento le tendió una copa de champán.

—Sí —contestó. Y se ventiló la copa estrecha de champán de un solo trago—. Hay callos para cenar, ¿no?

—*Gigot de dinde farci* con apio y hojas de parra, acompañado de corazones de alcachofa, con salsa *ravigote* —dijo Tilly.

Colocó la bandeja del asado encima de la mesa.

El inspector parecía decepcionado, y lanzó una mirada inquisitiva al sargento Farrat, sacó la silla que había en la cabecera de la mesa, se sentó y se subió las mangas.

El sargento trinchó el pavo, Tilly lo repartió y el inspector empezó a comer. El sargento Farrat sirvió el vino, olió la copa y brindó con Tilly.

—Hace mucho ruido mientras come, inspector —le reprendió Tilly.

—Es que disfruto comiendo su lo que sea relleno…

El inspector vio por casualidad a la galah, que se atusaba las plumas en el riel de la cortina.

—Es pavo —dijo el sargento.

—Pues a nosotros no nos deja disfrutar, así que coma con la boca cerrada —le advirtió Tilly.

—Sí, señora.

Se pulieron todo lo que había para beber (el inspector había llevado cerveza) y Tilly les ofreció tabaco. El sargento encendió su cigarro e inhaló, pero el inspector olfateó el que le había dado Tilly.

—Qué raro. ¿Es peruano? —preguntó.

—Casi, casi —dijo—. Honduras británica.

—Aaaaaah —contestó el inspector con admiración.

Tilly le acercó una cerilla al cigarro. Luego puso música alta en el tocadiscos del sargento y empezaron a bailar. Dieron vueltas alrededor de la mesa de la cocina con pasos improvisados, saltando y moviéndose con libertad, al son de Micky Katz, que tocaba una versión acelerada de «The Wedding Samba». Se subieron a la mesa y bailaron el resto de las canciones recopiladas en el disco para bodas y celebraciones *Music for Weddings and Bar mitzvahs*. Luego se bajaron de la mesa y se abrazaron, bailaron flamenco en el suelo de cemento del hogaril, tocaron los tambores con cucharas de madera y cacerolas, y bailaron un poco más (rumbas, sambas y música escocesa) para después desplomarse cada uno en una silla, entre resoplidos y risas, aguantándose los costados, que les dolían de tanto reírse.

De repente, el inspector se levantó.

—Bueno, tenemos que irnos —dijo.

Y salió como un rayo por la puerta. Llevaba el mocho de la fregona de Tilly encima de la calva. El sargento Farrat se encogió de hombros y lo siguió. Un par de servilletas le colgaban de las trabillas de los hombros de su americana Eton.

Tilly se puso de pie, con las manos en las caderas y el ceño fruncido.

—¿Adónde va?

—La ronda de las nueve de la noche me reclama —dijo el sargento Farrat con pesar.

Y señaló con la mirada al inspector.

Frank se balanceaba, metido hasta la rodilla en el seto bajo de cicuta morada, con florecillas blancas que supuraban unas gotitas de perfume agrio que se adherían a sus pantalones.

—¿Quieres venir?

—No le conviene que lo vean conmigo —dijo Tilly—. Soy la asesina del pueblo.

Frank se echó a reír y saludó con la mano. Se dejó caer en el coche patrulla. El sargento Farrat se despidió de ella moviendo los dedos mientras arrancaban. Tilly volvió a entrar en casa. Miró la galah.

—Ya puedo empezar. No hay nada que temer —le dijo.

Repasó las pilas de tela de colores pastel: percal, ante, satén, seda, vicuña y velvetón, cinturilla, lazos de raso, flores de papel, pedrería de plástico y cartoncillo dorado, todo para los trajes barrocos. Deambuló hasta el dormitorio de su madre, donde almacenaba la tela de tonos crema y beige, así como el piqué blanco y azul, la popelina, el *ninon*, el hilo de Escocia, el organdí, la seda, el raso y el satén *duchesse* para los vestidos de bailes, bautizos y bodas. Después volvió a la cocina para comprobar que tuviera las cintas métricas, los alfileres y los botones en su sitio; los maniquís aguardaban en distintos rincones, entre una habitación y otra. Las prendas del ropero secreto del sargento Farrat estaban en un armario cerrado con llave, cerca de la puerta de entrada. Pisó las tijeras que seguían en el suelo, donde cortaba la tela. Había colgado en las cortinas con alfileres los bocetos de las prendas barrocas, y la carpeta de acordeón donde guardaba las medidas de los miembros del reparto estaba abierta en el suelo.

Se cambió el vestido de sirena por un peto cómodo y se procuró un mazo y una cuña para hacer palanca. Rompió en jirones las cortinas y cubrió todas las telas y las máquinas de coser con ellas. Después se plantó delante de la pared que separaba la cocina del salón. Se escupió en las palmas de las manos, levantó el mazo y apuntó. Martilleó la pared hasta abrir un agujero de tamaño considerable, después sacó los tablones de los soportes haciendo palanca. Repitió el proceso hasta que lo único que quedó entre la cocina y la sala de estar fueron las viejas vigas de madera de pino, cubiertas de un polvillo negro. Quitó las puertas y rompió las paredes que separaban los dormitorios y la sala con el mismo procedimiento, y después desatornilló los pomos de las puertas. Llevó hasta el vertedero con la silla de ruedas de su madre las planchas astilladas con restos de puntas oxidadas y también su antigua cama. Regresó a la casa remodelada y clavó dos puertas para unirlas. Después las añadió a la mesa de la cocina. Al amanecer, se colocó junto a la inmensa mesa de cortar nueva del extraordinario taller diáfano y sonrió.

Estaba cubierta de polvo y telas de araña, así que se preparó un baño caliente. Mientras se remojaba, tarareaba una canción y jugaba a meter el dedo gordo del pie en el caño del grifo para impedir que las gotas salieran, hasta que la presión del agua era tan fuerte que se abría paso por las rendijas que dejaba el dedo y salía disparada en finos hilillos afilados como agujas.

30

Los habitantes de Dungatar se reunieron en el salón de actos para realizar la audición preparada por el comité del Club Social de Dungatar para la representación de *Macbeth*. Irma Almanac entró con la silla de ruedas y se colocó al final del pasillo, junto a Tilly. Nancy le dio un codazo a Ruth y dijo «Je», así que todos los candidatos las miraron de reojo. Irma no iba vestida de negro: sus zapatos de tacón blancos se apoyaban en una posición extraña sobre los reposapiés de la silla de ruedas, y lucía un vestido tan rojo como un camión de bomberos.

La mayor parte de los aspirantes eligió recitar un poema o cantar para la audición, aunque el inspector del distrito optó por un baile de claqué. La productora y la directora se retiraron a las bambalinas para comentar el casting y tomar decisiones, y después anunciaron la resolución.

Trudy fue la primera en hablar.

—Soy la directora, conque todo el mundo debe hacer lo que yo mande.

—Y yo soy la productora. Por lo tanto, estoy al mando de todo, incluida la directora.

Trudy se volvió hacia su suegra.

—Sin embargo, en sentido estricto, Elsbeth…

—¿Serías tan amable de leer la lista del reparto, Trudy?

—Por supuesto. Como decía, soy la directora, y también soy lady Macbeth. El papel de Macbeth, general y futuro rey, es para…

William se abrazó el cuerpo.

—¡Lesley Muncan!

Se oyó un murmullo general de aprobación y unos tímidos aplausos. Lesley había echado el resto en la audición. Mona se inclinó hacia delante y le besó la mejilla. Él parpadeó moviendo mucho las pestañas y se sonrojó. William miró hacia el suelo.

Trudy carraspeó y continuó con la enumeración.

—William puede ser Duncan…

El sargento Farrat, Fred Bundle, Bobby el Grande, el inspector, Scotty y Reg se dieron codazos unos a otros y sacudieron la cabeza.

—… y sus hijos, Malcolm y Donalbain, serán Bobby Pickett y Scotty… —dijo Trudy a continuación.

Y todos pusieron los ojos en blanco y se cruzaron de brazos.

—Septimus Crescant interpretará el papel de Seward, y el sargento Farrat será Banquo, pero digamos que a Banquo lo matan por equivocación o algo así. Cuando no hagáis los papeles de Banquo, de Duncan o de rey, seréis sirvientes, lords, oficiales, mensajeros y asesinos. Purl, tú serás lady Macduff. Las brujas serán Faith, Nancy y el inspector del distrito.

El reparto se agrupó en corrillos y empezó a cuchichear.

—Yo quiero ser bruja —dijo una vocecita tímida.

—Mona, ya te lo he dicho, tú serás el fantasma y una sirvienta.

—Pero no digo ni una sola frase.

—Mona, solo hay tres brujas en toda la obra.

Nancy dio un paso al frente.

—Mi interpretación de lady Macduff ha sido mejor que la de Purl...

—Soy un hombre... No veo por qué tengo que hacer de bruja —se quejó el inspector.

Elsbeth alzó la voz.

—¡Basta de quejas o tendré que echaros!

Miró con severidad a los actores. El inspector entrechocó los tacones de los zapatos y sacudió la cabeza arriba y abajo a gran velocidad.

Elsbeth miró a Trudy.

—Controla al reparto —le espetó.

Trudy, con las mejillas encendidas, resopló antes de decir:

—Señora Almanac, usted será la encargada del vestuario.

Irma bajó la mirada hacia los nudillos hinchados y los dedos torpes.

—Mañana coseré los primeros trajes —dijo Tilly—. Reforzados.

* * *

Cuando ya llevaban varios días de ensayo, apenas habían progresado en la interpretación.

—Muy bien —dijo la directora—. Ahora entran Banquo y Macbeth.

—«Jamás he visto un día tan hermoso y cruel».

—«¿Cuánto queda hasta Forres?»

—ALTO. Paren un momento, por favor. Eeeeh, lo hace muy bien, sargento, pero…

—Banquo…

—Pues Banquo. La falda escocesa funciona bien, pero nadie más pone acento escocés. Y la gaita sobra, desde luego.

Hamish era el encargado de los accesorios y la escenografía. Trudy se acercó a él.

—¿Por qué monta un balcón, señor O'Brien?

—Para la escena romántica.

—Eso es en *Romeo y Julieta*.

—¿Eh? Sí.

—Pero estamos haciendo *Macbeth*.

Hamish parpadeó con los ojos puestos en Trudy.

—Es la obra de la esposa del soldado, la que es tan ambiciosa que convence a su marido para que mate al rey. Está ambientada en Escocia.

El intenso color rojo desapareció de las mejillas de Hamish.

—¿La obra escocesa? —susurró.

—Tiene que montar bosques en movimiento y preparar un fantasma —dijo Trudy.

—¡Ese maldito Septimus me ha engañado! —exclamó Hamish entre sollozos.

Tiró las herramientas y salió corriendo del salón de actos.

* * *

Febrero pasó rápido para Tilly. Madrugaba todos los días para coser los trajes con la luz matutina y organizar después las pruebas y los arreglos. Tarareaba mientras trabajaba. Por las tardes, a veces bajaba al pueblo y se sentaba al fondo del salón de actos para ver ensayar a la flor y nata de Dungatar.

Los aldeanos estaban cada vez más nerviosos y cansados, y daba la impresión de que no se divertían en absoluto. Trudy se sentaba en primera fila.

—Empezamos otra vez. Escena tercera —croó.

Se había quedado afónica.

Septimus, Bobby el Grande, el sargento Farrat, Reginald, Purl y Fred avanzaron nerviosos para ocupar sus puestos en el escenario.

—Entra Porter… No te oigo, Porter —gritó la directora.

—No he dicho nada.

—¿Por qué no?

—Porque no me acuerdo de la frase siguiente.

Faith se echó a llorar. Los otros actores intentaron animarla.

La directora tiró el guión por los aires.

—¡Alabado sea! Hagamos otro descanso de cinco minutejos mientras alguien acaba con la pataleta… ¿Algún otro actor de pacotilla tiene ganas de montar un numerito? Ah, sí, ¿tú?

—No.

—Entonces, ¿por qué levantas el brazo?

—Quiero hacer otra pregunta.

Trudy miró al sirviente Bobby Pickett, que estaba de pie en medio del escenario.

—No, no puedes hacer más preguntas —espetó la mujer.

—¿Por qué no puede?

Elsbeth salió al escenario y se colocó junto a Bobby.

—Porque yo lo digo.

—No eres una directora muy considerada, que digamos, «Gertrude».

William fue a sentarse en un rincón al lado de Mona y apoyó la cabeza entre las manos.

—Seguro que crees que tú podrías hacerlo mejor, ¿no? —le increpó Trudy.

—Claro que podría. Cualquiera lo haría.

Se miraron fijamente el uno al otro.

—Estás despedido.

—No puedes despedir al productor, niñata.

Trudy se acercó a Elsbeth, que era quien había hablado, y se inclinó sobre ella para gritarle:

—Siempre me dices lo que no puedo hacer. Puedo hacer lo que me dé la gana. Ahora, fuera.

—No.

—Vete.

Señaló la puerta.

—Si me voy, ¡el resto de la financiación se va conmigo!

William levantó la cabeza, esperanzado. Su madre siguió con su perorata, contando con los dedos.

—Está el alquiler del salón, el transporte, por no hablar del escenario, y no podremos recoger los trajes de los soldados hasta que hayamos pagado la deuda.

—Ay, mald… ¡Diantres! —exclamó Trudy y apretó los puños. Se los acercó a las sienes.

Faith empezó a bramar de nuevo. Los miembros del reparto levantaron los brazos, impotentes, tiraron los guiones al suelo, y William se aproximó al borde del escenario.

—Madre, siempre le haces la vida imposible a todo el mundo…

—¿Yo? ¡No soy yo quien hace la vida imposible!

Purl dio un paso al frente.

—Sí que es usted. No para de interrumpir…

—¿Cómo te atreves? No eres más que…

—Purl ya sabe lo que usted cree que es —intervino Fred, y se colocó junto a Purl.

—Sí —dijo Purl. Y señaló con una uña roja a Elsbeth—. Y también sé lo que su esposo pensaba que era usted.

—Además, da igual, Elsbeth, yo puedo pagar los trajes de los soldados. ¡Todavía tengo en la caja fuerte de la oficina de correos el dinero del seguro de la asociación! —chilló Ruth con tono victorioso.

Todos se volvieron hacia ella.

—¿No lo has enviado aún a la compañía de seguros? —preguntó Nancy.

Ruth sacudió la cabeza.

—¿Lo ves? —preguntó Trudy casi sollozando—. No te necesitamos para nada, Elsbeth. Si quieres, márchate y cómprale a William el tractor de marras.

—¿Nadie está asegurado? —preguntó alarmado Fred.

Ruth empezó a preocuparse y retrocedió.

Nancy puso los brazos en jarras y miró a los actores uno por uno.

—Bueno, no ha habido ningún terremoto en los últimos tiempos, y confío en que nadie piense que solo porque Ruth pague el seguro un año sí y otro no, va a impedir que haya incendios e inundaciones, ¿no?

—¡Eso es verdad! —exclamó Trudy.

Los actores parecían confundidos.

—No podemos ganar sin los trajes de los soldados… —dijo Faith, no muy convencida.

—Y sin escenario.

Trudy se puso las manos en las caderas. Los miembros del reparto se miraron unos a otros. Luego se reunieron poco a poco detrás de la directora.

Elsbeth plantó un pie en el suelo.

—¡No sois más que una panda de tarados! —les gritó—. ¡Actoruchos, lerdos, verduleras y cortos de entendederas! Sois unos zafios, grotescos y vulgares… —Empezó a patalear, pero entonces se detuvo y miró hacia la puerta—. Sois odiosos. ¡Todos! Confío en no volver a ver a ninguno de vosotros en mi vida.

Salió del recinto y dio un portazo. Las ventanas retemblaron y el polvo se levantó de las pantallas de las lámparas.

—Bueno —dijo Trudy—. Empecemos otra vez, ¿de acuerdo?

—No he llegado a hacer la pregunta —dijo Bobby.

Trudy apretó los dientes.

—Pregunta de una vez.

—Bueno, cuando lady Macbeth dice: «¡Fuera, mancha maldita! Fuera, te digo», bueno, ¿dónde está?

—¿El qué?

—La mancha.

* * *

Llegó marzo. La temperatura subió y los vientos cálidos del norte mancharon de polvo la ropa tendida y dejaron una fina capa marrón sobre las repisas. William Beaumont (Duncan, rey de Escocia) tenía que llegar a las once y media para su primera prueba. Puso el pie en el porche de Tilly a las once y veintitrés. Tilly lo invitó a pasar.

—Quítese la camisa —le indicó con la seriedad propia de una profesional.

—De acuerdo —contestó él.

Le costó bastante desabrocharse los botones, pero al final lo consiguió y Tilly pudo acercarse a él con un chaleco de percal. Lo abrió y le ayudó a pasar los brazos.

—¿Así será? —preguntó William, decepcionado.

—Es una muestra, para ver la forma. Se suele hacer para ajustar al máximo las medidas y evitar tener que probar la prenda definitiva montones de veces.

—Entonces, ¿será amarillo y con lazos, tal como dijimos?

—Tal como lo quería.

Había que subir la curva de la sisa (brazos delgados), pero la forma del cuello le había quedado bien. Volvió a coger con alfileres las costuras de los hombros y levantó la pieza posterior para que cupiera bien la espalda redondeada de William. Después le ayudó a quitarse la muestra de percal y se dirigió a la inmensa mesa de costura.

Dejó a William en la cocina con la camiseta interior y los brazos al descubierto. El hombre observó a la modista, que se había inclinado sobre la tela amarilla con varios alfileres en la boca, y hacía cosas con mucha destreza con el jaboncillo de sastre, aguja e hilo. Tilly levantó la mirada y William se apresuró a mirar la bombilla del techo y a dar saltitos sobre los dedos de los pies, pero no pudo evitar la tentación de volver a mirarla. Ahora ajustaba el lazo de raso en el cuello del chaleco con sus dedos largos y finos. Levantó la casaca amarilla y le ayudó a ponérsela. Lo rodeó, cogió unas pinzas y dibujó rayitas con un jaboncillo pequeño y le provocó una sensación de cosquilleo en las costillas y en la columna, de tal modo que el escroto se le erizó y el pelo pareció desplazarse por el cuero cabelludo, de punta.

—¿Se ha aprendido su papel? —le preguntó Tilly con educación.

—Sí, sí. Trudy me ha ayudado.

—La directora se lo toma muy en serio, ¿verdad?

—Mucho —contestó William, y respiró por la boca, levantando el labio inferior, lo que provocó que se le levantara el flequillo—. Es una obra muy difícil.

—¿Cree que tienen posibilidades de ganar?

—Sí, sí. Nos va a quedar redonda. —Bajó la mirada hacia las pieles que rodeaban el bajo de la chaqueta—. Los trajes son espléndidos.

—Espléndidos —repitió Tilly.

Hilvanó los retoques que había marcado y se lo volvió a probar. William se admiró en el espejo de cuerpo entero.

—¿Qué opinas? ¿Crees que la obra nos sale bien? —le preguntó el joven.

—Más o menos como esperaba —contestó Tilly.

William se acarició la gruesa tela de satén ornamentada. Tocó el ribete de pieles.

—Ahora ya se lo puede quitar —dijo Tilly.

William se ruborizó.

Resultó que esa noche William no podía dormir, así que salió al porche. Encendió la pipa y se quedó de pie, mirando el césped del campo de cróquet iluminado por la luna, un cuadrado mullido, contempló las líneas rectas blancas de la pista de tenis, los establos nuevos y el tractor destartalado que, desmontado en piezas, descansaba bajo el árbol del caucho.

* * *

Tres semanas antes de la noche del estreno, al final del ensayo general del primer y el segundo actos, Trudy preguntó:

—¿Cuánto han tardado hoy, señorita Dimm?

—Cuatro horas y doce minutos.

—Dios mío.

La directora cerró los ojos, tomó un mechón de pelo abundante entre los dedos y lo enroscó una y otra vez. Los actores se retiraron, se marcharon de puntillas a las bambalinas o al camerino, buscando la salida con mirada ansiosa.

—Muy bien. Quiero a todo el mundo aquí. Vamos a repetirlo.

Sudaron tinta para repetir el ensayo general el sábado y el domingo por la tarde, y todas las noches de la semana siguiente. Por fin llegó el momento de hacer una prueba general del vestuario. Tilly se dio cuenta de que Trudy había adelgazado mucho. Se había mordido las uñas hasta la raíz y tenía grandes calvas blancas en la cabeza, en las partes de las que se había arrancado mechones enteros de pelo. También murmuraba versos de *Macbeth* y gritaba obscenidades mientras dormía. Se plantó delante de su equipo con un vestido ajado y unos zapatos estrambóticos. Tilly se sentó detrás de ella, con un metro alrededor del cuello y una expresión serena en el rostro.

—Muy bien —dijo Trudy—. ¿Lady Macduff?

Purl entró flotando en el escenario con una voluminosa falda de satén con un inmenso polisón. Se había empolvado la cara de blanco y encima se había puesto colorete, y llevaba el pelo recogido en una cascada de tirabuzones, agrupados en un moño alto, con un voluminoso tocado de encaje encima, a modo de peineta. Su bonita cara estaba enmarcada en una gorguera de alambre que caía desde la parte superior del tocado hasta las axilas, ribeteado con puntillas y toques de pedrería. Las mangas eran exageradamente abombadas, casi como una calabaza, y el escote del vestido era recto y bajo; le quedaba justo por el medio del pecho, de modo que sus senos sobresalían del encorsetado corpiño. Los hombres la miraron con lascivia y las brujas se burlaron de ella.

—Este traje pesa mucho —jadeó Purl.

—Lo diseñé yo, boba… Es el tipo de vestidos que se llevaba en el siglo xvii. ¿A que sí, encargada de vestuario?

—Sí. No cabe duda de que eso es lo que llevaban las aristócratas a finales del siglo xvii, en la corte —dijo Tilly.

—Me cuesta respirar —dijo Purl.

—Es perfecto —intervino Trudy.

Los hombres asintieron.

—Siguiente: Duncan.

William entró por un lateral. Unos tirabuzones de color rojo fuego enmarcaban su rostro empolvado, con colorete y carmín en los labios. Además, se había pintado una peca en cada mejilla. Los tirabuzones caían desde una corona dorada con burdas incrustaciones de esmeralda, como la cima del Taj Mahal. Alrededor del cuello llevaba un lazo de raso que se prolongaba hasta la cintura, sobre un corpiño de encaje. Encima del corpiño lucía una casaca amarilla hasta la rodilla con un ribete de pieles. Los enormes puños con vuelta ancha de la casaca terminaban en punta y llegaban casi hasta la pieza de pieles. Llevaba unas medias de seda de color blanco puro y unas botas con la parte superior vuelta, que le caía sobre los tobillos. Adoptó una pose elegante y sonrió de oreja a oreja a su mujer, pero lo único que dijo Trudy fue:

—¿No se le caerá la corona?

—Está pegada a la peluca —contestó Tilly.

—A ver qué has hecho con Macbeth, pues.

Lesley salió al escenario con un sombrero alto y cónico que sustentaba un bosque entero de plumas levantadas en movimiento. Cintas de encaje y volantes se fruncían y bailaban alrededor de los lóbulos de las orejas; nacían del cuello de una voluminosa camisa de seda blanca con dos picos larguísimos que le llegaban hasta las rodillas y que se mecían con el movimiento de las flores artificiales prendidas de los bajos de varias capas de faldones y enaguas. Llevaba un chaleco de terciopelo rojo y medias rojas a juego, y los zapatos de tacón alto estaban adornados con unos lazos de satén tan exagerados que era imposible saber de qué color eran los zapatos.

—Perfecto —dijo Trudy.

Los soldados que había detrás de ella la imitaron.

—PERFECTO.

Y movieron las muñecas.

Trudy dio una vuelta alrededor de su reparto de actores vestidos igual que en el barroco del siglo XVII para representar la malvada obra de Shakespeare del siglo XVI sobre asesinatos y ambición. Se arremolinaron y formaron una fila en el diminuto escenario, como los extras de una película de Hollywood que esperan que les den la comida en la cantina del estudio, una fila de

coloridas rayas y pomposos vestidos, volantes ahuecados con can-
canes, y sombreros que apuntaban a los cielos, bandoleras y cascos
zischagge como los de los húsares, con mechones de pelo colgando, plumas que salían de los sombreros y tocados tan altos que
casi tocaban las vigas del techo, unas caras de pan blanco con los
labios rojos apoyadas en tiesos cuellos también blancos como discos de labranza o en gorgueras inmensas y arqueadas blancas
como la pared, que recordaban a los retratos antiguos.

—Perfecto —repitió Trudy.

Tilly asintió con una sonrisa.

31

Tilly tenía la espalda y los hombros agarrotados y le dolían una barbaridad. También le dolían los brazos y tenía las yemas de los dedos en carne viva, le picaban los ojos y le habían salido unas ojeras que le llegaban a los pómulos perfectos, pero estaba feliz, o casi. Se le resbalaban los dedos por el sudor, así que se permitió una concesión: cosió con punto de festón el ribete de raso de los pantalones bombachos de tela de punto jacquard de color blanco y rojo cuando sabía que lo más apropiado sería utilizar la puntada de fusta. Remató la ultimísima puntada y cuando se inclinó para cortar con los dientes el hilo de algodón creyó oír la voz la modista madame Vionnet: «¿Se ha comido las tijeras?».

El sargento Farrat le contaba con pelos y señales cómo iban los ensayos.

—¡Y Lesley! Buf, se cree el más importante del mundo. No deja de intervenir, les recuerda a todos los versos que tienen que recitar, cosa que, por supuesto, irrita a la señorita Dimm, porque ella es quien hace de apuntadora. El inspector es muy exagerado en la interpretación, pero Mona lo hace muy bien, y cubre a los demás si alguien no se presenta en el ensayo. Todos hemos pillado la gripe, tenemos la garganta irritada y sinusitis, nadie ha vuelto a ver a Elsbeth, todos tienen tirria a Trudy… Hasta yo sabría dirigir mejor que ella. Por lo menos, ¡yo he ido al teatro!

Llegaron al ensayo con los brazos repletos de pantalones bombachos y abrigos de terciopelo con plumas de avestruz, mientras el cálido viento del norte ululaba por entre los cables eléctricos. Dentro del salón de actos, los actores estaban quietos y asustados. Se habían arracimado junto a la directora en la parte posterior del escenario, rodeados por varias sillas de madera hechas astillas. Trudy tenía los ojos vidriosos, con enormes ojeras azuladas alrededor, y llevaba mal abrochada la chaqueta de punto.

—Repetidlo —susurró con tono amenazador.

Lady Macduff, con un muñeco envuelto en una mantita en los brazos, miró a su hijo. Fred Bundle respiró hondo y empezó a declamar.

> HIJO: ¿Todo el que jura y miente debe ser ahorcado?
> LADY MACDUFF: Todos y cada uno.
> HIJO: ¿Y quién debe ahorcarlos?
> LADY MACDUFF: Las personas de bien.
> HIJO: Entonces los que mienten, los que juran, son necios porque hay suficientes perjuros y mentirosos para vencer a los hombres honrados, y colgarlos.

—¡NO! NO, NO, NO, NO, NO, NO, NO, NO Y NO. ¡Sois unos inútiles! —chilló Trudy.

—Lo ha dicho bien —intervino la señorita Dimm—. Esta vez lo ha dicho bien.

—No es verdad.

—Sí es verdad —contestó a coro el reparto.

Trudy avanzó lentamente hacia el escenario y fulminó a los actores con una mirada diabólica.

—¿Os atrevéis a llevarme la contraria? —Su voz subió una octava—. Ojalá tengáis disentería y ojalá pilléis la sífilis y os muráis de deshidratación porque unas costras enormes que os cubran todo el cuero no dejen de supurar. Ojalá todos los miembros de los hombres se queden negros como el tizón y se os pudran, y ojalá todas vosotras, mujeres, os fundáis con el miembro erecto dentro y oláis a putrefacto igual que un barco de pesca podrido cuando hace calor, y ojalá…

William se acercó a su mujer, cogió impulso con el brazo y le plantó un bofetón tan fuerte en la cara que Trudy giró trescientos sesenta grados. Las cortinas que hacían de telón se levantaron con el remolino de aire. Después habló con dulzura mirando a Trudy a la cara, sudorosa y manchada.

—Me he enterado por casualidad de que el médico está en el Hotel de la Estación en este preciso momento. Si vuelves a emitir un solo sonido más esta noche, te ataremos a esta silla con hilo de pescar, iremos a buscar al médico y juraremos encima de la Biblia que estás loca. —Se volvió hacia los actores y, con voz vacilante pero con confianza, dijo—: ¿A que sí?

Los actores asintieron con la cabeza.

—Sí —dijo Mona, y anduvo hacia su cuñada—. Eres una madre desequilibrada… William se quedará con la custodia de la pobre niña y tú irás al asilo —dijo, y le pasó el bebé a William.

Los actores asintieron una vez más. Felicity-Joy se recostó en los brazos de su padre y se metió la punta del lazo de encaje en la boca. Luego alargó la mano y metió el dedito regordete con delicadeza en el orificio nasal de William.

—Creo que deberíamos tomarnos la noche libre, ¿no? —propuso Mona.

—Sí —respondió William—. Vayamos al pub. Pospondremos la prueba de vestuario hasta mañana.

Los actores se marcharon, charlando y riendo, y bajaron paseando por la oscura calle mayor, con plumas que se mecían y lazos de encaje que les daban golpecitos en las muñecas y las rodillas.

Trudy se volvió con tranquilidad hacia Tilly, que estaba sentada al otro lado del pasillo, y la observó con las órbitas fijas y dilatadas. Tilly enarcó una ceja, se encogió de hombros y después siguió al resto.

Al cabo de un rato, los actores se retiraron a sus casas y se tumbaron muy tensos en la cama, con los ojos puestos en las sombras tenues que se vislumbraban en la oscuridad, inseguros, preocupados y nerviosos. Repasaban mentalmente la obra, repetían entradas y salidas del escenario, confiaban en que el público no se diera cuenta de que cada uno de ellos interpretaba tres papeles. Nadie pegó ojo.

32

El día del *eisteddfod* llegó acompañado de un calor y un viento inusitados. A Irma Almanac le dolían los huesos, así que se tomó un pastelito extra con la taza matutina de infusión de garra de diablo. El sargento Farrat se dio un baño más largo que de costumbre, perfumado en aceite de lavanda y raíz de valeriana. Purl preparó el desayuno para sus invitados (el médico y Scotty) y después fue a peinarse y arreglarse las uñas. Fred despejó el camino con la manguera y limpió el bar y la bodega. Lois, Nancy y Bobby se reunieron con Ruth y la señorita Dimm para tomar un contundente desayuno de cuchara y tenedor. Reginald se pasó por allí para ver a Faith y compartió el beicon y las costillas de cordero con Hamish. Septimus salió a dar un buen paseo a pesar del viento cálido y se maravilló al ver lo precioso que era el polvo que flotaba dando bandazos sobre las llanuras amarillas. Mona y Lesley hicieron sus ejercicios de respiración y sus estiramientos después de tomar un desayuno ligero de cereales y pomelo. William encontró a Trudy acurrucada debajo de las mantas, temblando, murmurando y mordiéndose los nudillos.

—Trudy —le dijo—, eres nuestra directora y lady Macbeth, ¡compórtate como tal!

Fue a ver a Elsbeth, que estaba en la habitación infantil. Elsbeth mecía a Felicity-Joy en brazos, al lado de la cuna.

—¿Cómo está?

—Peor —contestó William, y ambos asintieron con la cabeza, mirándose a los ojos, resignados.

Elsbeth estrechó a la niña con más fuerza.

Tilly salió de la cama y fue directa al exterior. Se metió hasta las rodillas entre los arbustos del jardín y contempló cómo se vaciaba el pueblo mientras la procesión de espectadores se dirigía en coche a Winyerp.

Bobby llegaba tarde. Le había costado mucho poner en marcha el autobús. Lo pasó de revoluciones y recorrió a trompicones la calle mayor en dirección al salón de actos y, justo cuando lo aparcó junto a la acera, la directora, lady Macbeth en persona, salió despedida por la puerta principal, igual que una bala expulsada del tambor de una pistola. Se cayó al suelo hacia atrás en medio del camino, iluminada por un sol radiante, y rebotó dos veces, y luego, con la energía de alguien poseído por el demonio, se puso de pie de un brinco como un acróbata de circo. Apretó los puños y los levantó mirando hacia las puertas del salón. Chilló y pataleó.

—¡Es mía, mía! Ninguno de vosotros estaría aquí sin mi dirección, mi planificación y mis consejos. ¡Ninguno! Tengo que estar en el *eisteddfod*. No podéis despedirme, ¡yo he hecho esta obra!...

Dentro, los actores formaron barricadas en las puertas con sillas y el saco terrero que en otra época había sujetado el árbol de Navidad. Trudy aporreó las puertas. No cedieron. Se dio la vuelta y vio por casualidad el autobús. Bobby accionó la palanca y la puerta se cerró de golpe. Luego agarró las llaves y dio un salto para tumbarse boca abajo en el suelo. Trudy empezó a dar patadas a la puerta del autobús, pero no se abría, de modo que se subió al capó y aporreó el parabrisas con los puños.

Las caras pintadas de los asustados Macduff y de los soldados, igual de asustados, se asomaron por las ventanas del salón de actos. William hizo un gesto y miró al médico, que los observaba desde el balcón. El médico apuró el whisky y dejó el vaso vacío en la barandilla, agarró el maletín y avanzó con paso tranquilo hacia la energética lunática que bailaba junto al autobús para acercarse a ella por detrás. Le dio unos golpecitos en el hombro.

—¿Qué ocurre?

Trudy sacaba espuma por la boca y rechinaba los dientes.

—¡Son ellos! —gritó—. ¡Esa panda de descerebrados quiere despedirme! —Se tambaleó y señaló a Mona con el índice—. Esa quiere mi papel, es igual que su madre.

A continuación corrió hasta las puertas del salón, cerradas con llave, y arremetió con los hombros, rebotó hacia atrás y volvió a lanzarse con el cuerpo contra las puertas.

—Mona Muncan no va a ser lady Macbeth. ¡Soy yo!

El doctor hizo señas a Bobby, que se había asomado por encima del salpicadero. El conductor negó con la cabeza. El doctor volvió a hacerle señas.

—Le echaré una mano —se ofreció Nancy.

—¡El autobús también es mío! —chilló Trudy.

Bobby corrió hacia ella y la inmovilizó. Los actores aplaudieron. Le agarró las muñecas con las fuertes manazas de futbolista. Trudy gritó.

—¡Lady Macbeth soy yo, soy yo!

El médico sacó una jeringuilla larga, le quitó el aire con el anular, apuntó, sonrió con cara malévola y luego se la clavó a Trudy como una banderilla en el enorme trasero. Se retiró mientras la mujer caía a plomo en el camino de entrada, para acabar tirada como un jersey viejo. Luego la miró.

—«Su mente está llena de escorpiones».

La arrastraron hasta el coche del médico y la subieron a pulso.

Los miembros del reparto formaron una cadena humana y cargaron el escenario en el techo del autobús. Después lo ataron para que quedara bien sujeto. Mientras se montaban en el autobús, Mona se quedó junto a la puerta con una carpeta de clip apoyada en el brazo, enfundado en la manga de terciopelo, y fue marcando sus nombres para asegurarse de que no faltaba nadie. El vestido de lady Macbeth estaba arrugado en el suelo, junto a sus zapatos con lazo, y tenía a Macbeth al lado. Todos los demás se sentaron en el autobús y se abanicaron con los pañuelos de encaje para combatir el calor. Lesley se colocó en un extremo del pasillo y dio dos palmadas. Los actores dejaron de hablar.

—Atención, por favor, nuestra directora de escena y productora tiene que decirnos algo.

Mona carraspeó.

—Nos falta Banquo…

—¡Yo seré Banquo! —chilló Lesley, y levantó la mano como un rayo—. Yo, yo, yo.

—Lo recogeremos en la estación —dijo Bobby.

Intentó poner en marcha el vehículo, que tosió y petardeó. Se produjo un largo silencio.

—Bueno —dijo—. Salgan todos.

Tilly paseó la mirada por los anodinos edificios y el arroyo de agua lenta y pardusca. El tejado del silo relumbraba al sol y el polvo se había aposentado sobre la pista seca de tierra del campo de fútbol. Los árboles se mecían con el viento cálido. Entró en casa. Se colocó delante del espejo de modista de cuerpo entero y escudriñó su reflejo. La rodeaba un halo brillante, igual que una actriz iluminada por detrás. A su alrededor había polvo del jaboncillo de marcar las prendas y pelusa flotando en los haces de luz. El esquelético telón de fondo estaba abarrotado de restos de las prendas confeccionadas y arregladas: retales y trozos de cinta, resquicios de la historia panorámica de la moda que se extendía desde el siglo XVI en adelante. Apiladas hasta el techo, introducidas en todos los orificios de la casita destartalada, había bolsas y más bolsas de trozos de tela mezclados con los finales de los rollos de lazo y encaje, hilos sueltos y guata. Las telas salían de los rincones oscuros y por debajo de las sillas, y había ovillos de lana sueltos por el suelo, sujetos con tiras de satén. Retales hechos jirones, sobras de la tela de terciopelo, tiras de velvetón, lamé, tela de cuadros, de bolos y estampada, junto con restos de uniforme escolar mezclados con boas de plumas y algodón con alguna lentejuela suelta, algodón para las camisetas de los esquiladores y encaje del vestido de novia. Las bobinas de hilo de colores se aguantaban en equilibrio en el alféizar de las ventanas y encima del sillón. Había también patrones y bocetos medio rotos —gráciles diseños para mujeres que creían que usaban una talla 38—, que colgaban de las cortinas polvorientas sujetos con alfileres y pinzas de tender la ropa. Había fotografías arrancadas de revistas y diseños de moda garabateados en el papel de la carnicería hechos una bola en el suelo, junto con montañas de patrones frágiles muy trotados. Las cintas métricas colgaban de clavos y de los cuellos de los maniquís desnudos, mientras que las tijeras se hallaban en latas vacías de conserva al lado de frascos viejos rebosantes de botones y presillas, como caramelillos en una fiesta infantil. Las cremalleras sobresalían de una bolsa de papel marrón y serpenteaban por el suelo hasta llegar al hogaril. La máquina de coser aguardaba erguida en la mesa que hacía a la vez de funda, y había una máquina de bordar abandonada al fondo de la entrada de la casa, carente de puerta. Las muestras de percal de los delicados trajes barrocos llenaban un rincón entero.

El cableado eléctrico se enroscaba en tachuelas y vigas, acompañado de bobinas de algodón y carretes de hilo. En la zona de la cocina, el horno ahora en desuso servía para almacenar las tazas, los platos y las fuentes.

Se acercó más al espejo y observó su cara con atención. Vio un rostro enjuto y fatigado, curtido por el campo, con los ojos hinchados y rojos. Cogió la lata de queroseno que tenía junto a los pies.

—«No hay noche tan larga que no termine en día» —dijo, y empezó a rociarlo todo.

* * *

Dentro de la comisaría, Banquo repasaba su gran escena y se intentaba tocar la nariz con la lengua. Él también estaba rodeado de un halo de luz que captó el brillo de la rosa de tela que adornaba los zapatos barrocos de charol. Agarró la empuñadura de la espada como si fuera a desenfundarla y bramó:

Y cuando hayamos encubierto nuestra desnuda fragilidad,
que sufre expuesta así, podremos encontrarnos
e indagar estos hechos tan sangrientos para conocerlos
mejor...

Los acalorados y preocupados actores barrocos empujaron el autobús hacia atrás hasta dejarlo en el centro de la calzada. Después se recolocaron los exagerados sombreros, se recogieron las faldas y se arracimaron en la parte trasera del vehículo para volver a empujar. El autobús petardeó, retembló y se alejó resoplando y expeliendo un grasiento humo negro.

Cuando el sargento Farrat oyó la explosión, respiró hondo y agarró el sombrero de fieltro con la pluma de avestruz.

—¡Hora de irse! —exclamó.

El inspector emergió de la celda con un harapiento y embarrado vestido de arpillera y un cucharón de madera en la mano.

—¿Crees que puedo usar esto, Horry? Para darle más efecto.

—Como quiera —dijo el sargento.

El autobús se detuvo entre petardeos delante de Banquo y de la tercera bruja, en la puerta de la comisaría.

—¡Buenos días tengan ustedes! —exclamó Banquo, y se agachó para hacer una marcada reverencia.

Después se caló el sombrero al máximo, encajándolo sobre los tirabuzones de color platino. Nadie le devolvió la sonrisa.

—¿El carburador? —preguntó el inspector, y se montó en el autobús.

Se sentó con las otras dos brujas.

—Creo que se ha metido un poco de barro en el depósito de la gasolina, pero llegaremos —contestó Bobby.

—Bueno, pues poneos en marcha —dijo Banquo—. Prefiero seguiros en el coche de patrulla. Funciona como la seda.

—Ahora yo soy lady Macbeth —comentó Mona—. Gertrude está, eh…

—Sí —contestó Banquo.

Y se tapó el corazón con el sombrero.

—Una noticia terrible.

William miró por la ventanilla.

El vehículo se alejó traqueteando de Banquo, que se quedó en la acera y sacudió la pluma del sombrero. Detrás de él, en lo alto de La Colina, un solitario bucle de humo azul salía de la chimenea de Tilly.

Tilly desató la vaca y le dio unas palmadas en la inmensa cadera huesuda para obligarla a moverse. La vaca bajó apresurada por La Colina con el cencerro tintineando y las tetas dando bandazos de un lado a otro. Tilly recorrió el pueblo vacío por última vez. Mientras paseaba, iba desatando las correas de los perros, abría las puertas de los corrales y gallineros y liberó a todas las mascotas de Bobby Pickett. Les quitó el collar a las ovejas que había atadas a los vagones dormitorio abandonados en las parcelas sin construir y azuzó a los ponis de los niños para que trotaran por las llanuras.

El sargento Farrat recogió el guión y admiró su reflejo una vez más. Luego se dirigió al coche. Solía dejar las llaves en el suelo, debajo del volante, pero no estaban. Se palpó el muslo en busca del bolsillo y entonces cayó en la cuenta de que no llevaba el uniforme. Detrás de él, unas cortinas de humo gris azulado subían desde detrás del tejado de chapa ondulada y oxidada de casa de Tilly y se extendían por las parras azuladas, cuyos primeros brotes cubrían la fachada.

Tilly Dunnage se sentó encima de la máquina de coser Singer portátil en el andén de la estación de ferrocarril y observó las nubes grises de la máquina de vapor que resoplaban desde el horizonte dorado y se iban acercando a ella. Para el viaje había elegido el atuendo a conciencia: unos pantalones de cadera ancha y estrechos por la pantorrilla de tela acolchada en azul eléctrico y atados en la cintura con un cordón de seda rojo. La blusa era fina y sencilla, cortada por manos expertas a partir de una yarda y media de gasa de velo de monja blanco que le habían enviado de España. Miró la hora. Puntual. Guiñó el ojo a la galah, que estaba metida en una jaula junto a la maleta. Detrás de ellas, una niebla azul se disponía a cubrir Dungatar.

El sargento Farrat oyó el tren a lo lejos. El convoy paró en la estación, luego sonó el silbato y se puso en marcha. Sacudió el sombrero de plumas por delante de la cara para ahuyentar el humo. Frunció el entrecejo, olfateó, se dio la vuelta y miró hacia arriba. Su piel traslúcida se amorató.

—¡Mis vestidos! —chilló—. Ay, Dios mío, ay, madre, ¡Tilly!...

Tiró el sombrero y se abofeteó las mejillas. Los miembros de la brigada antiincendios iban de camino al espectáculo que se celebraría en el salón de actos de Winyerp.

Decidió correr. Por primera vez en cuarenta años, corrió como un rayo, en dirección a la casa en llamas en la que vivía Tilly, gritando y con el calor atascado en la garganta.

Al llegar a lo alto de La Colina, se tambaleó y se detuvo, jadeando y con la cara roja y sofocada, para observar a través de las gotas de sudor y de la base del maquillaje corrido, el humo del incendio que lamía sus zapatos de tacón de charol, que se colaba entre los arbustos secos y los tallos hasta llegar al césped pardusco, y después bajaba La Colina rumbo al pueblo. El fuego salía a borbotones de las puertas y las ventanas de la cabaña inclinada y unos hilillos de humo se escapaban por los agujeros del tejado de hierro ondulado. Un efecto interesante, como tul de chifón, algo que podría haber lucido la bailarina Margot Fonteyn... Entonces se desmayó, cuan largo era, donde en otro tiempo había florecido el arbusto de mirto, entre las adelfas y el río de ruibarbos. A lo mejor si se hubiera cambiado de zapatos habría llegado a tiempo de abrir el grifo del jardín, pero habría sido en balde, porque Tilly había cortado el agua.

* * *

A las puertas del salón de actos de Winyerp, el reparto de *Macbeth* bajó a presión del autobús y esperó en el camino de entrada, para escuchar los sonoros aplausos. Dentro, el telón había bajado por fin después del último bis de los actores de *Un tranvía llamado deseo*. Los aplausos eran interminables.

Cuando el público se concentró en el vestíbulo del centro cultural, la gente apenas prestó atención a los actores de *Macbeth*, apostados a lo largo de la pared del fondo, junto a los lavabos. Chillaban y se reían recordando escenas de Blanche y Stanley. La astuta directora de Dungatar captó los nervios a flor de piel de su equipo y la moral baja generalizada.

—Somos los mejores. ¡Vamos a ganar! —les dijo.

—Qué coño sabrás tú —espetó Fred.

La obra *HMS Pinafore* se prolongó durante una sofocante hora mientras los actores de Dungatar esperaban, rodeados de copas, trofeos y jarrones llenos de flores con tarjetitas en las que ponía: «Enhorabuena, Itheca», o «Rómpete una pierna, Winyerp». Escucharon las canciones de los marineros y al público, que aplaudía al compás de la música. Lesley siguió el ritmo con el pie. Mona lo pisó. La base de maquillaje empezó a escurrirse, el pegamento que les sujetaba las pestañas postizas se derritió y los trajes se les mancharon de sudor.

—Un efecto de lo más acertado —dijo Lesley—. En esa época iban así, ¿no? No tenían lavadora y no se bañaban nunca.

—Todavía hay personas que creen que no les hace falta lavarse —dijo Faith, y sacudió el abanico apuntando a Lois.

—También hay personas que creen que no tienen que cumplir sus votos matrimoniales —dijo Nancy.

—Por lo menos yo tengo preferencia por los hombres, porque hay algunas personas enfermas en este pueblo que...

—¡Ya basta! —chilló Mona.

—Te has vuelto un poco engreída, ¿no crees, Mona? —comentó Purl.

—Vale, vale —dijo William.

Contaron once bises pedidos por el público con patadas en el suelo para los actores del *HMS Pinafore*. Cuando cesó el estruendo, lady Macbeth mandó a su equipo que subiera al escenario. El encargado de desmontar el decorado se puso a cantar.

—Soy una sargento, lara, lara, la. Y no acepto cuentos, lara, lara...

—Ejem —dijo lady Macbeth, y luego le entregó el croquis del escenario.

—Vamos a hacer un repaso rápido, después nuestros ejercicios de flexibilidad y unos estiramientos. Pero antes, hagamos el calentamiento de la voz.

Se colocaron en círculo y cantaron una canción infantil por turnos. Lesley insistió en que terminasen el calentamiento con un abrazo de grupo y después se retiraron cada uno a un rincón para «concentrarse».

Tenían que subir ya el telón y Banquo todavía no había llegado. Lesley dio unas palmadas.

—Atención, por favor —dijo.

Luego intervino Mona.

—Banquo no ha venido, así que Lesley hará de Banquo.

—No se sabe el papel… —dijo William.

—He pegado sus diálogos en una columna junto a la puerta —dijo Mona—. Que los lea.

—Pero…

—Puede hacerlo —dijo Mona—. Es actor.

El público (maridos y mujeres, madres e hijos de los miembros del reparto de Winyerp, Itheca y Dungatar) estaba sentado en los asientos que llegaban hasta el fondo del salón de actos, cerca de la señal de la salida. Los jueces se hallaban en la primera fila, detrás de una mesa de caballete. Subió el telón.

Aproximadamente una hora más tarde, en el primer acto, escena quinta, Mona se retorcía en la cama con dosel:

… Está ronco el cuervo
que anuncia con graznidos la fatal llegada de Duncan
a mi castillo. ¡Espíritus, venid! ¡Venid a mí,
puesto que presidís los pensamientos de una muerte!
¡Arrancadme mi sexo y llenadme del todo…!

Se masturbó metiendo la mano en las enaguas, jadeó y sollozó y se sacudió. El público se removió, las sillas crujieron, terminó el acto y las luces se volvieron más tenues.

Cuando volvieron a subir de intensidad trece segundos más tarde para el segundo acto, Banquo y Fleance irrumpieron en el escenario y descubrieron que el público se había desvanecido. Solo quedaban los cuatro jueces, apiñados, murmurando. Una mujer con aire de matrona corpulenta y un sombrero de paja se puso de pie.

—Ya es suficiente —dijo.

Luego se marcharon todos juntos sin volver a mirar atrás. Los actores de Dungatar emergieron de las bambalinas para verlos desaparecer rumbo a la sala de los refrigerios, para cenar y hacer la entrega de premios.

33

Apenas hablaron en el camino de vuelta a casa. Bebieron licor de sandía en la copa que habían ganado por el Mejor Vestuario, y se apoltronaron con ojos llorosos en el traqueteante autobús.

—El sargento Farrat estará encantado —dijo Mona.

—Tendríamos que haber hecho un musical —dijo Nancy, se volvió hacia Mona—. ¿Quién eligió Shakespeare?

—Era la única obra de teatro que había en la biblioteca —dijo Muriel.

—Bueno, es igual. Nadie sabe cantar —dijo Ruth.

—¡Y nadie sabe actuar! —espetó Faith.

A última hora de la tarde, el autobús y todos los coches de los aldeanos se detuvieron en la puerta del salón de actos, o por lo menos, en el lugar donde antes estaba el salón de actos. Los actores bajaron despacio del autobús y miraron a derecha e izquierda. Todo estaba negro y lleno de humo: el pueblo entero había quedado arrasado. Quedaban unos cuantos árboles aún en llamas, y un poste de teléfono por aquí, una chimenea de ladrillos por allá. Varios perros ansiosos se hallaban en los lugares donde antes estaban las puertas de entrada a sus casas y las gallinas escarbaban entre los retorcidos depósitos de agua de plástico y los tejados de hierro ondulado que ensuciaban el paisaje negro. Los miembros del reparto se quedaron plantados en medio del humo avivado por el viento, se taparon con pañuelos los ojos y la nariz para intentar paliar el hedor a goma quemada, maderos calcinados, pintura abrasada, coches y cortinas achicharrados. Su existencia había quedado reducida a cenizas. No quedaba nada, salvo la chimenea de Tilly Dunnage. Mona señaló una silueta que había sentada al lado, que movía los brazos arriba y abajo, haciendo señas.

Avanzaron formando una piña hasta la calle mayor, donde se detuvieron para mirar si pasaban coches antes de cruzar, luego recorrieron la acera negra como el carbón, pasaron por delante de la carcasa crepitante de la tienda de Pratt, donde las latas habían explotado y todavía había bobinas de hilo ardiendo. Reginald fue a comprobar el estado de su cuchilla de carnicero, pero solo encontró una escultura abstracta fundida. Cuando llegaron a la cima de La Colina, se encontraron metidos hasta los tobillos en túmulos achicharrados y contemplaron desde allí el lugar en el que antes estaban sus hogares, pero no vieron más que montículos de carbón negro y grisáceo, y escombros aún humeantes. Los postes de la portería del estadio eran ahora cerillas consumidas y tiradas en el césped del óvalo negro, y los sauces que en otro tiempo abarrotaban los márgenes del arroyo eran ahora grandes cadalsos pelados, muertos y retorcidos.

El sargento Farrat, chamuscado y manchado de hollín, estaba sentado en el hogaril de piedra, y abanicaba sus zapatos de charol abombados con una rama carbonizada y negra.

—¿Qué ha ocurrido? —preguntó el inspector.

—Ha habido un incendio.

El sargento Farrat sacudió la peluca arriba y abajo, arriba y abajo.

—Mi escuela —sollozó la señorita Dimm.

Todos empezaron a llorar, primero levemente y en voz baja y después en un tono cada vez más alto. Gemían y se balanceaban, aullaban y ululaban con la cara roja y descompuesta y la boca abierta, igual que niños aterrados perdidos entre la multitud. Se habían quedado sin hogar y tenían roto el corazón, y no podían hacer más que contemplar los ríos de destrucción que había dejado el fuego, lenguas que se extendían como los dedos de un guante negro. Hacia el norte, el incendio había llegado hasta el cementerio y después se había detenido al llegar al cortafuegos del pueblo.

—Bueno —dijo Lois—. Por lo menos, todos hemos pasado por el mostrador de Ruth y le hemos dado el dinero para el seguro, ¿verdaaaad?

Empezaron a tranquilizarse y a asentir.

—Sí.

Se secaron las lágrimas y se limpiaron la nariz en las mangas.

Ruth parecía horrorizada.

—Se lo di a Tilly para pagar los trajes de los soldados, ¿no os acordáis?

Los habitantes de Dungatar miraron a Ruth. Estaban plantados como pasmarotes en la colina negra, se respiraba el calor y el bochorno en el ambiente, con volutas de humo que trepaban por sus medias y se colaban por las faldas con lazos. A sus espaldas, las planchas de madera calcinadas que en tiempos fueron la casa de Tilly crepitaban y chisporroteaban de vez en cuando. Al sargento le entró una risita histérica.

—¿Qué vamos a hacer ahora? —preguntó Fred.

—Echar un trago —dijo Scotty.

Y bebió de la petaca. El inspector alargó la mano para pedírsela.

—Desde aquí puedo ver la casa de mamá —dijo Mona, y sonrió con malicia a su hermano.

Él también sonrió y entrechocó los talones. Los habitantes de Dungatar miraron por detrás del pueblo devastado hacia los campos, donde el caserón se erguía entero y perfecto, inmaculado en el leve montículo alejado, con el tejado de hierro ondulado de un rojo resplandeciente al sol del atardecer.

—Maldita colina de chichinabo —dijo William.

—Vayamos a ver a madre —dijo Mona.

Todos avanzaron en silencio hacia Windswept Crest, un grupito variopinto con sus acertadísimos trajes barrocos.

Agradecimientos

La autora desea dar las gracias a los profesores de la escuela de escritura creativa y edición del RMIT (Melbourne), por toda la ayuda prestada. Asimismo, y de manera especial, a Gail MacCallum, Mercy O'Meara, Fern Fraser, Patricia Cornelius, Crusader Hillis, Natalie Warren e Ian.

Índice